程青 | 作品

程青 著

文化发展出版社
Cultural Development Press

图书在版编目（CIP）数据

今晚吃烧烤 / 程青著．－－北京：文化发展出版社，2016.12
ISBN 978-7-5142-1587-8

Ⅰ．①今…Ⅱ．①程…Ⅲ．①长篇小说－中国－当代

Ⅳ．① I247.5

中国版本图书馆 CIP 数据核字 (2016) 第 294568 号

今晚吃烧烤

程　青 ／ 著

策划编辑：肖贵平	
责任编辑：肖贵平	责任设计：侯　铮
责任校对：郭　平	封扉设计：纸墨春秋设计工作室
责任印制：孙晶莹	排版设计：金　萍

出版发行：文化发展出版社（北京市翠微路 2 号 邮编：100036）
网　　址：www.wenhuafazhan.com
经　　销：各地新华书店
印　　刷：北京新华印刷有限公司
开　　本：889mm×1194mm 1/32
字　　数：217 千字
印　　张：11
印　　次：2017 年 3 月第 1 版 2017 年 3 月第 1 次印刷
定　　价：35.00
ＩＳＢＮ：978-7-5142-1587-8

◆ 如发现任何质量问题请与我社发行部联系。发行部电话：010-88275710

纸上的世界

程青

不时听到有人说,写作是多么辛苦的一件事,每次听到这样的话,我都不由一怔,感到无从应答。我既无法说是,也无法说不是。

对我来说,通常一部长篇小说写完初稿之后,需要扎扎实实修改两遍,第二稿是往纵深走,做出起伏;第三稿是去除瑕疵,尽力做到逻辑自洽首尾呼应。这还没有完,之后至少还要修改三五遍,这三五遍或许才可以叫作"润色"。我的体会是,写小说是非常耗费时间的,尤其是长篇,经常是写一稿就得几个月,一本书写上一到数年很正常。我读到过一位美国女作家写的创作心得,她说她并不知道一篇小说什么时候完成,只有当她觉得这篇小说不再需要修改时,这个小说才算写完。我和她有类似的感触,我同样认为小说是在结束修改时才最终完成,而不是在写出结局时就完成的。可以说我写每一篇小说,当我写下第一个字起,心里就在企盼那个不再需要修改的时刻到来,或者说就是在朝那个时刻努力。这段时间或长或短,但几乎每时每刻都需要聚精会神全力以赴,用"跋山涉水"和"披荆斩棘"形容丝毫也不过分。而且，说不定辛苦一场，到头来却是颗粒无收一无所获。有时候一个貌似不错的构思，甚至是让你激动不已的灵感，真等落到纸上，很可能与你最初想的大相径庭。我的电脑里就有不少长长短短的小说弃稿，它们有的是先天不足，有的是发育不良，也有的就像是中了病毒，还有的就像是偏离了轨道，总之一句话，我没有办法把它们塑造成我想要的样子，或者说它们没有达到我的预期也没法达到我的预期，因此我只能放弃它们。无论这种放弃多么心痛和不舍，却只能这么做，别无他法。因为在我看来这是一个正确的态度，是写作者不能改变的自我要求，也可以说是写作者基本的自律。我曾经一次次让那些我无法挽救和挽留的文字沉入忘却的水底，尽管我也曾为它们苦思冥想耗费心血，但我的夜以继日废寝忘食的工作却无法让它们屹立纸上，成为纸上世界的一部分，我只能平静地接受这样的失败，然后重整旗鼓从头再来。而即使有幸写完小说，甚至它们就是想象中的那个样子，你也无法断定它们是不是真正意义上的好作品。即便它们真的是好作品，当它们完成，就会像长大的孩子一般离你而去。你无论是在璀璨的灯光下谢幕，还是一个人孤独地留在暗影里，都阻止不了它们与你的分离。完成一个作品，犹如结束了一场演出，假如运气足够好，还有新的、更多、更难的演出在等着你——这要说不辛苦肯定不是真话。可是，这是一种乐在其中的辛苦，就像养育孩子，许许多多的时候，乐趣远远超过了辛苦。同样就像生育孩子使种群得以延续一样，这样苦心孤诣和匠心独运地一个字一个字记叙描述，也使人类的经历、感触、悲喜、梦想及精神风貌得以记载和传承。我暗自以为这是上天的一种巧妙安排，是造物设计中的精彩亮点。

在我看来，小说的绝妙在于它虚构的本质。它无中生有，却具备无与伦比的生命力和感染力，令人着迷并相信它给出的对人性和世界的解答。比如以子之矛攻子之盾的事情在现实生活中被视为逻辑有问题，而在小说里它却是成立的，不仅可以作为合理的存在，甚至能够堂而皇之地成为经典——在文学世界中，貌似你可以不必那么清晰精准地去区分正义与非正义，也无必要明白无误地去判定对与错，你可以支持强者，也可以同情弱者，你既可以站在鸡蛋一边，也可以站在石头一边，甚至可以既站在鸡蛋一边又站在石头一边，因为这个世界遵循的一条更高的法则叫人性。小说可以表现种种在我们现实世界里被认为是最疯狂、最不可理喻的事情，并给出最宽容最通达的所谓合理解释。小说可以使黑暗、荒唐、残酷变得明亮、爽朗、欢畅，并让我们为获得了这样的体验而饱尝人生的丰饶，为之倍感欣慰。

我一直惊叹小说中那些从来没有发生过并且永远也不会发生的事情为什么那样撼动人心，在我们心里引发的震动甚至超过真实发生的事情。我曾经在一篇文章里写道："从我个人来说，我最期盼的就是一个作家写出用全新的口吻讲述世界和人的书——对我们身居其间的世界充满了怀疑和质疑，对人生充满了透彻的感悟，却不故弄玄虚。作者不是告诉我们发生在这个世界上的某一件事，而是那种从未发生过的事和从来没有可能发生的事，它们对我们的生活竟然一样能够起着如此巨大的影响，并不亚于那些真正发生的事。我想这可能就是文学经久不衰的魅力和意义，是文学无法估量的力量。"在我还是个孩子的时候，八九岁的样子，刚刚认识一些字，我读到了一生中第一本小说，我旋即被那个既朴素又绚丽的纸上世界深深吸引。从此我迷恋这个世界，也相信这个世界，甚至依赖这个世界。这个世界对于我就是一个和我生活其间的现实世界平行的世界，它和现实世界同样真实有力，它比现实世界更加直击心灵。

从写作第一篇小说起，我实际上就是尝试在纸上构建自己的世界，或者说是在给那个对我产生非凡吸引力的迷人世界添砖加瓦。对我来说，这个世界无形，却又应有尽有；它无色无味，却又色彩斑斓；它一秒长于一万年，而千百万年却又是一瞬间；它包藏着人类和万物最大的秘密，却又可能瞬间揭开谜底，令真相大白；它亘古矗立，却又能顷刻瓦解，烟消云散，不留痕迹。因为有了这个世界，或者说因为感知和触碰到了这个世界，使我具有了穿透力的眼光，我可以看到世界和人心的微妙之处。也因为具备了这样的目光，使我能够看到事情的边界在哪里，突破口又在哪里，或者说能让我洞见可能性和毫无可能性。我说不清写小说的时候何以在一个句子之后接上另一个句子，在一个词语之后接上另一个词语，并最终完成那个想象中的呈现，对我来说这简直就是上帝和写作者之间的秘密，甚至可以说是秘密奇迹。我不是要把写作这件事故意神秘化，对我而言它本身就是一件神秘之事。我在马尔克斯的书里看到，不少拉美作家有一个迷信，他们正写着的小说初稿都是秘不示人的，我自己也是如此，而且在没有写完之前也不会跟别人讲述自己正写着的东西，讲出来之后很可能就再也写不下去，就像开了瓶盖酒会走味一样。我一向认为能够把比鸽子还轻盈的小说捕捉到手，是一件很不容易的事。因此我个人认为，小说作为虚构文本，理应得到更大的尊重。

对我个人来说，小说提升了我的认知能力，不仅令我变得聪明、敏锐、犀利和目光精准，更多的时候它帮助我机智地掩盖了自己的不聪明、笨拙、混沌、愚蠢以及无知与无能。就像张爱玲《天才梦》里写的："当童年的狂想逐渐褪色的时候，我发现我除了天才的梦之外一无所有——所有的只是天才的乖僻缺点。"然而，她因为懂得怎么看七月巧云，懂得享受微风中的藤椅，懂得欣赏雨夜的霓虹灯，当然最主要的是因为她会写作，她留给了世人那么多精彩的小说，因此她在我们心里总是像明珠一般熠熠生辉。我当然也很高兴能亲手来构建这个纸上的世界，用自己的经历、体验、感悟、灵性来浇灌那些芬芳的花草，并看着这个世界繁花似锦。

2016 年 9 月 19 日

1

有一个男人,他在同一个城市里有五六个妻子,五六个家,他可以随心所欲地在这些家里进出,享受浪漫与温馨,你羡慕不羡慕?你说他是不是一个特别幸福的男人?我要告诉你,那个男人就是我。当然我还得告诉你,那是一种背靠背的生活,我在这个家里的生活是不能让其他家里的人知道的,甚至不能表露出任何一点儿的蛛丝马迹。女人都是非常敏感的,尤其是我选择的那些女人,一个个心思细密,醋劲儿都挺大。我稍有一点儿小偏差,她们就看在眼里,记在心里。那些天生丽质的或者靠胭脂粉饼涂抹一新的俊脸俏脸也是说翻马上就能翻过去的。我不知道要拿出多少耐心恒心,费多少心机口舌,再配合浓情蜜意大行动、一片真心大奉送等等才能哄得她们心回意转,重新热乎顺溜,百媚千娇。说说容易,其实都是累人不浅的活儿,好在我乐此不疲。

这样的生活我已经过了快三年啦。这一千多个日日夜夜啊，已经将我磨炼成了一个柔情万种的人，一个善解人意的人，一个巧舌如簧的人，一个跌倒了随时都能爬起来的人。我从一个人变成四个人，就是为了与我过着的这种生活协调一致。所以说不要羡慕我有过那么多女人和那么多激动人心的时光，也不必嫉妒我。收获来自耕耘，付出才能取得回报。锄禾日当午、汗滴禾下土暂且不说，也不是所有的辛劳都能获益，种花得刺、种下土豆收上地雷的时候也不是没有。

且看这段纠缠不清的痛苦心史吧。

2

要说也就是一个梦,春梦不觉晓,或者干脆就是黄粱一梦,小米饭还没焖熟,这儿梦就醒了。为什么醉人的梦容易醒?这真让我一想起来满心懊丧又悲愤。好像有一首流行歌里就是这样唱的。这么说梦醒时分扼腕哀叹、迎风洒泪的也不只是我一个半个。人到这种时候大概都是拿得起、放不下的,至少我自己就是这么个人。再说"既有今日,何必当初"也太晚了,谁让"今朝有酒今朝醉"来着?转眼成空,这叫现实。真是春梦了无痕!

先简单介绍一下我自己。吃不饱肚子的那个年代我出生在北京,咱是正宗的皇城根儿下的人。不过我就是一个平平常常的人,这我到哪里都是这么说。我父母跟我一样,也是普普通通的人。我父亲一直在商业部门工作,他老人家一生中最辉煌的就是在物资匮乏的年代在一家副食商店里管事，方便了自己，也有机会做了好事。所以退休这么些年老街坊们遇到了还叫他主任呢。我老爹总像大人物似地微笑着挥挥手，我知道他心里挺美的，不过他更喜欢人家称他"书记"。我母亲在医院工作，当了一辈子护士，做梦都想做护士长，结果直到退休也未能如愿。对我父亲她可是言听计从，或者说从来都做出举案齐眉的样子。我爹说什么，我妈从来没半个不字，不过具体该怎么操作她心里早就有总谱了，压根儿不管我爹那一套，我爹说也是白说。好在事后他也不计较。我想也许这就是他们婚姻成功的秘诀吧！如今老两口儿奔着金婚去了，还真差不多说得上是从来没红过脸呢。不过要把他们这段几十年如一日的美好姻缘换给我，我可不干，我还是宁可现在这么漂着。他们耐久但说不上多么有意思的婚姻出产了四个子女——我哥、我弟、我姐，还有我。四个孩子两个出彩两个不出彩，好赖一半对一半。我哥我弟可给二老脸上添了光。我哥在深圳开公司，我弟在美国当教授，他们哥儿俩都混得人模人样的，有房有车，老婆孩子齐备，老头儿老太太提到他们那个乐！惨点儿的是我姐小芳，二十出头自作主张嫁了一个军人，是她的中学同学。我家对这门亲事一直就嘀嘀咕咕，嫌我姐夫家境不好，结了婚两口子又不能在一起。架不住我姐愿意呀。看不出那还真是个三贞九烈的主儿，家里紧跟着介绍了一把她都看不上，人家就只认那个同桌的你。给她施加点儿压力吧，干脆就要割腕吞安眠药。只能随她的便，嫁谁是谁吧。刚结婚还不错，也是，军功章啊有我的一半也有你的一半。后来姐夫转业回来，跟几个狐朋狗友折腾公司，做房地产，炒股，前一段又跟网络干上了，挣了一些钱，对我姐就有一搭没一搭起来，连家也不怎么回了。我姐也是运气不好，先头单位还不错，后来不景气了，下岗有她，家里家外就有点儿雪上加霜了。本来我父亲跟她单位头儿还算搭得上关系，多少可以打打招呼求求情，但老头儿倔得很，死要面子，就是不肯开口求人，袖手不管我姐这档子事。其实四个孩子里头就这个闺女对爹妈最好，什么都给他们买，什么都往他们那儿送，吃的穿的用的，有病领着看病，有事帮着办事。但老两口儿对女儿可不承情了，他们只认出人头地的儿子，势利着呢。我看我姐也是活该，就不该这么热脸贴他们。

在我老爹老妈眼里，再一个不怎么样的就是我啦。大学没捞到上，没有一技之长，活儿是练过好几样，也没挣着什么钱。有的时候其实我也是挺信命的，本来一九七六年我还能赶最后一茬工农兵大学生，结果名额被后台硬的顶了，谁想到来年就要凭真才实学高考了？我上小学中学那会儿光顾着玩了，哪有心思放在学习上？马马虎虎认些字罢了，数理化没一样是拿得起来的。基础那么差，连补习都补不上。靠推荐那本来是改变命运的一步，一步错过，下面可是一步跟不上一步。

现在再回过头来看，当然都是一目了然的。你错过了上大学，你就等于错过了好工作，就等于错过了好的社会地位，就等于错过了理想的生活方式,你就会错过高档次的女人,就等于错过了美满姻缘,也就等于跟你一生的幸福失之交臂了。所以我这个人真说得上是心比天高,命比纸薄!这是怎么想怎么让我不忿和怎么想怎么让我心里过不去的一件事。像我这么一个人,长得也算仪表堂堂,假如就这样踏踏实实稳稳当当过下去,我清楚是不会再有什么馅饼掉我头上了。如果想要拥有一段精彩人生,那就必须另辟蹊径。

当然我是经历了许多挫折之后才有这样的想法的。在这之前,我也一直过着普普通通本本分分的生活,跟我们街坊老张老李或者单位里的小王小赵都差不多。婚前谈过一两次不成功的恋爱,然后经人介绍马马虎虎过得去不挑不拣一拍即合结婚成了家。先还想在单位里好好干,晋级升官有出息,但周围每个同志好像都抱着跟我一模一样的想法在那儿埋头苦干或者用心巧干呢。时间一长,我就先松劲儿了。就那么几个馍,让饿急的去争吧。

我变得胸无大志游手好闲,我老婆对我可看不上了。她看不上我,我还看不上她呢,所以我们家也跟老张老李小王小赵家一样,在飘出米饭炒菜香味的同时也是时不常地来点儿夫妻口角、恶语相加,不过夜里倒头一睡又什么都过去了。这种小老百姓的无聊日子对我来说可真是一点儿趣味也没有,可不这样又能怎样呢?后来事情有了变化,当那一线曙光在天际闪耀的时候我甚至都没意识到那正是命运向我露出甜蜜的微笑。转机是我跟我老婆冬梅以协议的方式离了婚。

3

　　三年前我结束跟冬梅的婚姻就像从昏睡中醒来，醒来之后仍然倦怠乏力。这个早该结束的婚姻一拖就是八年，而且如果不结束，肯定还会继续拖下去，极有可能白头偕老。人是有惰性的，婚姻是有惰性的，而只有有惰性的东西才经得住耗，才能坚持下来，并且让跟它有关系的一切都沾上惰性，变得不死不活。我跟我老婆的家庭生活就是吃饭、睡觉，连电视都看不到一块儿。我爱看新闻联播、焦点访谈和足球比赛实况转播，她对国际国内大事漠不关心，对足球更是一窍不通，难得发挥一次温柔坐下陪我看回球，队员都把球踢进自家球门了，她还在一边鼓掌欢呼呢，真把我鼻子都气歪了。她喜欢看的是那些家长里短哭哭啼啼的电视连续剧，编得越离谱她越喜欢，越悲切她越来劲儿，也跟着鼻涕一把眼泪一把的，可动真情了。我看他们家老爷子殁了她也没那样儿。我对那类玩意儿可是一点儿兴趣也没有，看冬梅那个死抱着不放的样子我心里就有气。都什么品位呀！你知道我跟我老婆在一块儿多么没趣了吧？我跟她在一起，就像读一本背熟了的词典，每天按顺序往下进行几个已知的词条，绝对不会有什么新意，不开灯都知道什么在什么地方。就这样还吃不好、睡不好的，她总跟我吵架，为点子萝卜青菜，为点子鸡毛蒜皮。

冬梅和我吵架的一大主题是她总怀疑我外面有人，跟我闹信任危机。有没有搞错？我整天按时上班、到点回家两点成一直线，上哪儿发展外遇去？再说了，要有情人总也得有点儿资本吧？像我这么一没钱二没权三没地位四没空闲的，怎么可能还有别人？最主要的是我也没动那方面的心思。那会儿我还真跟小葱拌豆腐那么一清二白，我还处在一棵树上吊死、一条道走到黑的纯情阶段，欺骗组织、欺骗群众的事咱不做。可冬梅就是不信。不信就不信吧，我有什么办法？我老婆是个认死理的人，而且总认为自己感觉最准，她太自以为是了。她对我说："你这么个情种不可能在外面一点儿事儿没有，我都用不着找证据，我早就看出来了。"

我老婆对我就这么过奖，她恐怕还以为自己抢购到了什么紧俏货了呢。最后还真让她有幸而言中，通过不懈的追求，我还真成了她认为的那种人，不过那都是以后的事啦。也许我早就该按我老婆指点的那样去生活。

我老婆冬梅是个非常枯燥的女人。我娶了一个不懂得美的女人为妻，这是没有办法的事儿。谁让我们初恋时不懂爱情？不仅不懂爱情，还不懂女人。我特羡慕有些男人在自己还是一张白纸的情况下就得到女老师、女师傅、女上司等等的引导，早早地就粗通甚至精通人道。我就没有这个运气。对女老师我从来没有打过主意，主要因为那会儿我还年幼无知。年轻时跟女师傅关系倒是不错，我那个女师傅当着我面就能脱衣穿衣，起坐不避，不过她是把我当不懂人事的小毛孩儿，还让我替她站岗放哨留心更衣室窗户外面有没有男人经过，对我倒是特别放心，毫不担心我会有非分之想。那会儿我也确实老实腼腆，机会就这么白白错过了。女上司就更没戏了，本来女领导人数就少，我换了好几个单位，就没遇到一个女上司青睐我的。想想我自己也很有问题，我总是对女人容貌方面有点儿要求，这就极大地妨碍了我跟女上司接近，也就极大地妨碍了我跟她们亲近和得到她们的宠爱，也使我失去了受指点、受保护、受提携的机会。所以我只得从冬梅那样的浅层次开始。

娶一个不懂得美的女人为妻是一件痛苦的事，而这样的痛苦就像那句广为流传的关于婚姻的名句说的：鞋子挤脚只有脚趾头知道。说冬梅不懂得美，并不是说她不爱美。相反她非常爱美，都到了臭美的程度，捯饬起自己来可舍得投资了，这点我作为丈夫没有意见。我不是一个对金钱斤斤计较的人，关键是她要把钱用的是地方。可她倒好，头发全烫枯了，就像脑袋上失过一次火；文过的嘴唇一点儿没有广告上说的"泛出玫瑰色泽，少女红唇般鲜艳"的效果，相反倒有一种上色不匀显旧的效果；眉毛眼圈也都文得黑乎乎的，说好听点儿像国宝大熊猫，说难听点儿脏兮兮的像个鬼；衣服永远穿不得体，钱没少花，那些贼光闪闪的金属亮片加上层层叠叠的尼龙花边配着大红大紫的颜色，往身上一穿真是恶俗不堪，怎么看怎么像一个进城三到六个月的刚发了点小财的包工头媳妇。我们冬梅对美容的热情简直让我有点儿吃不消，漂红、染黑、除痣、去皱、减肥、增高，就没有她没尝试过的。有一天她居然还兴致勃勃地对我说："老公啊，我想去隆胸，你得有日子不能碰我，没意见吧？"

我当然没意见。关键是，她怎么会想到要隆胸呢？我压根儿就不信拿了钱到美容院一通瞎折腾她那对还算说得过去的乳房就会变成完美的馒头、凤梨或者南瓜。我劝她不要去自讨苦吃，趁早歇了这个念头。再说隆胸也是冒险的啊，往里面填的那些东西靠得住靠不住真不好说，弄不好就把一对乳房生生给毁了，没看报上总登这样的事儿吗？

冬梅才不听呢，还讥笑我，说我抠，说到底就是舍不得钱。我随她去说。我真不知道女人面对怎么样的欣赏目光才有如此凭空去挨刀子的巨大勇气！反正肯对她付出那样目光的肯定不是我。好在后来我们就离婚了，她隆没隆、隆得怎么样我就不得而知了。

冬梅自以为很美，但实际上她是最不知道美为何物的，她不懂格调。我活到快四十岁才知道，女人有格调是非常重要的，就如月之有晕，水之有波，火之有光、有焰，那是一种特别的神采和魅力。就像风中的花香，隔水的笛音，阳光下的水雾，暮色里最后一抹白亮，越虚无缥缈，越似有若无，越稍纵即逝，就越动人心魄。否则女人就是女人，让你一览无余，一点儿想象也没有，甚至一点儿胃口都没有。要说冬梅恰恰就是这样的。

真不是我要在背后说她的坏话，做了她八年丈夫，对她我是再清楚不过了。

在好多人看来冬梅是一个贤惠勤快的妻子，家务活基本是她一手包圆，每天热饭热菜，羹汤茶水齐备，而且家里收拾得一尘不染，地板都是她趴在地上一块一块擦的，就是吃下肚准保也不会拉肚子。让我心烦的是她做得多说得也多，只要我回到家，她的话匣子就打开了，跟晚报似的，不管这一天有事没事，一版二版三版四版五版六版七版八版……唠唠叨叨，没完没了，你就耐心地接收信息吧。而且她在说的时候是需要你有呼应的，你必须好好配合她，最后才能让她达到情绪兴奋，身心俱爽。否则她就不高兴啦，脸就会像面条一样长长地挂下来。冬梅倒是个从来不掩饰自己心情的人，她脸一拉下来，紧接着随时都有可能发火冲你吼，把你骂得狗血淋头。所以跟她过必须时刻准备着，什么神游四方，麻木不仁，在我们冬梅这儿是绝对不允许的。冬梅这样的女人是不容别人忽略的，你忽略她就跟你没完。所以在我八年的婚姻生活里充满了那种不断应答的声音，哎哎哎哎，是是是是，迄今好像还在嗡嗡嗡嗡地回响着呢，让我一想起来就脑仁子疼。

　　当然啦，唠叨还在其次，冬梅作为一个自视颇高的现代女性还不时需要伸张一下个性。她伸张个性也是需要有人迎合和捧场的，首选的那个人自然是作为她丈夫的我。这个时候我应该做的是无条件地赞美她，无原则地跟她站在一边，也就是说我必须完全彻底地放下我自己的个性、好恶、自尊甚至人格。当然跟冬梅讲什么自尊、人格也是多余。她伸张个性比较典型的日常表现是嫉妒，这个时候就会听到她充满仇恨地提到一个又一个她身边的人，当然多半是她的同性，有的甚至前一两天还跟她剖腹掏心煲电话粥，一起手挽着手逛街吃喝，互赠礼物，你夸我发型漂亮我赞你身段苗条什么的。所以一到这样的时候，我一边"是啊是啊"地应答她，一边心里扑哧扑哧发笑。而且冬梅还道德感极强，总把她单位里某人某人偷鸡摸狗的事儿带回家讲给我听，尤其是奸情败露，我们冬梅津津乐道着呢，说完故事永远有一通义愤填膺的谴责，还有一大段一大段微言大义的评点。我智商再低（没她想的那么低），也早听出来她是旨在警示，当然是警示我了。让我不解的是她单位怎么会有那么多的偷情故事发生，而且还屡屡败露。他们就不能把屁股擦得干净一点儿？直到有一天冬梅自己跟她的副处长私通并且败露了，我才相信她说的还真不是凭空杜撰，我也借机把自己从与她的共同生活中分离了开来。

这是一个突如其来的句号，也许它早该来了。我和冬梅是和平分手的。领离婚证那天我们还在一起共进了午餐，这种挺现代的方式挺对我们两个的胃口——这么说我跟她其实还是有共同之处的。只是到埋单的时候稍稍有了一点儿疑义，一时我们没弄清楚由谁付账更加合适。也许这只不过是我一个人的困惑。如果这顿饭是作为这个家庭的最后一餐，那么理所应当该由她结账，因为八年来这个家庭的财政全部由她掌管。实际上最后是我付的钱，冬梅连假装掏一掏兜的意思都没有，她倒也是个不做假的人。其实一顿饭钱是小意思，不值一提，但这件小事提醒我过去的都过去了，从此她的就不再是我的。

出了小餐馆，冬梅又往我的伤口里撒了一把盐。她对我说："这个周末你得留在家里，我还得去拉东西呢！"

她用的还是我夫人的口气，说一不二，丝毫不容商量，而且还挺趾高气扬的，似乎我理所应当听她的。你想不到吧？这个人真是一点儿感觉也没有，她还以为她是谁呢！我真为自己跟这么个女人一过八年难受。我当然不会跟她一般见识。

冬梅有多没劲你看出来了吧？其实我讲的这些事例都不典型，我不会讲事情，况且八年朝朝暮暮耳鬓厮磨在一起过着，再典型的事情也变得不典型了。我跟她早过麻木了，不过是"做一天和尚敲一天钟"罢了，谁去认真？再说了，从结婚起我们家的话就让她一人说了，我就光听她唠叨了，光会呼应她了，要让我自己说还真不知道从哪里说起。唉，也罢！反正冬梅是够无聊的,乏味得很,我回忆跟她在一起的生活,真是味同嚼蜡。我这么说真不是出于一个离婚丈夫的忌恨,我不恨冬梅,她已经成为过去。我真希望——假如有可能,她最好就根本没在我生活中出现和存在过。

当然这只是我的一面之词,任何一面之词都有偏颇和水分,都没法完全听信。如果让冬梅来说,她肯定有另一套说辞,说不定还是跟我完全不同的一套话,也许我在她那里更加狗屁不是。这我就管不了啦。

4

离婚之后,我就以开放的心态、急切的心情、高昂的热情和女士频繁约会。摆脱了不成功的婚姻,我的心还真有点儿像放出笼子的小鸟,只觉得天高任鸟飞。

从我前妻冬梅这儿走出来,我就自然而然想过另外一种生活,一种与过去截然不同的生活,一种一听上去就令人激动和向往的生活。这种生活应该像河的第三条岸一样,它存在,但不被轻易发现,它隐没于水底,或者它根本就不存在,就像我曾经读过的一篇小说里寓示的那样,但一个内心孤独的人却可以顺着这条岸消失,或者说抵达另一个世界。

我打小就是一个文学爱好者,从认字起我就读小说,结婚前我甚至还上过几期文学杂志社举办的写作函授班,有一篇习作还在扶持新作者的"星星园地"里发表过呢。也许是天生就有许多不切实际的念头，所以小说里的故事比较能让我想入非非的心灵得到安慰。尽管现在我已经读得不像过去那样多了，但我还是逮着什么都读。我的一个本事就是凭直觉就知道一本书的好坏，就像判断女人的容貌那么准确。那些好书也像我钟情的女人一样让我神魂颠倒，茶饭不思，没读完之前整天飘飘忽忽，读完之后还能有几天恍恍惚惚。文学对我的影响真是不小，远比刮风下雨或者其他糟糕的天气对我的影响要大。所以我估计我的情感和想法多少也受到了文学的影响，我向往那种不被俗例、规矩以及各种人为的条条框框限制死的、能让你精神得到最大满足的自由自在的生活，我想过的生活应该像书里写的那么丰富复杂和多姿多彩，充满了悬念和想象，而绝对不应该是这种一成不变贫乏无味的柴米油盐的日子。

要说我这个人很有点儿理想主义色彩，有些时候也非常不切实际。

比如我想过，衡量一个人的人生是否有价值，衡量一个人一生是否成功，不应该看他一辈子积攒了多少财富，尽管总说"人为财死，鸟为食亡"，可说到底财富生不带来、死不带走，超过了一定额度其实与这个人本身就没有多大关系了；也不应该看他官当得有多大，都知道权力是个好东西，有权就有一切，一呼百应、一诺千金、一本万利，可是高官厚禄说穿了也不过是碗青春饭哩，不在位上就没人奉承你了，就是官运亨通一直当红，花甲之后差不多也该拍拍屁股走人了吧？所以依我看，还是得看这个人有没有真正地生活过，也就是说他有没有过过和过好一个人的生活。顺着这样一个思路，我本人立马就顺流而下了，迅速地变成了一个别人眼里不思进取的人，一个懒散的人，一个无用的人，一个地道的混混儿。

我这人至少有一点儿可取，就是对自己的评估还是比较符合实际。我没有钱，当官这辈子也没啥指望，所以对那些男人常常引以为荣的外在的东西我根本就不去在乎，我当然也不会在乎别人如何看待我。另一方面我也非常清楚，尽管一天一天我没闲着，常常还忙得不亦乐乎，但我是真正的无事忙，到头来不过就是攒了一些生活经历。说好听点叫体验人生，丰富心灵，其实也不可深究。因为这一样是生不带来、死不带走的，所以我也同样对自己的生活目的有着说不清楚的怀疑。好在这不影响什么，丝毫不耽误我每个早晨起来精力充沛、兴致勃勃地过好每一个日子。

此外，我还总有一些漫无边际的想法，比如我一直在想，如何我能够既生活在人群之中，又和人们保持着一种若即若离的关系？我也试图实施这个想法，结果是我离开了原来的那个单位，开始在一个又一个的单位和公司里跳来跳去。我也试图把这个想法在我的个人生活中推广，当然这就有一定的难度了。我不可能随随便便地从一个婚姻跳到另一个婚姻，观念上我倒不是一个保守的人，但我是离过一次婚的，对个中滋味清楚得很，知道婚姻的破比立还要伤神，而且伤财。再说就是真从一个婚姻跳到另一个婚姻，也难保称心如意。万一我再碰到另一个冬梅呢？万一我碰到一个连冬梅都不如的呢？而且说真话，我也没有把握，尤其在一次婚姻失败之后，我还有多大耐心自始至终面对同一个女人。

显然这些太明确、太具体、太固定、太没变化的关系都不适合我，至少都不合我的心意。对我来说，它们都不是"河的第三条岸"。"河的第三条岸"在哪里呢？有一天我终于豁然开朗，我忽然想到了一种全新的，并且也是能够历久弥新的生活方式，我总算找到了我的"河的第三条岸"。

我的想法很简单：爱我所爱，无怨无悔。当然，我采取的这种方式也许很难为别人所理解，尤其是很难为那些思想正统或者说思想保守的人士所理解，而且还具有一定的冒险性。我不是一个疯狂的人，相反，我很理性。如果你熟悉我，你会同意我对自己的评价是正确的。但这一回我打算搏一搏。我开始在这个城市里寻找我爱的女人，不是一个，而是一个又一个。

我承认，最初我只是想与女人们建立起一种飘浮不定的、不那么具体的关系，比如跟她们谈谈恋爱，但我不必每天去面对同一个人，我可以轮番地和她们见面，这样我与她们中每一个人的关系都可以不被实实在在的柴米油盐瓶瓶罐罐充满，我们的关系就可以是轻松的、温暖的、富有弹性和良好透气性的，也不会轻易陷入沉闷、无聊、不死不活和情绪恶劣。这正是我一贯向往的。

值得庆幸的是我们这个城市很大，而且还在不断地膨胀扩大，一环二环三环四环五环六环，还会有七环八环九环十环，为我的生活提供了足够的空间和舞台，唯一麻烦也是让我深感为难的是我的时间和精力不够分配。

几乎在这种生活的一开始，每天醒过来第一件事我就像计算机一样在脑子里精确地排好一天的时刻表，即使这样还常有摆不平的情况出现。为了应付一个临时性的重要约会，我得推掉一连串码得整整齐齐的日程，有的时候真是跟发生地震差不多。我得费许多口舌跟她们一一解释，关键是我费尽口舌还不能让她们每个人都满意。在时间上我永远是处在一种拆东墙补西墙疲于奔命的状态，在精力上我更是常常透支。说句实在话，一天赶几场约会，做几次爱，吃几顿饭，同一个电影看两三遍，真不是什么太好受的事，有时候真是不得已而为之。好在我身体特别皮实，打小底子就好，经得住揉搓。身体是恋爱的本钱，要不哪能扛得住？

就这么披星戴月，我还很少有今天的事今天了的时候，我每天都有当天做不完的事情要压到明天再说，而且还不是一点儿半点，也不是只跟一个两个人有关。到下一天情况还会一样。俗话说"虱多不咬，债多不愁"，反正明天之后还有明天，明天跟今天也没什么两样，我也就习惯了得过且过。

也因为总是有一些不可预料的事情需要我对原来的安排做出变动和调整，手忙脚乱和手足无措之外，我也很快练就了一门自圆其说的基本功。我很快并且很好地掌握了撒谎的技巧，

今晚吃烧烤

说出的谎话差不多滴水不漏，也算是无师自通。再配合真心诚意的态度，温柔体贴的语调，一心想把问题解释得水落石出的较真劲儿和耐心，基本就能无往而不胜。

根据我的经验，女人既多疑又敏感，就我交往过的那些女人对我临时取消跟她们的约会都很不乐意，有的会表现得很恼火，她们之中绝大部分都会对我细加盘问：那你有什么事？去哪儿？跟谁？男的还是女的？干什么？等等等等，有的还会狂追滥打，纠缠不清，一定要弄清楚是不是还有谁在我心目中占据了比她更重要的位置。女人的这些小毛病、小弱点我都能充分理解，可这不是难为我吗？这种刺刀见刃短兵相接的时候，我必须比平常更加冷静镇定，机智善变，才能蒙混过关。迄今为止，谢天谢地，总算还没有出过什么大的纰漏和闪失。只发生过一件让我很不愉快的事，我现在也没弄明白那件事究竟是谁在坏我，但好在它很快就过去了，没给我造成太大的影响。

我是一个不会轻易受影响的人，所以我活得很好，拿我们北京话说是活得还挺滋润的。应该说以前还从来没有过这么好、这么充实的时候。我相信回报，生活是不会亏待辛勤的人的，我把这句话当作自己的人生信条。

如果你是我，站在大街上你就会体会到你脚底下有一张无形的、像蛛网一样的网，你只要沿着最有感觉的那根丝往前走，你就会来到一个你最有感觉的家里，那里有吸引你的女人，或者是孩子，或者是讨你欢心的某样东西，或者是一种特别的气氛，或者什么也不是，只是一种似有若无、抚慰人心的熨帖和宁静，甚至只是你盼望闻到的那股你想念的气味。一到这样的家里，你会得到一种可心和安心的感觉，你会踏实，会心平如镜，会别无他求。你不会再为你这种与众不同的生活方式忐忑不安和深感内疚，你会放下负罪感，融入那种可以称得上是真正幸福的家庭氛围之中。说老实话，如果不是为了这样一份吸引，我是绝不会如此冒险和如此乐此不疲的。

5

我得声明一下我不是一个色情狂,相反,我对真正大都会的伤风败俗和放荡糜烂深恶痛绝。那些卖淫嫖娼的色情场所我是从来不去光顾的,即使在我钱包最鼓的时候我也主动自觉退避三舍。走在大街上我看到雨后春笋般冒出来的洗头洗脚按摩房,心里就膈应,觉得肮脏,就是倒找我钱我也不会进去。本来理发就是理发,洗澡就是洗澡,弄得那么不清不爽干吗呢?记得有好几回,我到楼下理发店洗头修面,那还是老街坊的一个小女儿开的,五年前我们一起拆迁过来,要说彼此也是知根知底。一进门,嗬,洗头小妹那个热情,笑得那个媚,小狐狸一样。扭扭搭搭迎上来问我:大哥要不要里面歇会儿?大哥要不要按摩按摩?——谁是她大哥?做她大叔都有富余。我说不用,就洗洗头刮刮脸。小妹问:洗头要怎么个洗法?干洗呢还是湿洗呀？好好一句话让她一说听着就不像是正经话了。妖精小老板娘也扭着细腰亲自出来请我，打扮得妖艳不堪、香风拂面的，态度轻佻得要命，把人挑逗得春心荡漾，让我很不好接受。这可是我看着长大的毛丫头一个，又是家前屋后的老邻居。她做这一行的不要紧，要是传出去我的名声就跟着毁了，吓得我后来再不敢去那一家了。澡堂就更不用说了，里面杂七杂八的名堂更多。所以理发店、澡堂子变得甜腻腻色迷迷我就再不去了，一切都在家里解决。我是一个爱家的男人，这点大概大部分男人都比不上我。反过来说，如果我不具备爱家的特点，你想，我怎么可能维持眼下这样一种生活方式呢？

当然，假如说需要反省的话，我想我确实也是有相当大的问题的。

尽管我过着不偷不抢、朴实勤劳的生活，每天起床理被，回家做饭，呵妻爱子，毫无怨言，但这样的生活同时占着五六份，这就非同一般了。如此，我的幸福的理想王国就等于是建立在沙土之上，随时都有可能坍塌。对这个问题我是这么认为的，在真正的幸福面前，时间是不重要的。也就是说，充满幸福的一小时可以等于一百年，而乏味无聊的一百年跟没这一百年又有什么两样？当然也许这话说得有点儿过头了，一百年真是什么样的我可不知道，如果真让我过上一百年也许我就不会这么说了。我想说的是，为了幸福我是豁得出去的，哪怕这幸福是短暂的。

我是一个经历坎坷的人，以前跟冬梅可以说几乎就没有体会到多少家庭生活的幸福，这当然并不是眼下我疯狂攫取的借口。相反，我没有疯狂攫取，我只是占有的份额相对于一般人多一些而已。然而，我在获得的同时也是付出的，我相信同样比一般人付出的要多一些，甚至要多得多。但我乐意付出，付出也让我懂得了怎样去做一个男人，去做一个女人眼里的好男人。不过话说回来，我们同时也必须认清女人眼里的好男人也并不是我们男人做人的指标。如果让我用一句话概括，女人眼里的好男人不过是情种而已。在这个几乎不讲爱情的时代，做个情种要说也是挺有意义的，而且也是挺不容易的。所以我愿意亲自实践一把，不管得到的会是温情、快乐还是挫折、磨难，姑且就把我自己当一个试验品吧。

6

刚开始的时候我还是走过一段弯路的。三年前我尚处于摸索阶段，那一阵子我作为一个离婚男人马不停蹄地见了一位又一位女士，她们有的是婚姻介绍所为我安排的，有的是我从报纸上"单身乐园"和"鹊桥会"一类的栏目里发掘出来的。和她们中每一个人见面都让我充满了期待。我就像一个情窦初开的青少年第一次恋爱一样坐卧不安，内心焦灼，手心不停出汗。那种感觉让我一下子回到了二十多年以前。

我们这一代人差不多都是在缺乏性教育和性知识的年代长大成人的。对女性的隐秘知识知之甚少，了解女性差不多都是从偷偷阅读《农村赤脚医生实用手册》起步。这本伟大的普及读本我家里至今还有，当年我母亲上班的地方也有，就随随便便地插在值班室的书架上。我很荣幸总算没有错过性知识的启蒙。

在中学时代我就喜欢过几个女同学，不过都没有太深的关系。那时的女同学比较矜持，不那么容易接近，不像现在一些年轻女孩子大胆地把男人当成生活必需品。当然在我们那个禁欲色彩很浓的年代也还是有个别特别疯的姑娘——早熟的和性激素水平比较高的人哪个时代都不缺——不过，当时像样一点儿的男孩儿对她们都看不上，或者表面上都假装对她们看不上。

　　我也曾对一个女同学用情很深，她比我低一个年级，皮肤白白净净，眼睛水灵灵的，长得瘦瘦小小，像一个没怎么发育的小女孩，十分符合我当时的审美。每天早晨两节课后的课间操我总能在大操场上看到她排在队伍最前面，也在做操。她的动作很漂亮，就像风吹小树，看得我心里有说不出的激动。在校园里我总是非常留心她，一双眼睛总在搜寻她的身影，上晚自习的时候我经常偷偷溜到她的教室外面去看她。除了在白日梦里，她也出现在我夜晚的梦里，让我既幸福又紧张。但我一直也没敢给她写情书，连一张纸条都没写过，当然更不敢当面向她表白了。那时这种事情被看得很严重，一旦败露就会挨批评甚至挨处分。后来我就响应号召上山下乡去了，那会儿已经是上山下乡运动的尾声，我恰好赶上了一个尾巴。临走的时候让我姐姐送了一本《钢铁是怎样炼成的》给她。记得我在书的扉页上写了一句话："愿友谊万古长存！"一点儿也不敢写更亲密一点儿的心里真想说的话，那时候就是这样。我不知道她们两个是怎样见面的，我也没好意思问我姐姐。我只知道那女孩把书收了下去，但我们也再没有下文了，甚至都没有过一次单独的见面。后来那女孩考上大学，去了外地，人家跟我已经不是一个层次的了，我们就再没有见过。

真正和女人第一次亲密接触是我十九岁那年，下乡已经一年多了，那次回北京探亲，我得了肺炎，有一段时间我每天都到我妈工作的那家小医院去打针。正好那会儿我妈跟着医疗队支边去了，她让我去找田丽阿姨。

田丽是她们那儿最漂亮的护士，尽管我叫她阿姨，其实她岁数不大，也就二十四五岁，当时她好像刚刚结婚，胸高腰细，艳若桃李，美得让我不敢正视她。她对我很亲切，把我当小弟弟，每次打完针都让我坐下聊会儿天。有一天她对我说起她很爱看书，读过《哈姆雷特》、《复活》、《安娜·卡列尼娜》、《红与黑》、《呼啸山庄》、《简·爱》什么的，谈起来很有见地，让我非常崇拜她，和她在一起既荣幸又愉快。

病好了我还是忍不住跑去看她。她好像很明白我的心情，她的眼睛会说话，特别是有别人在场的时候，她的每一个表情都与我心心相印。每天我只有见到她心里才快乐和安定。

有一天医院里放露天电影，田丽约我一起去看，看完电影之后我们就去了她家。

她家收拾得很整洁，穿衣镜上贴着一幅男女相拥跳舞的剪纸，在那个年头这可是有点儿时髦得过头。她让我坐在绣着双喜字的椅垫上，用印着双喜字的玻璃杯为我沏茶。她拿出她家的影集给我看，我看到了她满月时候的模样、骑着小童车的幼儿时期的模样和知道要臭美了的烫了刘海辫梢的少女时代，还有就是她跟她丈夫头靠着头做出甜蜜状的合影。那个男的长得可太一般了，高颧骨，倒八字眉，面相有一点儿奸刁。反正我替她大失所望。她弯着身子，靠近我，给我讲那些照片都是什么时候、什么情形下拍的，她讲得很细，包括一些小小的趣闻逸事。她的头发一缕缕掉下来，拂到我的脸上，我不敢靠前，也不敢躲闪。我闻到了她身上清爽的来苏水的味儿，心口咚咚跳得非常厉害，有一阵连她说的话都没有听清楚。

后来我们就一起坐在了床沿上，再后来就有了激动人心的那一刻。我们的手不知怎么拉到了一起，她的身体贴着我，我的心都快燃烧起来了。

我们就那么傻傻地坐着，十指交握，等待着，僵持着，时间像一条大河一样静静地流淌过去，似乎把我们遗留在了河岸上。也不知过了多久，我们内心激情涌动，面颊绯红，紧紧地相拥在了一起。那种初沐爱河全身战栗又不知如何去做的感觉真是令人终生难忘！她抚摸我的脸，我也抚摸她的脸，我们在激情中尖起嘴唇小心翼翼接了第一个吻。

发生性关系是一个星期以后，还是在她家里。她告诉我她丈夫不在家，半年之内都不会回来，让我自在一点儿。我已经快忘了照片上那个尖嘴猴腮的小男人了，假如她不提起的话。我们相互脱了衣服，一起上了床。

但是这样的关系并未能持续多久，大约也就和她亲热过三两回我就回乡下去了。说心里话，当时和她有这种关系，我内心里是非常忐忑不安的，觉得自己这样做非常不好，因此尽量主动回避。有几次田丽含情脉脉地出现在我的面前，请我去她家吃饭，可是我却残忍地拒绝了。直到我即将离开，才觉得应该去看看她，跟她告别一下。那天我们恋恋不舍，缠绵了一夜。我走了之后不久，她也走了，到她丈夫那边团聚去了。再见到她已经是一个五年级小学生的妈妈，人瘦了许多，很憔悴，风韵不再。

说起来不符合道德，但这在我心中从来是一段珍藏着的美好记忆。对我和田丽，也许都应该算是一段美妙的爱情吧！我从来不认为只有领了结婚证光明正大睡一块儿的才算是爱情，那才不一定呢，我和冬梅就是一个例子。我和田丽虽然只是浅尝辄止，也没有一个美满或者干脆是悲剧性的结局，但我们的感情是纯洁的，之后若干年我都一直在努力寻找这样一种感情。可事实证明如果我一味抱着这种纯真纯情的原始落后的爱情观想跟现在的女人谈情说爱，那注定是要屡屡失败的。

我发现自己在恋爱方面真是十分幼稚，而且盲目可笑。就说我见过也颇有好感的一些女士吧，她们生活在繁华都市里，文化水平都不低，修养良好，一个个都穿戴得体，看着没有特别俗的，但她们可没工夫跟我谈情说爱，更没工夫跟我营造男女之间那种若即若离、荡人心魄的吸引。她们每个人都很务实，一上来就关心我在哪儿上班做什么工作在单位负不负责每月工资加奖金能挣多少还需不需要贴补父母，等等等等，一听就让我脑仁儿疼。我这才知道原来那些未婚和离婚（用我的说法叫"没婚"和"失婚"）的女人比政府还渴望稳定和奔小康。她们这种想法可不对我的胃口，相反真是大倒我的胃口。我是打算给予她们爱情的，但爱情对她们来说显然太过奢侈。这倒弄得我有点儿无所适从。在她们向我垂询的方面，说老实话，我还真没有什么突出之处。我跟绝大部分同龄人一样，有点儿生不逢时，该赶上的都赶上了，该赶不上的好机会、好运气也都错过了。我除了下过乡，回城后在工厂里干过，做过采购员，在银行里做过保安、出纳，又在学校里当过会计，做过共青团和工会的工作，还在两家报社做过广告经营，同时在朋友的公司里兼职做推销，还在影视剧组里帮过忙，整天也是东奔西走忙忙碌碌的，但还真没做出过什么傲人的成绩。我跟一般人一样，也有过建功立业的心，可惜机遇不好，到现在也没什么成就。问我在单位里有没有负点小责，扯淡吧，咱从来就不是管人的人。再说了，谁用咱呢？在单位里我挣钱不算多，工资是死的，奖金是上下浮动的，那些兢兢业业从早到晚死盯在班上的也多拿不到哪儿去，像我这种三天打鱼两天晒网外面还有一大堆事情等着忙乎的，人家给点儿就行了吧，我也不是爱跟人争的人。我父母倒不用花我的钱，有我哥我弟表着孝心，再有我姐这样那样勤着往娘家送，老两口儿生活质量挺高的，钱也足够花。

逢年过节我主动给他们买些他们平常不怎么舍得买的东西，再拍个千儿八百的给他们，不过就是点儿小意思。爹妈嘛，不容易，一年比一年上岁数。这些我跟她们说她们可不爱听，脸上的表情不一会儿就散神了。我也不愿意跟她们说这些呀，都是她们追着要问的。本来时间就挺紧的，我还想多跟她们说说爱情呢。当然，不说废话麻溜动手做也是挺好的。我也知道跟她们空谈是谈不出什么名堂的，最后只能是不欢而散。

看来我该考虑换一种方式了。我也是在这个时候才下决心要以另一种方式与她们接触的。

7

再跟女人们见面，我跟原先完全判若两人。

我穿着讲究，也注重个人修养。在她们面前，我不用父母给我起的名字王必盛，我叫"王平实"或者"王平顺"，是不是马上就有一种谦逊敦厚之感？而且这两个名字的意思也好，平稳实在和平和顺从都是女人们希望男人所具有的美质。除了这两个名字，我还用"王迅"、"王盾"和"王宓"，算是沾沾文化名人的光吧，是不是听着有点儿不同凡响？我也不再如实告诉她们我的职业、单位、收入乃至花费。我告诉她们的全是因人设事的职业，能让她们觉得脸上有光的单位，我印了八种名片，分别给自己安上了董事长、总经理、总策划、总导演、总制片人、总编辑、财务总管等等响当当的头衔，办公地址几乎都在千里之外，哈尔滨、上海、深圳、海南、乌鲁木齐等等。

留给她们的也不再是某个具体的联系地址,只是呼机和手机号。收入和花费我是从来不说的,收入自然是不菲的,发票也自有地方走账,而且指不定哪里就来了一注活钱,也指不定哪家有求于我的公司或哪位我替他办过事的老板朋友慷慨地替我买了单。所以在她们面前,我穿的戴的使的用的都说是朋友送的,表明我人缘好、朋友多、市面大,让她们瞧着眼馋吧。

这么一来效果果然很好,她们看我的眼光又透亮又闪烁,蕴藏着无限的生机和可能性。哎,这就对了,这才是她们应有的表情——一种一步一步向爱情靠拢,又是小心翼翼地维护着某种神秘感的表情。我喜欢这种表情,因为这种表情正确。时至今日这种正确的东西已经越来越稀有了。尤其是那些一心奔婚姻的女人,简直就想把男人用秤一约就装塑料兜里提走,现在是一个名叫王迅或者王盾或者王宓的人在时时处处激发和制造着这种正确的表情,让男女间的爱情恢复它的本来面貌,而不是一眼看上去就是贸易或者交易。这么一来真让我感觉良好。

当然,这也是有困难的。首先我的时间、精力是有限的,我再能耐也不能把一天过出二十五个小时。而且精力的透支也让我出现力不从心的状况。原来我确实不知什么叫累,现在再不敢说这样的大话了。尤其是当我一天之中从东三环赶到西四环,再从南四环赶到北五环,深夜再从八王坟回到公主坟,说不疲劳那是假话。而坠入情网的她们纷纷要求我到她们的身边陪伴她们,打电话给她们都不够。况且打电话同样是费时间的,有时候她们中的某一位热情一上来就能把我在电话线的另一头固定上一两个小时,甚至一两个小时还打不住。我交往过一个叫姜什么兰的女人,她就总给我打电话,而且喜欢在电话里唠叨不息。我记不大清她是做什么的,好像是一个小商场的经理,上班她也不好好打理生意,就忙着给我打电话了。她从早上吃稀饭,出门坐公车,见了什么鸟人,甚至昨晚上做了什么梦,一件不落都要告诉我。我真不知道怎么就受到她如此的信任和厚爱。她的电话不仅话长,而且打得还特别频繁,有事没事就给我来上一个。到后来电话铃一响我就神经质地想到我立马就会听到这位姜什么兰的公鸭嗓了。有一天她自己对我坦白她那么勤给我打电话是为了查我的哨,想看看我有没有跟别的女人在一起。她真是想多了,再说了,我有没有跟别的女人在一起她能看到吗?真是女人之见!她这么自作多情让我实在没办法。

如果当天再来上这么一位两位,我就比坐一天班还辛苦——对她们那是来不得半点儿马虎的,更不能消极怠工。她们即使眼睛看不到你,同样也在对你察言观色,她们凭的是感觉,甚至是第六感觉。女人这一点儿是非常可怕的,让你总要像一只弓那样绷紧起来。这个多情的情人实在是不好当啊!

在好几次面临无法面面俱到的尴尬之后,我明智地收缩了战线。与其伤其十指不如断其一指,对那些不依不饶特别难缠的,我采取了忍痛割爱,全部主动放弃了。我从那部分女人身边一声不吭地永远消失了。我不知道她们有没有伤心欲绝,我想有可能会吧,那我就真是太对不住她们了!不过我相信她们很快会振作起来的,她们都是有阅历的人,都有过坎坷的经历,受男人伤害也不是头一回了。我想她们同样也会从这个挫折中恢复过来。想到这一点儿我就安心啦,这么说当初我找她们还是找对人了。

8

有一天我在饭桌上听到一句话:"一个骗子后面总是跟着一群傻子。"这话说得多好,说明有骗子就会有傻子,骗子和傻子之间有着天然的共生关系。事实证明我越是尽心尽意地去做,效果也就越来越好。

现在这个叫王平实、王平顺或者王迅、王盾、王宓的人身份以及与身份相配的个人经历已经越来越丰满完善了,我说出来的任何一套个人简历都是熠熠生辉和充满魅力的,有的甚至还具有传奇色彩。也许是小说读得还不算少吧,我编故事还是挺有一套的。特别值得一提的是我这个人记忆力非常好,这大概得益于我有相当长一段做会计的经历,或许应该倒过来说,当会计的时候我就发现我有惊人的记忆力。当年账本上的每一个数字都清晰无误地印在我的脑子里。现在也是一样,面对不同的女人我就是不同的人,我随时都清楚准确地记得她们每一个人的习惯和喜好,清楚准确地记得跟她们每一个人每一次约会时的情形、气氛和说过的每一句话,包括她们的情绪及生理反应,甚至清楚准确地记得她们每一个人的生日,和她们相遇相爱的那些有特殊意义的纪念日,以及她们的月经周期。

够无微不至的吧?所以每次我跟她们中的任意一位见面,不管中间间隔多久(我总是尽己所能努力缩短这个间隔),我都能很快找到与她或她的默契之点,让上一回的亲密气氛迅速回到我与这个她或那个她之间。当我有了一次两次三次完全彻底的成功尝试之后,我的自信心全都起来了,我深深地为这件事陶醉,很快就上了瘾。

我的第一个美丽的猎物、至爱的恋人有一个纯洁动人的名字叫白雪,她人也跟她的名字一样纯洁动人。她长得相当漂亮,她的头发像乌木一样黑,她的肌肤像雪一样白。她三十岁上下,刚从海外归来不久,应该是学成归国吧!在一家外资机构做人事主管。这样一个妙人儿,对于王必盛那真是天上的月亮够也够不着,但是对于版本升过级的王迅、王盾、王宓来说,就完全值得一试了。

我和白雪是在电视台的晚会上遇到的,她看上去神情腼腆,比那些穿戴俗气、高声大气的本地女人羞怯得多。众多的女人中我一眼就注意到了她。我跟她聊天,果然是很有教养。对有教养的人我从来都是心存好感的，这类人对人有礼，而且自尊心强，相信自己的判断和感觉，看重个人秘密，吃了亏自己能忍，不会为小事翻脸，这些基本素质可都是求之若渴的。晚会结束我和白雪边聊天边散步，非常投缘。当晚我一直把她送到她家楼下。她并没有邀请我上去坐，我当然知道这是她那个层次的女性的矜持，我也就识相地告辞了。

过了三个星期（据说这是有好感的陌生男女能保持热情相互守望的最长周期，我也不知道有没有科学依据），我给她去了一个电话，约她没事出来走走。

我给她打电话的时间是晚上八点整，晚饭和新闻联播都结束了，天也正好黑下来。如果不正忙着什么事，这个时间是一个人最容易无聊的时候。果然我一约她立马就答应了，爽快极了。

那一个晚上我们在一起的感觉还像上次一样非常好，我发现我真是喜欢上她了。我暗想是否从明天起给她送花？我知道她们那种外企的白领丽人很喜欢那一套。但我又觉得对于如此出色又是有国外生活经历的一位女士这样的手法是不是过于平淡？她肯定早就司空见惯。和她对面而坐，听她滔滔不绝说她身边的人和事，我一直走神在思考对策。

送她回家的路上，我试探性地握住她的手，她没有马上挣脱。我就那样温柔地握着她，并不敢用力。

她突然笑起来。我问她笑什么？她眼睛亮闪闪地看着我，笑而不答，一副非常顽皮的样子。

我还是第一次看到她这样的神情，真是诱人。

不知怎么我就很冲动地对她说了一句："我爱你！"

天哪，居然马上就出效果了。就在灯火通明的大街上她主动把两条柔美白皙的胳膊绕到了我的脖子上，我就势抱住了她的纤腰，她的胸部马上带着弹性和热情贴紧了我的身体。果真是在外国待过的，她的热情让我十分冲动。

当夜我们就在她的闺房里欢度良宵。

我还从来没有遇到过一个像白雪这样富有激情的女人，整整一夜她都让我像一台通着电源的马达那样不停工作，而她也是一次又一次地震颤，一次又一次地到达快乐的巅峰然后昏死过去。

这样一夜，我就感觉到自己已经深深地爱上了她，不愿离开她。我在她耳边痴痴地说着情话，她似听非听，一直处在一种痴迷而又疯狂的状态之中。噢，活这么大我还是第一次知道女人还会是这个样子的。

天快亮的时候我们才搂抱着睡了一小会儿。我醒来的时候发现她正在无声地流泪。

我不知道出了什么事，她的样子让我心疼。我抱紧她，问她怎么啦，是不是我让她不高兴了？

她在我怀里一动不动，也不吭声，泪水流得更欢畅了。终于她带着哽咽说："我以为再听不到别人对我说我爱你了，你说实话，你真的爱我吗？"

我当然是真的,要知道我还从来没遇到过像白雪这样高档次的好女人呢!我真诚地望着她,用唇语不出声地对她说着让她激动和感动的那三个字。我想我的眸子一定像清澈见底的湖水一样映照着心灵,我嘴唇的翕动一定是最最温情性感的样子。在白雪面前我是最本色的,我把爱情和情欲统统奉献给她。面对她这样一个冰雪聪明的人儿我可不想弄巧成拙,人家是做人事的,什么人没见过?天亮之后我们再一次相拥在一起,海誓山盟,发誓永远不离开对方。我们在泪水和汗水中做爱,我亲爱的白雪公主就像一条被雨淋湿的河。她的美貌,令我心醉。

但是这个美丽的白雪公主却让我有点儿捉摸不透,有的时候她热情似火,有的时候她又冰凉似水甚至寒冷如冰。好多次我给她打电话她都声调冷淡,约她也总说忙,不肯出来。我想也许她是出于女性的矜持吧,要么真是很忙,没太往心里去。后来才明白其实是事出有因。好在断断续续我们也还一直见着面,而且每次都少不了做爱这项重要内容。她变得越来越贪婪了。我变得越来越贪婪了。我们变得越来越贪婪了。可是我们的感情却没有直线上升,这我清楚。她已经不像第一次那样对我的绵绵情话那么有感觉了,我再对她说,她让我安静,别说话。我本来就是为了讨她高兴,她不想听,我乐得遵命。到这时我还没往太坏里想。

后来这段关系就戛然而止了。分手的原因很简单,从第一夜起白雪就表示想跟我结婚,但我支支吾吾总不正面表态,她就决定嫁给另一位有志青年了。凭良心说她的选择是正确的,她嫁的老公比我有钱,比我年轻,而且关键的一点儿是至少跟我比人家还算得上是一心一意的吧!婚后白雪随夫君去香港定居,这样一来我若想见她一面也就非常困难了。

有一点儿让我愤愤不平,白雪一边跟我鱼水情深,一边却红杏出墙,跟后来成了她老公的那个男人勾勾搭搭,指不定还跟别的男人也调着情,这让我既难过又灰心。她这么一个白领丽人,有身份有地位,素质高修养好,怎么也如此不讲品牌形象?这可太出乎我的意料了。好在我跟她一样,第一战场之外同时还摆着第二、第三战场,因此我心里也不算太不平衡。这件事上怎么说我们也是势均力敌打一平手,只可惜我们棋逢对手又失之交臂。

9

认识第二位女朋友比白雪稍晚。这是一个小姑娘,才二十岁出头,名叫康乐乐。人长得可爱极了,个子不高,胖乎乎的,小圆脸蛋,一笑俩酒窝,走路蹦蹦跳跳,就像一只活泼机敏的小兔子。我总觉得她的名字有点儿怪,光叫"乐乐"还好,连名带姓叫她,我直担心把她叫成某种橡胶制品。小丫头可不善了,马上接嘴道:"我一直怀疑我爹妈给我起这么个名字大概有什么不可告人的含义,说不定他们在暗中纪念他们避孕失败呢,我说他们还不如干脆直接叫我康乐套得了,多响亮,多好记,多容易出名!"

她装疯卖傻的劲头逗得我笑翻了。

康乐乐爱好艺术,一心想成为电视明星,所以我虚构的"《金色诱惑》总导演"的头衔对她最有吸引力。

我答应她有机会让她试试镜头,并且许诺要捧红她。那一段时间我正好在朋友的剧组里帮忙,带她去了一次外景地,当然是匆匆而过,板凳没坐热,水没喝透,拉上她就上车走了。康乐乐那么个比鬼还精的小妮子,时间略长她肯定会看出我在那儿不过是个无足轻重的小人物,而且,那里的男人眼睛都是带钩子的,我可不想带着肉包子打狗去。从外景地离开康乐乐可不乐意了,小嘴儿噘得可以挂油瓶,跟我吵,责问我是不是在耍弄她。谁敢啊?我的妮儿,我要真的是总导演,别说让你上戏,我可有心让你成为玛丽莲·梦露,最不济也会把你捧成小燕子!我不惜破费巨资带她去吃了一顿潮州菜才算勉强平息了她激愤的情绪。那顿潮州菜起的另外一个好作用就是促成我跟她的关系进入到一个实质性阶段。

　　那天晚上她可真是又乖又可爱,主动挽着我的胳膊和我沿街散步,我们就像这个城市里最浪漫的情侣,不时停在街边拥抱接吻。我得说那真是太美好太幸福的享受了,她的年轻丰满的身子像口香糖一样富有弹性,她的肌肤比丝绒还光滑,比玉石还凉爽,她可太让我神魂颠倒了!我一边爱抚她,一边用磁性的男性嗓音为她勾画美好无比的未来,当然同时也不忘为她勾画今晚就可以实现的同样美好无比的近期未来。她提出要跟我回家,让我颇为踌躇。我脑子冷静下来,觉得不妥。我可不能因为一时冲动给自己惹下麻烦。后来我们一起去了她跟另外一个女孩合租的房子。

　　她们合租的那套房子是个很小的一居室,那个女孩已经睡下，康乐乐打算把卧房的门从外面反锁，遗憾的是她花了十多分钟也没有找到她记忆中的那把锁。后来还是我急中生智，把领带解下来递给她。她就用我唯一的一条金利来男人的世界领带把门从外面拴住，不知从哪儿找出一卷硬硬的帆布，麻利地抖开，铺在门厅的地上。我们飞快地脱光衣服，就地大干起来。

那种感觉有点儿像作案，非常刺激。门厅太小，我的脚一不小心就会碰上壁柜，发出嘭嘭的响声。我一直担心康乐乐那位亲爱的同屋会因为听到异样的动静醒来，那可真太叫人尴尬了。好在没有意外发生，真是谢天谢地。她就像睡死过去了一样，或者就是佯装听不见，房间里面始终一点儿声息也没有。尽管是速战速决，说不上尽兴，但我们都非常满足。

同样的节目我们连着上演了一个星期。每天都是先吃饭后做爱。这一个星期是耗资巨大的一个星期，我的花销大得惊人。康乐乐点的馆子都是高档次的，她真是一个花别人钱不眨眼的人。我知道就这样小丫头对我还是挺有看法的。

有一天吃着饭她问我："你说，到底你打算跟我怎么样？"

我做出最最纯情的表情，对她说我只想好好爱你，别的我都不想。

她哼地一笑说："你还是多想想的好！"

她一副赌气的样子，可即使是她生气的小模样儿在我的眼睛里也是非常娇憨讨喜，看来我确实是人到中年了。我又拿出要为她找机会、一定想方设法捧红她的一套话对她说，她根本不听。

突然她脸一翻跟我吵了起来:"得了得了得了,都是扯淡的话!你这种操蛋男人我见多了,上床之前吊着你,上了床就啥都指不上了。看你装模作样特真诚我还以为你不是那路人呢,我认栽了这回好不好?就算我瞎了一只眼!"

原话就是如此,真是个辣妹!

那天吃完饭她就没让我去她那里,我以为这就完了。没想到隔了一段时间又打电话来,声音还是那么甜蜜蜜的,听得我心里痒痒的,沉睡的那块感觉又复苏过来,整个人从内到外暖融融的。我这个人就是这样,一点儿受不住别人的好,再说我还爱着她呢!我马上主动积极地表示想见见她。

当晚我们就又在一家豪华馆子里面对面坐着吃饭了。饭后又是情意绵绵的月下散步。我心里想着大概小姑娘回心转意了,这回又要有戏了。我深情地吻她,把她带到灯光稍暗的树影后面,像第一回那样自上而下地抚摸她,直到她像一条蛇一样忘情地绕在我身上。我看是火候了,心中得意,等着她提。

她果真开口了,声音充满了女性的娇媚,像掺了蜜一样甜。

她说:"亲爱的,我真爱你,我是你的,我离不开你!"

我说:"亲爱的,我也爱你,你是我的!"

她说:"你是真心的吗?"

我说:"我当然是真心的,我怎么会不是真心的呢?"

她说:"那好,亲爱的,你能借我五百块钱吗?"

她俏皮地歪着头看着我，如水的瞳仁映着霓虹灯光，眼中全是揶揄的神情。

考验我呢吧，小妹妹？这种小套子可套不住我。我拿出钱包，刷刷刷抽出五张百元大钞递给她，一句废话没有。

她接过钱，随便叠了一下放到牛仔裤后兜里，问都没问我，伸手就拦了一辆出租车带我去了她那儿。这当然很中我的心意。那一夜我们过得非常之好。

两个星期之后她又呼我，我们见了面。这一次就像是上一次的翻版，只不过她提出要借两千元。我觉得她真是神了哎，那天正好我哥哥从深圳给我爹妈寄了两千元过节钱，我刚去邮局替他们取了，放在口袋里还没焐热呢，她这儿就开口了。我本来想跟上一次一样刷刷刷潇洒地抽给她，但我还是打了个顿儿，不太潇洒地问了她好几个为什么。最后经不住她的软磨硬泡和软硬兼施，我还是把那两千元孝顺钱拿出来放到了她的手心里。我忍不住告诉她这钱可不是我的，她咯咯咯地大笑起来，清脆得就像一串银铃相击。

她说："你不必跟我说这么些，我不管是谁的，我记着是从你这儿拿的不就完了？"

事后想想那天我实在是有点儿不太正常，和她一起吃饭的时候酒喝得太多了，头脑没有保持必要的冷静和清醒。她坐我对面，一身露脐装，下面是一条渔家姑娘那种裤脚宽大的长裤，也许她也有点儿喝高了，在餐馆的椅子上无所顾忌地盘腿而坐，就像坐在钓鱼船上一样。她低头饮酒的时候胸前可爱的乳沟忽隐忽现，让我非常冲动，完全被她的风姿魅惑。

吃饱喝足她又一次挽起我的胳膊，带我去她那儿。可是那天到她那儿却没有如愿以偿地做成爱，她的同屋正在灯火通明的屋子里听音乐、洗东西，忙里忙外。我没办法，待了一会儿，只能全身而退。我不可能像小年轻一样无所顾忌，总还要顾点儿体面吧？我的康乐乐一点儿也没有跟我出去另找一个地方的意思，一进屋她就直嚷困死了，倒头就睡下了，连我告辞她都没有起身送我。

说起来很不幸，这段缘就到此为止了。

后来她再没来找过我，等我想起来去找她时，发现已经联系不上她了，她的电话号和呼机号都停用了。我不相信她就这么人间蒸发了，某一天顺路去了她的出租屋。去了才知道她和她的同屋都搬走了，那套房子里住着一对外地夫妇。噢，这么说她不仅骗了我的感情，她还骗了我两千五百元钱。天啦，这个狗日的女孩可真是太猖了，居然黑到我头上了！我全蒙了，真咽不下这一口气。我跑进一家小饭馆，一气儿给自己灌了八瓶啤酒。后来晕乎劲儿上来了，心里才缓过来一些。我自己安慰自己，只当是嫖娼啦，花掉两千五也不算亏，毕竟那么多回呢。可我是个从不涉足色情业的正人君子啊，品行端正，清清白白，这么一想都让我恶心添堵！这件事真是太让我屈辱了，又这么低级，都没法儿对别人说。

从小饭馆出来我趴在马路的护栏上大吐起来,吐得眼泪直流。两边汽车唰唰擦着我开过,真不如轧了我算了。我晃晃荡荡往家里走,心里直骂自己活该。康乐乐还说碰到我是她瞎了一只眼,碰到她那才是我两只眼全瞎了呢!

那真是万分痛苦不堪回首的一夜。

10

接下来的一个女朋友谢蓉是位眼科大夫，据说开个白内障就跟切个萝卜片似的，嚓嚓，手起刀落，由不得我不敬佩。认识她跟前两个也就是前后脚，不过跟她进展得要缓慢得多。谢蓉长得高高瘦瘦，苍白的一张小脸，说话声音细细的，对什么事都有点儿无动于衷的劲儿，真是上上下下都让我非常喜欢。有的时候我在心里琢磨，谢蓉还真是我理想中的爱人，怎么看怎么好，可又说不出她究竟哪儿好。她属于我最喜欢的一个类型。多少年来，我一直把这一类型的女人当作自己的梦中情人，这也许跟我最初的性爱经验有关，也许还掺和了点儿恋母情结。身上有淡淡的来苏水味儿的女人让我觉得亲切，可靠，有吸引力，还有那么一点儿说不出来的可望不可即。谢蓉在医院里是主治医生，她在的那个医院可是三级甲等的好医院。谢蓉医术很好，病人总点她做手术。所以尽管我和如火如荼的白雪耳鬓厮磨，还泡着手段挺黑的康乐乐，但她在我心里自有位置，这是别人替代不了的。谢蓉告诉我她是在婚介所电脑里看了我的个人资料之后托朋友的朋友的朋友拐着弯儿找到我的。这都怪我，我留的还是之前上班的电话，之后我跳槽了也没去更改，让她费了这么大的周折。真让我感动啊，这就是缘分！第一面我们是在一家咖啡馆见的，她穿一件白衬衣，一条窄裙，清爽简洁，一下就显出了与众不同。她话很少，主要是听我说。我们在一起坐的时间不算太长，她就要赶着去上班。我大着胆子提出送她去，她说不必。我坚持，她就同意了。

那天我送她上班，心里有一种奇怪的感觉，觉得认识她似乎已经很久了，甚至我有一种好像跟她生活过的感觉。我直觉跟她肯定会走到一起。我把她送到医院大门口，正好有熟人迎面出来跟她打招呼，我发现他们的眼睛全在我身上。我本能地挺起胸膛，让本来就线条硬朗的身姿更显挺拔潇洒。我一直送她走进大厅，一股来苏水的气味扑面而来。

谢蓉蹬蹬蹬地往前走，走出几步又折回身，不好意思地冲我一笑说："我忘跟你说再见了，瞧我，一到这地方就跟上了发条似的。"

她很有力度地跟我一握手，随后就穿过大厅向里面走去。我的手上还留着她手指纤细爽滑的感觉，我的目光一直尾随着她，穿过长长的走廊，上台阶，绕过取药处，上楼梯，再穿过长长的走廊，进门，换上干净的白大褂，戴上一次性的天蓝色棉纸帽，眼神透亮、态度亲切地给病人看病。我想假如我是病人，坐在她对面，在她的关注下我会完全彻底地信赖她，我会把自己全部交给她，毫无保留。我久久地站在大厅的门口，心头痴迷。眼前的场景似曾相识，谢蓉走过的路线好像有一条光带，而我可以沿着这条神奇的光带悄然地走近她，不为她所知。这种模糊的感觉一下拉近了我跟她的距离，我确信我跟她一定会有故事。

对谢蓉这样的女人我是不急于求成的，能约她在一起坐一坐我心里就挺满足，而且在约会和约会之间总是留出足够的时间作为间隔，让我们每一次约会都显得珍贵无比。我喜欢听她说她工作和科研上的事儿，尽管我懂的不多。说心里话，在她面前我根本不敢流露出自己的欲望，我怕她看不起我。我总是小心翼翼地呵护着她，就好像她是一件珍宝。为谢蓉我是甘愿不辞劳苦的，从跟她认识一开始就是这样。

记得和谢蓉约会之初，有一次我约她吃饭，她跑来说孩子病了。我二话没说，炒两个菜打上包就跟她回家了。我们连夜抱着孩子去医院打吊针，那一天我陪他们母子到下半夜。后面几天谢蓉都要值班，每天抱孩子打针我就主动承担了。孩子好了，谢蓉对我说："你比孩子的亲爹还强点，他没出国以前碰到这样的事儿都是扔给我的。"

那之后我跟她就好上了。

谢蓉比我以前的所有女人都优秀，恰恰是这个最优秀的女人最温柔。所以我也自然而然地拿出实际行动对她好。只要去她家，我都下厨给她和孩子做饭，饭后我主动收拾桌子，洗碗刷锅，然后沏上两杯热茶。这些微不足道的小事没想到谢蓉都很有感觉，她说："从来都是我给人家泡茶，还没有过别人为我泡茶呢！"

我听她这么说心里还真有点儿不好受。女人生来就应该被人爱的，别的女人有的谢蓉都应该有，别的女人没有的，谢蓉也应该有。我伸出宽大的热乎乎的手掌握住她白皙冰凉的小手，心里发誓要把最好的给她。从此我对她就更体贴了。比如，她下夜班，我就到路口去接一下班车；有时夜里她说有点儿饿了，不管多晚，我都马上起来给她弄吃的。有一回家里正好什么都没有，我就一件一件穿好了衣服，骑上车到餐馆去下了一锅三鲜汤面端回来。我承认，做这种事儿要没有点儿劲头那是根本不行的。我跟冬梅结婚八年，也从没做过一次。我想就是再跟她过上八年，我大概也还不会做这样的事。到现在我还记得清清楚楚，我和谢蓉一起吃我顶风冒雪买回来的那锅三鲜汤面的气氛美好极了，她只穿了一点儿内衣，坐在灯下吸溜吸溜地吃面，小脸儿亮晶晶的。她吃得很投入，香甜无比的样子。她抬头看到我正望着她，马上有一点儿不好意思，又飞快地变成了娇媚，娇若春花，媚若无骨，像精灵一样迷人。我得说，这在一个结婚十年以上的老婆身上你是永远不会看到的。所以，你知道，紧接下来就不再吃面条了。我们相互把对方抱在怀里,如痴如醉。这种时候我知道谢蓉是既感动又感激的,而我因为她的感动和感激内心里非常陶醉。我们就是这么相得益彰、心心相印、息息相通。我们在一起用不着多说一句话,一个眼神彼此就能心领神会。这大概就算得上是"心有灵犀一点儿通"的境界了吧!

11

跟谢蓉交往之后,我不再在各个年龄段及各种阅历层次的女性中寻觅,我只把眼光对准那些四十岁以上的、离异之后独自带着孩子生活的文化层次较高的女人。我是经过反复比较才确定自己的目标的。符合这个标准的女人有种种好处,她们一般都有住房,有一定的积蓄;有自立自强的心,不用你事事费心;有阅历,碰到事情跟她们比较容易说通,她们自己也比较能看得开,许多事情没开口说她们已经自我消化了。最主要的是她们都渴望爱,尽管她们一张嘴可能跟你说的也是柴米油盐居家过日子的事情,实际上我知道她们是不满足于柴米油盐居家过日子的,否则她们当初就不会闹着要离婚了,你说对不对?如果你把她们说的实际问题当真,停留在这个层面上,她们就该说"其实你不懂我的心"了。因此你完全不必跟她们一是一二是二，你只用爱她们，她们很快就会自己都想不起急于解决的是哪一个实际问题了。把她们弄晕是首要的，也是最重要的，这是我的经验之谈。女人头昏的时候是最可爱的，而且越是自认为头脑清楚的女人越容易发晕，这也是我一个秘而不宣的小心得。总说女人是感情动物，她们是不是感情动物我不知道，但我知道她们是感性动物，越是丧失理性的时候，就越像她们本来的样子。所以我喜欢她们，爱她们每一个人。

和谢蓉相知相爱的前前后后我结识的女人慢慢多起来，其实后来也搞不清楚谁先谁后了。至少有一点儿我永远不会让女人失望，就是我不会无情无义地对她们说一句"她比你先到"之类的话。又不是排队买鸡蛋，先到的有，后到的就没有，在我这儿不存在这个问题。恋爱不分先后，关键就是看彼此如何建立起相互需要、相互离不开的关系。除了谢蓉，还有一些女人也都或深或浅地打动过我的心。比如李素素、唐心虹、王菱、查好娟等等，如果放下谢蓉，我得说她们一样缠绵媚人，各有千秋。

从这一阶段开始，我把我走动比较频繁的女朋友基本稳定在五六个，当然数目相对固定，人员流水不腐并不固定。我摸索总结出的这个数目比较合理，就像一件衣服，穿上大小正好合身。说句实在话，人太多了我也照应不过来，牵扯精力之外，撞车的可能性也大，搞不好反而弄巧成拙。

有一天我看报上登了这样一件事，说有一个二十来岁的姑娘在一家保险公司做推销员，为了能多卖出些保险，她通过婚介公司广交男友，以谈恋爱为名，把保险推销给她的各位男朋友及男朋友的亲朋好友，最后当然是被识破了。现在真是做点什么都不容易，卖保险都这么难！这个姑娘也许不过是边谈恋爱边卖保险，属于生活工作两不误，但不幸被人给误会了，这就说不清楚了。现在说不清楚的事情也太多了，没事你就看看电视看看报纸吧，前些日子还是有头有脸的大人物去视察的先进企业，说倒闭就倒闭了；领导干部也一样，这边还在慷慨激昂做报告反腐倡廉，那边揭出来受贿多少千万多少亿，有多少多少物品，多少多少处住房，还养着一堆如花似玉的小蜜；还有那些名人大腕的婚恋家庭，今儿还是令人艳羡的伟大的爱情，到明儿说散就散各奔东西你拦都拦不住。反正什么事情一登报纸一上电视它怎么说你就怎么听吧，谁都清楚不能当真。我要说的是这位卖保险的姑娘跟我做的看上去有些相似，我们都是在某种意义上欺骗了别人，把自己的幸福建立在别人知道了真相后难免会有的痛苦之上。

但我跟这位姑娘最大的区别在于——如果报道属实的话——她有商业目的，而我没有。我从来对感情的纯洁性看得比较重，感情如果和商业啦金钱啦利益啦搅和在一起，那感情肯定就不纯粹了。相反，我即使欺骗她们，我也没有多少单纯利己的目的，更没有通过她们去赚钱或获取其他方面的利益。我只是为了跟她们相爱，跟她们一起营造一种半脱离现实、半虚构的爱情生活,我想她们应该是可以理解得了的。假如要说利益,我的利益中也包含了她们的利益,我和她们的利益是一致的、共同的。即使有一天西洋镜被拆穿,真相大白于天下,我想她们也应该能够原谅我吧!毕竟她们从我这儿得到过也许是她们一生之中从来没有得到过的爱,她们同样也是受益者呢,她们自己清楚从我这里得到了多少好处,她们不至于吃了宴席再倒过头来砸锅摔碗吧?

我要说我的女朋友个个都很不错。我声明我不是集邮,所以不存在兼收并蓄。对女人我有自己的审美和口味,我有一套假如说出来肯定也会很啰唆的标准和尺度。说句不太谦虚的话,在我这儿有类似排行榜的性质,所以经过我筛选留下来经常走动的女朋友肯定都是个顶个出色的。

李素素也是一位令我怦然心动的女性。她是我认识的最浪漫的女人,今年四十一了,还像个小姑娘似的。她倒也一点儿不显老,长得清丽可人,打扮打扮走出去还是非常亮眼。她是一家报社的记者,据说北京城地面上大大小小的机构没有她通了关系够不着的。和婚姻介绍所她也透熟,所以人家理所应当要千挑万选把最好的一碗菜端给她。

是她主动跟我联系的,约我某日某时在香格里拉饭店见面。我一听这么讲究的地方就想到这肯定是一位不同凡响的人物。那天她打扮得也确实是非同寻常,讲究得就像是赴世纪盛会。她穿一件银色闪光长裙,前胸是大大的V字,背后是窄窄的V

字，直到腰间。纤纤玉手上是一枚与耳环配套的宝石戒指。就她这一身衣裳首饰我看倒真是需要香格里拉饭店这样的环境才能衬托得起来。好在那天我也是有备而去，我穿上了我最好的鳄鱼T恤，拿着刚买来不久的新款手机，也蛮像那么一回事儿。对媒体的朋友我从来是另眼相看的，当记者和当作家都是我在小学生时代就有的梦想。再说，即使不谈恋爱，和李素素女士交个朋友也是值当的啊，有些我根本没本事办到的事情估计只要她肯出面就能办到，往后自有请她帮忙的地方。所以我打算好了这一晚上为她一掷千金，做一些先期投入。我想这也不是人人都能有的机会。

见到她人之后，我更坚定了自己的投资信心。就凭人家的雪肤花貌、高雅华贵，无论她对我是做短线还是做长线，我都会尽己所能把她牢牢地握在手里的。

李素素非常讲究情调，也把我当成了一个懂情调的人，她总是拉我在外面吃饭，每次挑的都是装修得非常考究的馆子，吃过饭还要找家咖啡厅或者酒吧坐一会儿，或是找家清雅的茶艺馆喝喝茶。每回跟着她出门我脊梁后面都直冒虚汗，真怕钱包里的一沓大票盖不住账单。好在每回她都抢着埋单，实在顶不住的时候我也就不死扛了。当然绝大多数时候还是由我结账，咱不是男士吗？心疼归心疼，但这个风度和体面不能不要，这是我一贯的原则。再说，怎么说钱也是身外之物，千金散尽还能再挣，所以大方得起的时候我都不吝啬。

不光对李素素这样，对她十一岁的胖儿子嘉嘉也是一样。要说笼络孩子，我还是有些手段的。我自然知道通过孩子接近母亲就跟坐直通车一样。对李素素的儿子我当然是要收买的。

小家伙也真有他的，能吃，胃口奇好，简直可以把摆食品的货柜一块儿吞掉，而且看什么要什么，跟他妈一样也是个高消费的主儿。想想我像他这么大的时候，口袋里从来没有超过一毛钱的零花钱，当然那时候东西也便宜，五分钱可以买一个大饼，六分钱就可以吃油饼了。可这些对嘉嘉太缺乏吸引力，人家要吃的起码是麦当劳、肯德基、比萨饼，没有一次不花掉我几十上百元。现在的孩子呀，连白水都不肯喝了，要喝可乐，喝果汁，都是喝钱哪！

有一次我领嘉嘉去逛店，孩子看上一辆遥控汽车，我一看价钱，天啊，九百九十九元九毛九分，就这么个塑料壳哪值得了这么多？我想拉他走，他身体沉得跟铁铸的一样。那会儿我跟他母亲正处在进一步则进、退一步则退的很关键很微妙的阶段，也就是说我只差一点儿就可以把她弄上床了。买还是不买？着实让我为难了一番。特别烦人的是两个伶牙俐齿的导购小姐还来煽风点火，教嘉嘉各种玩法，嘉嘉的魂都让她们勾去了。我看孩子实在可怜，眼巴巴的，答应给他买一辆小点儿、便宜点儿的。最后我破费了五百多块钱，就为博美人的儿子一笑。可惜嘉嘉还不满意，回家的路上他笑脸也没有一个，闷闷不乐的。唉，现在的孩子真难打发！

好在我这份苦心在李素素那儿没有白费，儿子没领的情当妈的领了，没多久我就打动了她的芳心。她在她的闺蜜面前夸我绅士，甚至还说了非我不嫁。得到她的青睐真让我比吃了蜜还甜。

在李素素的爱恋和李素素的氛围下，我还真成了一位绅士：不说脏话，不吃葱姜蒜，头发梳得一丝不乱，皮鞋永远擦得锃亮，还学会了给女士开门拎包穿外衣，让女士走在前面，不管这位女士花容月貌还是年老色衰。这一套你别说还真灵，女人马上就对我有了好感，甚至对我很信赖。尤其是那些在场面上受到冷落的——这样的人一般也确实没有任何出众之色——你对她好一点儿、热情一点儿她真往心里去，真把你当亲人。

李素素要嫁我暂时我还真没法儿接受，但她对我的一片柔情正是我渴望的。每次我回家，她都把家收拾一新，让我宾至如归。我知道她在报社上班很忙很累，一采访常常就跑大半个北京城，赶稿也常常通宵达旦，还不是写完就完，上面还有一堆头头脑脑等着审呢。可她在外面再辛苦，我在她这里享受到的全都是五星级服务：衬衣是熨过的，拖鞋是新刷洗过的，擦手、洗脸、洗澡用的大小毛巾分门别类整整齐齐叠好在藤条篮子里，散发着洗涤剂的清香。如果外出，她会温柔地侍候我穿衣，用纤纤素手替我打好领带，再在我的颈后喷上波士牌或者纪梵希的香水。我觉得假如我是只小狗，她就该把我抱在怀里了。偶尔我在她的朋友面前露面（只有被她磨得实在躲不过去才有一回，我知道我以这种具体的身份多亮一回相就是多给自己增加一分危险），她的朋友准会说："你们王宓真帅！"或者："你们王宓酷毙啦！"这种时候李素素是十二分地得意，就像握着一只黑马股。记得某一次回家的路上，在出租车里她就靠过来，迫不及待地和我亲吻。接吻的间隙她对我说："亲爱的，以后你得全穿名牌才好！"

当然，我当然是全穿名牌好，这我知道，可我花销得起那么多吗？我赶紧用另一个热吻堵住了她的嘴。

李素素对生活品位的追求是全方位的。所以说，跟她接近对我还真是一个挑战，显然需要我做得更多，做得更好，同时也需要我付出更多，加大投入。可我的钱从哪里来啊？我真担心爱我的李素素会让我有一天彻底破产。

在和李素素的接触中，我发现她不仅性格好，还是一个非常仗义的人，一个肯替他人着想的人，而且富有献身精神。她身上的这些美好品质都是我非常看重和欣赏的。和一个好人交往是有安全感的，而且事情也容易向好的方面发展。和李素素好上之后，有一些不怎么好办的事我都是请她出面帮助解决。说来也神，只要李素素去打个照面，最多是请一顿饭，再难打通的关节一下就能打通。这就是本事！靠李素素我发展起了一些极有用的社会关系，交了几个有权有势的朋友。当然，这些虽然重要但不是我最看重的，我最看重的还是李素素本人。有她做我的女朋友，我也算是脸上有光。

我没想到矜持的李素素是一个导热非常快的女人,对感情及感情的热度非常敏感。而且我这个导热很快的爱人还有一桩让我特别称心的,就是她床上表现特别出色,对做爱简直到了痴迷的程度,真是一个喜爱男人的女人!只要我一进她的家门,第一件事情肯定是脱衣服洗澡,紧接着就是上床,从来没有其他废话要多说的。我喜欢她的利索,也喜欢她的干脆直接。

李素素是一个只要一触摸她就有电流阵阵袭来的尤物,她就像深海里的鱼,紧紧地咬住我不放,让我像水草一样被吸进她的旋涡深处。这种水母一般的女人我还是第一次遇到,迷得不行。我们像两条水淋淋的蛇一样缠绕在一起,没有羞耻,只有享乐,我们都疯了,做爱快把命做得送掉。

有一次我突然想起来问她会不会怀孕?她正处在又一次高潮之中,她在死而复生的当口简洁地吐出两个字"没事",紧接着就在我的怀抱里舒服地昏死过去。她真的是太放纵了,我真的是太放纵了,我们真的是太放纵了。那一阵因为纵欲过度,我和她腿都是软的,好在出门都打车,偶尔走上一小段路,两个人都气喘吁吁,步伐有点儿像驾云。我们携手相视而笑,连鼻梁和眼窝都泛着同样的青灰色。

这段如痴如醉的淫荡生活马上就带来了后果,到她该来月经的日子,却迟迟不来。那几天我正和谢蓉热着,没去她那里。她一遍又一遍呼我,我没回电话,她给我留言:"我出事了,速来!"我只得星夜兼程赶到她那里去,这边当然是少不得费一番口舌，好在谢蓉是个通情达理的人。

赶到李素素那里，她正靠在沙发上，脸色苍白，眼睛浮肿，看上去一副蓬头垢面的样子。她可是从来都不这样的，瞧这件事把她折磨成什么样子了！我马上意识到事态的严重，她这副深度焦虑的模样真让我心疼死了。我不知对她说什么好。我是提醒过你的是不是？是你自己说没事的。而现在我仍然感到自己责任重大。

我沮丧地坐在她边上，垂头丧气，比她还失魂落魄。尽管我是男人，我跟她同样焦虑，我不由自主就全身心地介入其中了。我太爱她了，我是个心软的人，况且她的情绪太感染人了。我用无力的胳膊抱住了她——太对不住了，亲爱的，我还是头一次出这样的事儿呢，你的痛就是我的痛，我可不愿意你为我受一丁点儿委屈啊！

李素素在我的怀抱里突然就活了起来，她的富有弹性的乳房紧紧地贴着我，温柔得就像一滴水。在接吻的间隙她宽慰我说："其实也就才过五天，也许什么事儿也没有，我自己吓自己呢。"

她热情地引导我的双手探访她。她要什么我都愿意给她，我愿意满足她，补偿她，让她快乐，让她幸福。我们脱掉了衣服，以最最甜蜜和放纵的姿态缠绕交叉在一起，像两块点燃的干柴火一样发出蓝色的火焰。

我的李素素比以往更疯狂。我猜想她肯定是预付了躺到手术台上刮宫的沉痛代价，所以浑身充满了一股连本带利都要夺回来的豪情。

她说:"要出事也出了,不管它了!"

她比我更知道要及时行乐。我们怀着赴死的心情作乐,感觉真是很不一样。我亲爱的李素素就像洪水一样,以波涛滚滚汹涌澎湃的形式一次一次地把我卷走;而我则像一条永不沉没的船,她想到哪儿我就把她送到哪儿,包括送她去地狱。通向地狱路边的花朵才是最艳丽的,我跟李素素在一起可算有了深切的体会。

但是当爱的能量尽情释放之后,李素素就像从海水里捞上来没有上过明矾的海蜇,很快谢成了一片一片。她赤身裸体瘫软在床上,看上去就像是一块洗过无数次的破布。她眼睛望着我,充满绝望,然后眼角就有泪珠无声地滚落下来。有一颗泪珠越过她的鼻梁,滚到另一只眼睛里,又混合了新的泪珠,联袂滚滚而下。很快白枕套就精湿一片。

我俯下身,搂紧她。我不明白,这个多愁善感的女人想到了什么呢?

她终于开口了,她说:"我害怕极了,我太绝望了!"

我见过一本书上写着女人的心思就像夏日的云彩,我们男人是捉摸不透的。对她转变得这么快的思路说老实话我跟不上,一时我大脑有点儿短路。

我握住她的手,抚摸她的头发、面颊,例行公事地对她说:"别怕,宝贝,有我呢!"

"不行啊！"她摇着头，声音里充满了恐惧和绝望，眼睛里也露出真正无依无靠的神情，凄凉地说："你们男人永远不会知道那种事情的，简直跟上刑场差不多。我一想到要去被那种尖锐冰冷的器械插到身体里，我就要晕过去。我最怕妇科那种半截子检查床，一看腿就软了。她们叫你：脱掉裤子！你就得脱掉裤子；她们叫你：上床！你就得叉开双腿，高高地躺到上面挨宰。疼痛，疼得钻心，胃都快翻出来了。血跟着就汩汩地流出来了，黏糊糊的让你身体下面一片冰凉。到了这种时候你根本就不是一个人，你就是一件需要修理的东西，你就是一只烂了心的水果。你快乐了你就要付出代价，你就要接受惩罚，我一想到这个就怕得要死，我要是马上能死掉就好了！"

就像有一只带着敌意的手揪住了我的心，我的心一阵阵疼痛，为她而疼痛。我劝她："亲爱的，去医院检查一下吧，你不是说刚过五天吗？也许不会有问题的。"

她悲惨地一笑："我不去医院，如果是真的呢？我就会彻底崩溃的，会活不下去的。"

她手脚冰凉，脸色苍白，意外受孕的恐慌抽走了她的活力，她就像受了冻一样变得僵硬。

紧接着的几天里她都是这样一副状态，班也不上了，愁眉苦脸一天一天从早熬到晚，就像在等待最后的审判。她已经奄奄一息，好像真的快要死了。只有唯一的时候是例外的，就是和我做爱那会儿。一到这个时候她的身体和灵魂就会放出光彩，整个人像云破日出醒过神来，眼睛发亮得像映着月光的明珠，通体唿唿闪光，就像一只即将成精的动物。她无休无止地追求高潮，不容许我有丝毫的偏差和失误。她仍然不肯去医院检查，好像已经做好了享受完了就去死的打算。

到第十天的时候我实在有点儿不耐烦了，我在她精神和肉体的双重压迫下也几近崩溃，而且我确实也还有一大堆的事情等着去做，我离开了她的家。走之前也是缠缠绵绵的，出门之后我一下就好了，总算透上一口气来，甚至有身轻如燕的感觉。在午后的阳光和尘土中我等到了一辆公共汽车，我去了另一个女朋友那儿，我的生活转眼就变成了另一个样子。

三天以后接到李素素的电话，让我过去。我的心沉下去，麻烦事情又找到头上来了。

我在嗖嗖的冷风里走了五站地，终于决定还是把这件事管起来。毕竟李素素也是一个不可多得的女人，何况她对我这么一往情深。

我去了她家。

一进门她就扑进我怀里，没顾上说话我们就热吻起来。但这一次她却没有把我卷到床上，她拉我坐到沙发上，还沏了茶来喝。我看她穿得厚厚的，周身洋溢着少有的安静与和美。果然她说："告诉你一个好消息，我来啦！"

这可真是一个好消息——她都快把我折磨死了。

她品着茶，悠然地说："告诉你吧，生嘉嘉之前我做掉过三个,都是生不如死的经历,有一回还大出血,输了好多血才把命救过来。后来就一直怀不上孩子,四处寻医问药,我是神农尝百草,连每一次做爱都要做记录,花了三年多时间总算才有了这么一个宝贝孩子。谁知和你——!到我这个年纪,真要是去医院流一回产,也不是闹着玩的,多吓人啊!好在是虚惊一场。如果真怀孕了,你想想,我这么一个清清白白的独身女人,还怎么做人?

我亲着她凉凉的小鼻尖儿,心中发笑。

她问我:"要是我真怀了你的孩子,你会不会跟我结婚?"

我赶紧用一个最最火热的吻堵住了她的嘴。

这一天我以为会就这么说说话儿平平静静地过去呢,但李素素还是拉着我从客厅移进了卧房。这一次我是真的百分之一百小心翼翼了,我可不想再给自己惹事。李素素却还跟平常一样热烈和忘我,甚至比以往任何时候更加奔放和贪婪。在她高潮到来的时候,有一股一股的热血喷涌到我的腿上,我们身下清洁雅致的大床就像一座断头台。我们无所禁忌,视死如归,在肉欲的疯狂中忘掉了一切。

这就是我和李素素的第一个月,我们的蜜月,我们激情的蜜月,如火的蜜月,红色的蜜月,就像一首重金属摇滚乐。

12

爱情令人陶醉，令人痴迷。不知道你有没有这样的经验，当你面对一个深深吸引你的、谜一样的女人时，你会更加情不自禁和身不由己。

唐心虹就是我遇到的深深吸引我的、谜一样的女人。她跟别的女人不同，不是婚姻介绍所为我安排的，也不是我从"单身乐园"、"鹊桥会"一类的征婚广告里找到的，她是我在报社春节招待会上认识的。她跟我算是同行，也在一家报社做广告经营。不过她在的那家报纸比我们的可火多了，当然广告也特别多。那天我有幸跟她坐同一桌，我是主人她是客人，结果可想而知，一晚上我就光忙着招待她一个人了。

唐心虹称得上是一个绝色美人，体态妖娆，杏眼含春，肤如凝脂，举止娴雅。我看到她第一眼，眼光就很难再从她身上移开。我们一桌的老同志也都跟我一样，所以唐小姐理所当然成了我们这桌的中心，大家不约而同都围着她转。好在我们这一桌没有别的女士，不然我这个负责照顾桌面的人还真有点儿为难了。唐小姐是高傲的，却始终在以一种平易近人的态度和桌上的每个人应酬，包括我。她有说有笑，喝酒有一股巾帼不让须眉的豪爽，和谁都碰杯，杯杯都一干见底。这反而让我觉得她难以接近。后来事实证明我的这一感觉完全正确。

到招待会结束，我问她住什么地方，我的确有心送她回去。结果她只是面带迷人的微笑，就跟没有听到我的问话一样。我不甘心，又跟她提了一遍，她当然是谢绝了我。这也是我早料到的。目送她坐上出租车利索地带上车门离去，我心里还真有点儿空落落的。

那一夜，我这个从来不懂失眠是什么滋味的人居然到下半夜三点多还没睡着。我躺在床上，分析自己失眠的原因。我想可能是喝多了酒，也可能是喝多了茶，当然，肯定还有比酒和茶更刺激的。大半夜我都在反反复复地回忆和唐心虹短短的相见，她说过的每一句话，包括她的每一个细小的表情。越到后来她的长相在我头脑里越是模糊，我仿佛隔着很浓的雾看她，又好像她的脸浸在水里，在水波下晃动，不断地拉长和变圆，就是回不到她真正的模样上去。而我则一心想看清她，我带着这种企图和努力滑入睡眠之中，唐心虹也在我绞尽脑汁的追忆里变得更加面目不清。

在大半夜的辗转反侧中我也一直在思考爱情究竟是什么，它怎么就这样没有由来地进入了一个人的心里？我不知道它是确有之物还是完全虚幻？如果它是完全虚幻的，那它又怎么会对一个人发生如此巨大的作用？

第二天早晨一醒来，我就精神抖擞，备感振奋，丝毫没有平常日子早晨醒来后的迷迷瞪瞪和无精打采。而且满脑子还是唐心虹，我为她兴奋，为她激动，一刻不停地想念着她，我怀疑我的脑仁儿都快成唐心虹的样子了。到这种地步我跟自己商量这回得破破例啦，我管不了她是不是离了婚、芳龄四十岁以上了。当天我就给她打了电话，我一上来就表现得温柔缠绵，充满爱意，连说话的调子都是那种坠入情网不可自拔、甘愿拜倒在女人石榴裙下的香甜软糯的腔调。我的意图很明白，就是告诉她我爱上她了，希望也能得到她的爱。这在我也是一反常态的，以往我是坚持以守为攻、以退为进、且攻且守、边进边退的原则的，加上我天性羞怯，又同时占着好几份，我也是吞吞吐吐躲躲闪闪不肯实话实说的。对我特别看重的女人，我很讲含蓄、优雅，总是要先找好借口，甚至编好一段虚构的故事去接近她们，因此也常常把事情弄得曲曲折折拖泥带水，需要花费相当长的时间才能迈出关键性的那一步。而面对唐心虹我不知怎么就想到要换一种做法。

起初唐心虹不置可否，装得不懂我的意思。我表达得那么明白，只差直说了，她不可能不懂。所以，我清楚，只要她不断然拒绝，就说明她心里并不特别反感。再说啦，凭着我对女性心理的谙熟，我是不会做得让她反感的，我懂得把握分寸。我打算拿出铁杵磨成针的耐心和恒心，一点儿一点儿地赢得唐小姐的青睐和芳心。

实际进展得比我想象的顺利。几年前一个自称"京城第一看相人"的朋友给我算过命，别的我都忘记了，只记得他说过我极有女人缘，想爱谁没有爱不上的。本来我对算命打卦那一套封建迷信的玩意儿是不信的，不过这一次他说得好像有那么点儿意思。我想也许是他看出了我的某些素质或者说是潜质吧。说起来还真让我有点儿小得意，我有本事激起一个又一个我喜欢的女人的感情，甚至是她们内心里某种隐秘的激情。她们自己也说我是她们遇到过的最让她们动心的男人，我当然心中有数这是因为什么。

我看过略萨写的一本小说叫《胡利娅姨妈与作家》，我挺喜欢这个既是主人公又是小说作者的马里奥，我自己觉得跟他还挺对胃口。小说里有一段话说得挺好挺精辟，女主人公胡利娅对刚见面不久的男主人公马里奥抱怨：对于一个离婚的女人，可怕的不是所有的男人都认为自己有权利向你提条件，而是认为你既然是一个离婚的女人，就不再需要罗曼蒂克了。他们认为用不着恋爱，用不着说什么温柔的话，而是可以直截了当，十分庸俗地向你求欢，这让我讨厌。要我说不仅是胡利娅，谁碰上都会觉得讨厌的。可这还真是个普遍现象，我们这儿不也是一样吗？

而我跟那些男人恰恰相反。本来男人需要女人，女人也需要男人，这不就形成了一个良好的供求关系吗？我跟那些庸俗的男人是不一样的，他们想得到的就是性，以为睡过了就获得了一切。我对这种傻瓜男人一点儿也瞧不上。除了性，我对谈情说爱一样很有兴趣。对自己喜欢的女人我愿意照顾她们，讨好她们，夸耀她们，让她们飘飘欲仙，美得不知道自己是谁。女人在这种状态中都十分可爱，头脑变得简单，就好像回到了她们天真无邪傻乎乎的少女时代。也许这就是我的与众不同，这也使我把自己与别的男人区别开来。我知道自己没有任何长处，我有这个自知之明，但这也许多少还能算作我的一个长处吧！

对唐心虹我一样没有急于求成，我只是经常给她打打电话，在电话里谈得愉快的时候我会向她捅出想见见她的请求，至于她答应不答应我并不十分在乎。这样做我只是为了让她感觉到有一个人一直在热情而又无私地关心着她，并且在默默地爱着她，耐心地等待着她慷慨地赐予接近的机会。这一招儿向来是很灵的，我屡试不爽。我太知道女人的心理了，尤其是到了这个岁数的女人，况且唐心虹是个姿容不凡的美人，而这件事上恰恰越是美人弱点越大。于是最后我和她约会就成了一件水到渠成的事。

令我大喜过望的是唐心虹居然也是一个离了婚的女人，而且离过不止一次，而是三次。

这么说，她仍然是我标准之内的女人，是我理想的女人。说起来唐心虹也真是红颜薄命，她与三任丈夫离婚竟是出于同样一个原因。而且据她说，她的三任丈夫都非常爱她，即使离婚之后还都来找过她，想与她重修旧好，甚至对她要死要活的。导致唐心虹和她的三任丈夫离异是因为她发现他、第二个他和第三个他有外遇，她说她是一个眼睛里绝对揉不得沙子的人，遇到那种事无论他们怎么求她，当然是非离不可。因此她就一而再再而三地与一个又一个非常爱她的丈夫分了手。尽管都分了手，唐心虹在说起他们时还是充满了感情，她记着许许多多与他们共同生活时的感人肺腑的小故事和小细节，刚开始跟我约会以及触景生情的时候她总是反反复复地讲述，现在当然已经很少跟我讲了。我自然是虔心充当听众，我知道我这个姿态很容易带来成功。让我深感有趣的是离了婚的女人偏偏喜欢充满感情地对我回忆她们的前夫，回忆她们的前夫怎么怎么地爱她们，怎么怎么地对她们好，甚至离了婚以后还怎么怎么地割舍不下她们，向她们倾诉衷肠，求她们鸳梦重温，等等等等，听上去真有点儿匪夷所思。她们说着说着有时竟会热泪长流，甚至还一头扎在我怀里抽泣，弄得我胸前冰凉一片。这种时候我总是有点儿恍惚，我几乎有点儿搞不清楚自己是谁了。她们真浪漫啊！她们营造的这种感伤的气氛很容易把我绕进去，弄得我满心酸楚，痛感人生的沧桑和无常。等我头脑清醒过来，心里马上忍不住扑哧扑哧发笑。

除了喜欢和唐心虹做爱,我也很喜欢跟她聊天。通过接触,我发现唐心虹其实挺好相处的,因为她有点儿傻。她并不像看上去得那样高不可攀和拒人于千里之外,相反,她非常渴望有人爱她,渴望有人把她当小孩儿一样地百般呵护。这对我来说很容易做到。我天生就爱女人,我所做的是我感兴趣的事情,所以,既轻松又愉快。可是时间稍稍一长就出了问题,我发现这件事既不轻松,也不愉快,相反,弄得我有点儿疲于奔命,甚至有点儿焦头烂额。好在唐小姐的魅力一直在对我发生着持久迷人的作用,所以我乐于知难而上,并且不遗余力。

唐心虹告诉我她的三次婚姻都非常不错,甚至饱尝幸福,都是因为她要离婚才结束的。这听上去简直像是奇谈怪论,但她说事实就是如此。她经历挫折和坎坷是在第三次离异之后。她曾绘声绘色地向我讲述过她的那些破碎的征婚梦。

"什么什么,像你这样倾国倾城的还用征婚?"(故作惊讶,带点夸张。)

"那有什么奇怪的呀?到了我这个年纪,身边早已经没有等着的人了。征婚不是可以扩大交际范围吗?我相信缘分,我希望找到一个真正理解我、爱我的人。"(说得既真诚又实在。)

"找到了吗?"(非常俏皮,或者说卖俏。)

"上哪儿找去?"(显然是没有领会我的意思,还在就事论事。她完全陷在那个过去了的时间里。)

"不会吧？"（假装同情。）

"什么样儿的都有，就是一个比一个不像样子，跟他们真是瞎耽误工夫！"（诚恳中带着激愤。）

唐心虹说起这一段传神着呢。她说一年前她听一个女朋友的劝说去婚姻介绍所登了一条征婚广告，然后从收到的成捆来信中挑出三位条件优秀的应征者联络，结果自然是令她大失所望。"那是放着让你上当的。"她咬着雪白的小牙说。

唐心虹说："我见的第一位，征婚广告上说是成功商人，四十五岁，身高一米八，英俊潇洒，风趣健谈，热情豪爽。见面的时候一看，什么呀？一个又矮又胖的老头儿，大腹便便的。年龄嘛，至少再加上十岁，身高倒是至少要减去十公分，只有肤色看上去还真像是有钱人，又黑又亮，可以设想人家是坐了飞机专程到地中海或者死海一类的地方去晒的。那个人看上去就像东南亚橡胶园老板或者是做橡胶生意的。坐的车倒还不错，一辆挺新的公爵王，是不是他自己的可就不知道了。我们去了一家餐馆，刚到门口他老人家就站住了，很专心地读钉在墙上的灯箱菜单，一行一行跟看财务报表似的，读完之后才决定进去。坐下后也是沉默不语，他告诉我说：'我这个人嘛，就是不爱讲话。'真让我又好气又好笑。我对他说：'您不爱说话，我也不爱说话，那么我们就什么也不要说了。'那顿饭吃得跟个哑剧一样，结账的时候我看他掏钱抠抠搜搜的样子，直担心他会提出跟我AA制。"

说完了第一位,唐心虹又说起了第二位。她说:"第二位是开广告公司的,我想我们做的事情还算接近,应该有共同语言。这位长得还不错,高高瘦瘦的,五官端正,只是两个眼睛分得太开了,带点儿弱智相。这一位挺讲究,第一次见面挑的是一个有音乐伴奏的酒吧。他挺会说话,什么都先说半句,等着看你有何反应,然后再决定下半句往什么方向说。当时我没发现他是这样的,只觉得他说话让人挺舒服,哪儿痒痒往哪儿挠,一点儿也不冒犯人,什么事也都好像等着你拿主意。没过一两天又约我见第二次面,这一次他一点儿也不客套了,直截了当向我提出来要跟我试婚,让我大吃一惊。倒不是吃惊试婚,是吃惊他这么一个文雅秀气的人一点儿弯子不绕说出这个。我忘说了,这个人还真是一个文人,喜欢写写文章,写好了就寄给报纸副刊,发表过的东西还不少,贴在几个很高档的剪报本上,第一次见面就拿给我看过,非常得意。我没答应跟他试婚,那不就是上床的婉转一点儿的说法嘛?恐怕还不只是上床,说不定还要住到我家里。不过我并没有拒绝跟他来往。我们交往了一段时间,他常送我小礼物,每次都像老外一样包扎得特别精美。还有他对纪念日啥的特别上心,什么认识一个星期呀,什么约会一个月呀,他都记得清清楚楚。总之他啥事都做得特别有感情,让你觉得他情意绵绵一颗心全在你身上。后来有一天我发现这个人是个骗子。骗子的马脚早晚是要露出来的,对不对?有一天我女儿莎莎看到他送给我的一对手镯,问我哪儿来的?我说人送的，小孩子别乱问。莎莎问我：是送您的呀？她说她们同学在地摊上买的一模一样的，才五块钱一个。这真把我气坏了，他把我当什么了？后来我就再不跟他来往了。他肯定也能想到是怎么回事吧，也没有再来找我。后来我一想起这个人就反胃，受不了他那个缺碱的酸劲儿。"

她说得痛快，没等我问，她又主动说起了第三个。

"第三个更热闹了，我电话刚打过去，他就死抱着聊起来，我想挂都挂不断。本来素昧平生的，可人家一点儿不认生，跟你聊得热火朝天。他当头问我身高体重年龄学历职业职务职称收入支出住房子女各种情况，然后就是关于我相貌的专题。他问我：你跟照片上差别大吗？你皮肤白不白？个子高不高？你眼睛大不大？是不是双眼皮？鼻子挺不挺？牙齿整齐不整齐？胸围有多大？越问越不像话。我不知他是选美呢，还是要给我做整容？琢磨琢磨这个人怎么像是牲口贩子出身，把我烦得不行。"

换谁都会烦的！但我听着却挺高兴的，她一边说，我一边乐，大概这也激励了她跟我聊这些的兴趣。说实在话我挺庆幸的，如果高傲的唐心虹小姐不遇到这些烦心事，她怎么可能放下架子垂青我呢？那帮傻蛋，生生把她给错过了，让我捡了这么一个大宝贝！所以我当然要好好对待她，就像爱护公共财产那样爱护她。

像所有深陷于爱情的女人一样，唐心虹也对我表现出了十二分的依恋。她希望我时时跟她在一起，与她耳鬓厮磨，长相厮守，希望我这个与她倾情相爱的人最好能成为她身体的一部分，或者是她身体的延伸部分。在她之前，我还从来没遇到过一个依赖性这么强的女人。

从我跟她睡过第一次，卧室里的所有事情就交给我了；从我在她家吃过第一顿饭，厨房里的所有工作也都归了我了；从我在她家住过第一夜，她就希望我替她撑起这个家。我们是飞快进入热恋状态的，有几天我整天泡在她家里，连班都不去上了。但是后来几天我去了别的女朋友那儿，等我再回到她家，我以为我一进门我们肯定会如火如荼、如胶似漆的，要不就是可能会遇到她劈头盖脸、没完没了的盘问或者就是使小性子生气呀不搭理我呀一类，可这一回我猜错了，与我以往所有的经历不同，她只是急着催我下厨房去做饭，她说她三天都没吃过一顿像样的饭了，已经饿得奄奄一息。多让我心疼呵！这怎么行呢？

我问她为什么自己不做饭？

她娇音婉转地说："等着你呀！"

给她做饭包括给她做一切我都是乐意的，可我不可能天天守在她身边啊。

13

欲望的引诱,良心的谴责,百川归海,我怎么能够逆流而上?这是一件困难的事,也是一件危险的事,现在想起来我还有惶恐不安、心有余悸的感觉。如果那件事最终不是那个样子,如果略略出了一点偏差,如果稍稍放纵一下自己,后果都会不堪设想!那样我就会死有余辜,我会万劫不复。

一个周末,我约唐心虹去花正吃烧烤。我早到了一点儿,透过餐馆的大玻璃墙我看见唐心虹娉娉婷婷地走来了。我站起身招呼她过来,突然眼前出现了一片柔嫩的绿叶——紧跟着唐心虹的是一个她的相似形,一个蝴蝶一样的小姑娘,十一二岁,白圆领T恤衫外面一件花棉布背带裙,神情有一点儿漠然。

真让我喜不自胜,这个女孩子和我一见如故,这连她的妈妈都很惊讶。当着孩子的面唐心虹就跟我抱怨这可是个很不好弄的小东西，在学校里也是个惹事精。孩子白了妈妈一眼，自己笑起来，怡然自得好像是在听表扬话。她顽皮的神情令我开怀大笑。我已经好久没有这么开怀大笑过了，就像海浪冲过沙滩那么欢畅。

孩子吃饱离开座位要出去玩，唐心虹阻止她。

妈妈对小女孩说："好好坐着！怎么又坐不住了？在家是怎么跟你说的？你已经是十二岁的大孩子了！"

可这个"大孩子"并没有受她妈妈这番话的影响，她还是摇摇摆摆地往外走去，故意迈着既像是芭蕾又像是溜冰的夸张的步子。

妈妈无奈。

孩子走后，唐心虹向我诉苦，今天学校又把她找去了，她的女儿前不久给班上的一个男生写了情书。——天哪，情书！一个一米四几高的小豆豆就会给男孩子写情书了？——可是事情还没有完，这件事被同学知道后告诉了老师，然后小姑娘就用别的女同学的名义分头给一些男生写情书，闹得全班大乱。

哈，这真有趣，这孩子可太有心计了，我忍不住拍案叫绝。

唐心虹叹气："这小丫头刁着呢，跟我的朋友都不大能处好。"

她看我一眼，意思也许是让我也当心一点儿。

我的眼光已经越过我爱人的肩头向那个可爱的小人精儿追逐而去。她在坐满客人的桌椅间穿梭，就像一只在树林和花草间飞舞的蝴蝶,我欣赏和欣悦的目光包围住了我的小仙女——她远远地朝我一笑,漫无目的,却有一种令我心惊同时也令我愉悦的心领神会——我们肯定会处好的,这一点儿妈妈大可放心。我只怕……有一股预想中的激情就像金澄澄的月亮一样从山那边微微探出头来,那一片光辉却已经把天际照亮。我简直没有办法形容出那种暗中的战栗、感情飞升时的轻快和情投意合的温柔,关键是这一切尚在萌动之中,甚至尚在期待之中,它可能实现也可能实现不了,又增添了一种虚无缥缈的吸引。回到现实中,我很有安全感。这些美妙而有毒的念头只在我的脑子里,属于私字一闪念,花骨朵般的小人精儿是安全的。我会好好保护她,好好爱护她,好好呵护她的。

唐心虹的这个可爱的小女儿有一个好听的名字叫金莎莎。金,莎,莎:拉开嘴角,就像要微笑那样,然后舌尖向上,从上颚往下卷起舌头轻轻落在牙齿后面。金。莎。莎。

她走回来,蹦蹦跳跳,步履轻快,像一个真正的小姑娘。她靠在她妈妈的一侧,听我们说话。

我一直没弄清楚她是唐心虹和第几任丈夫的孩子,我也不想弄清楚。在我眼里她就是唐心虹的孩子,一个未经世事、纯洁得像珍珠一般的小唐心虹。

后来的一个小小意外令我什么时候想起都会有激动感袭来。当我们结束晚餐走出餐馆时,金莎莎伸出左手拉住她妈妈的手,伸出右手握住了我成年人的手,马上有一种我从未体验过的清新滋润的东西像山泉水一样涌进我的心里。我们在瞬间组成了一个完美的三口之家：肩膀宽阔的父亲，端庄秀丽的母亲和一个伶俐讨喜的孩子。莎莎就像一朵花一样开放在我和唐心虹之间。这个小精灵！这个新人儿！

突然，小姑娘偏过头，试探地叫我一声："干爹！"

是叫我吗？我错过了答应，而且脸红起来。我听见她母亲轻快地笑了起来。我们一起笑了起来。多少有点儿尴尬，我被孩子捏紧的手冒出汗来。她正望着我笑，神情顽皮。我是多么快乐！我心里有一个真正快乐的声音在说：我的女儿，我的小宝贝，我的洛丽塔！

14

《洛丽塔》是我看过的一部令我惊讶不已的小说,写的是一位成年男子与一位十二岁的小女孩的恋爱故事,记述了一个恋童癖事件的经过,那种感觉和感情是我很难理解的,但确实又深深地吸引了我。自从那个吃烧烤的晚上之后,连续有相当长一段时间我经常到唐心虹那里去,明面上是冲着母亲,实际上那个销魂夺魄的小人精儿才是我真正惦记的。她对我这个出现在她家里的成年男人有一种天然的亲密,也许在她小小的内心里把我当成了她亲生的父亲。她在我面前有时候只穿很少的一点儿内衣,或者是很旧很小的裙子,显得比实际年龄更小。我不知道她这样做是否想给我一个错觉,让我以为她还是一个小娃娃,撒娇任性,天真未凿。或者是她想给自己这样一个错觉,为她与我的亲近打起幌子。

我至今还保留着一本袖珍日记，黑色皮质封面，内芯是一种很吸墨的有点儿粗糙的纸张，略显暗旧，很有艺术感觉。我已经忘了这个本子的来路，似乎是某个女朋友的馈赠，不过具体是谁送给我的，我已经记不得了。小日记本里记录了那个六月的大部分日子。我从来没有写日记的习惯，这也算是一回破例。我也一直没弄明白是什么促使我有兴致记下那些零零碎碎的内容，而且一直保留至今。

星期四。非常晴朗。醒晚了几分钟，她们母女已经出门。我没顾上穿衣服就站到窗前往下看，正好看见金莎莎跟在妈妈后面往车站走。今天她穿了一条苹果绿的裙子，粉嫩的绿颜色在阳光下闪闪发光，她的纤细的胳膊和裙子下面灵活的小腿那么幼稚和协调，带动着细细的小身子，像剧场里演木偶戏的小木偶。我真想追下去领着她走。有一个也背着书包的小女孩靠近她，她们说话，然后一起站在车牌底下等着车来。她跟妈妈挥手告别。可能是鞋带松了，小姑娘弯下腰去，我有机会在远处用目光爱抚她裙边卷起的那片模糊不清的臀部。车来了，隔断了我观察的视线。等车开走，站牌边上除了新栽的小树，空空如也。

星期五。我到家的时候小姑娘已经在家。她说早放学了。看上去有点儿情绪不好，好像正忙着收拾东西，从这个房间走到那个房间，手里还抱着衣服和书本。我问她是不是要出去？

她没有回答。我又问，她点点头。我问她去哪儿？问完之后自己马上反应过来，心里有一个猜测。我猜对了，她要去她父亲那里。她的神情显得很勉强，很不情愿。我心里也一下子有了失落感。我就是为你来的呀！我当然不能说出来。我坐在沙发上，看她忙碌。她一直微噘着嘴，好像有点儿负气。我也不能让她不去啊。她妈妈一直没有回来。那个黄昏就像一个真正的黄昏，让人情绪低落。我没有像平常那样赶紧到厨房忙着做饭，我有点儿打不起精神。

唐心虹上楼来的时候叫莎莎赶紧下去，说小姑的车在下面等着呢。唐心虹的声音里透着一种撵走孩子的如释重负，让我很不舒服。莎莎磨磨蹭蹭的。就在这时她做了一个大胆的、出乎我意料的举动——这个小人精儿剥了一块口香糖，含在口里，趁她妈妈一转身的工夫，嘴对嘴递给了我。她敏捷地回过头去，察看妈妈有没有发现。我的双手刚刚触到她孩子的腰肢她就挣脱而去。她蹬蹬蹬地跑下楼，没有回头。

星期六。一早上小家伙就来了一个电话，是她妈妈接的，但听筒马上递到了我的手上。电话里莎莎用一种快乐的语调跟我说了一些小孩子的天真话，然后又用一种充满遗憾的语调说她今天回不来了。

"这边也得应酬应酬，否则他们该骂我白眼儿狼了！"

她用的是想象中大人的口吻，把我逗得直乐。她要我等着她，明天带她去游泳。

今晚吃烧烤　85

最后她在电话里清脆地吻了我一下。

星期天。我知道继续这日记真是疯了，但这么做给我一种奇特的刺激。还是让我唏嘘地说，今天我们一起去游泳了，她和她妈妈一样穿着黑色的泳衣，连头发和身上散发的香味儿也几乎一模一样，但孩子的更清纯更甜美，她比她母亲更娇嫩更青葱，令我心醉。

我的迷人的小宝贝使我心旌摇曳，我目不转睛，嘴唇干涩。在水里她像一条鱼那样自如。她围着我绕着圈子游，圈子越来越小，一下就撞进了我的怀里。有一两秒钟她抱住我，静止了下来。

我的心里涌过热流。我的小精灵感觉着我的感觉，把她小小的胸脯贴近我的心口。我试图去抚摸她长着纤细的茸毛（被水沾湿了）的后背——但已经开始发胖的唐心虹突然间破坏了一切，她转向我，让我跟她一起去蒸桑拿，然后就跟我大谈一位颇受欢迎的文化骗子诱骗女性的花边故事，我有没有兴趣都得陪着她聊。我的小可怜儿独自留在水里，就像一只与鸭群失散的孤独的小鸭。

星期三。已经有好几天没有见到金莎莎了，我知道这个星期她待在她父亲那里，所以我连唐心虹那里都没有去。我在自己的小手提箱里发现了一只小网球，上面还沾着点点泥土，往墙上扔一下弹性很好。这是莎莎的东西，我一眼就认出来了。我拿在手里，想到有可能是小姑娘故意放的。我微笑起来……

到晚上，我从来没有体验过如此的烦闷。坐卧不宁，只希望能够见到她。

当夜我做了一个奇异的梦，梦见莎莎在房间里玩她的洋娃娃，我在天赐的黑暗里摸她的手，摸她的肩，摸她手里的洋娃娃。我感觉自己飘飘然起来，腾云驾雾，被带到一个极乐的世界。最后我发现自己正在跟她的洋娃娃做爱，而我的莎莎却在黑暗里一言不发。

醒来头疼。

……

这就是我那个黑色的笔记本里记录的内容，我并不为这些私密、暧昧、见不得人的文字羞愧，相反，我自己倒不认为这秽亵不洁。这只是客观的记录，是我当时情感和心情的记述，如果没有这些记录，我自己也不相信我曾这样想过，我自己也不相信我的心竟然有过如此柔软和温润的时刻。

15

在这之前,我的爱情生活中从来没有过和一个十二岁女孩的恋爱经历,说真的,也从来没想过要做这方面的尝试。而现在,我说不好是因为什么,这个十二岁的小女孩却闹得我心神不宁,想见到她的欲望折磨得我晕头涨脑。我一直梦想着有一天唐心虹不在家,而我拥有单独和莎莎在一起的整个夜晚。这个念头已经像有毒的蘑菇一样冒了出来,而且也像有毒的蘑菇一样蓬勃地发了开来,连我自己也能认识到它的卑鄙。但是这个卑鄙的念头却香艳诱人,令我一想起就情绪兴奋,精神倍增。

这一天,机会竟然幸运地降临了。

唐心虹在单位上班的时候突发阑尾炎,被同事送进医院马上动了手术。她急呼我,让我晚上回家替她照顾一下金莎莎。

噢,这正是我企盼已久的良机!我满口答应,满心欢喜,没等下班就去了她家——我已经把我的刚刚失去了阑尾躺在病床上的真正的情人忘得一干二净了，我已经顾不得她了。

莎莎得知她母亲病了，往医院打了一个电话，放下电话她情绪很正常。"妈妈说她没事儿。"她这样说，没提要到医院去看妈妈。然后她迈着小孩子的松松垮垮的步子，懒洋洋地进屋写作业了。

……真正的夜晚来临了。我战栗害怕了。王必盛越来越感觉紧张，他好像跟我成了两个人。兽性和美感交融在一点儿——但我实在分不清那条界线在什么地方。我爱这个孩子，我不愿意一把将她带进那个肉欲的、不干净的、疯狂的世界里，我清楚那会毁了她，不可挽回；另一方面情焰像礼花盛开，我实在想看看最美丽的图案究竟是什么样子的。我太激动了，像狂躁的大海一样波涛涌动。我想我是疯了。

我必须小心行事。我必须低声细语，不能流露出一丝一毫的紧张和烦躁。我的已经犯困了的小精灵却还要求我继续和她下五子棋。我决定这一盘一定输给她，好让她乖乖地洗澡上床。可是她实在太困了，她已经看不出我故意留给她的机会。结果为了让她赢的这盘棋下了特别长的时间。然后她还是很不情愿地结束下棋，很不情愿地收好书包，很不情愿地刷牙洗澡。从浴室出来她光着脚站在细棕的脚垫上，身上只裹着一块大毛巾。她像一只淋湿的小鸡一样甩动了一下脑袋，想把头发上的水珠抖掉。她的这个类似小动物的动作令我心花怒放。

今晚吃烧烤

"抱我！"她撒娇地对我说。

这样的事唐心虹在家也有过几次。我走过去，把她横抱在怀里，尽可能做得跟以前几次一样，不让这一次有所不同。

但是，这个孩子，她一条胳膊搂紧我，放肆地在我脸上亲了一下。而且，她还用她的细细湿湿的舌尖在我脸上拖出一条向下的轨迹。然后她一个鲤鱼打挺，又来了这么一下。

我把她放到床上，这个时候我只有装傻。她卖力地在床上滚动了几下，完全是小孩子自娱自乐的游戏。我正要转身出屋，她从后面扑住了我。

"别走！"我的小精灵命令我，"你别这就走啊，陪陪我好吧？"她央求我。

我当然愿意陪着她。我把她搂在怀里，亲吻了一下她蜜糖一样的小肩膀。可是我还没有洗澡呢。我对她说，我去洗澡，一会儿再来陪你。

洗澡的时候我充满了幻想，甚至有一些性爱的念头。我当然知道这是不对的。我是一个多情的人，但我不是一个卑劣的人，不是一个道德沦丧的人，而且我不想对不住任何人。

等我洗完澡再进入房间，小家伙竟然已经睡着了。我第一次这么仔细地观看一个熟睡中的孩子。她像小猫一样温柔地弯曲着身子侧躺着，一只小手天真地搭着另一只小手，脸色因为酣睡比平常更加红润，弯弯的眼睫毛又浓又密，半干的头发丝丝缕缕已经开始蓬松，像早春泥土里冒出的小草芽一样一支支竖了起来,不过是朝着不同的方向。我用手指轻柔地抚弄着那些翘起来的发丝,让它们像我的小睡美人一样又乖又柔顺。突然她翻了一个身,围在身上的大毛巾松动了一点儿,从她光洁的小天使一样的胸口滑了下去,她的小胸脯在我眼前暴露无遗!

那一瞬间我差一点儿晕了过去。我的目光被她胸前的两只小鸽子牢牢地吸引住了。那么光洁,那么娇小,就像枝头敷着一层白霜的青果子。我多想亲一亲,但我不敢。我在床头灯金黄的光芒下用目光饱览秀色,偷偷地品尝这份秘密的甜蜜,直到心满意足。

我从孩子的衣柜里找到了一条白棉布小三角裤,一件粉红色小睡裙,我像一个母亲一样半抱起她,给她套上睡裙,撤走她裹在身上的沾湿了的大毛巾,再从下面给她轻轻套上小三角裤。做这一切我都尽量不惊动孩子(她睡得正香),而且我也尽量避免我的眼光和手指亵渎她。我替她穿好了衣服,又把她轻轻放回拍松的枕头上,她马上又像一只温顺的小猫那样歪向一侧。

这一夜大部分时间我都守在她旁边陪着她。我只是在灯光下观赏这孩子的睡相,我甚至连她的头发也没有再碰——她是一个可爱的孩子,让我心醉的孩子,但她还不是女人——亲爱的,我会等着你的,会耐心地等着你长大成人!

随即我自嘲地想,这样明天我也就好向唐心虹交差了。

快到凌晨的时候我才浅浅地睡着了一会儿。在这时间不长的睡眠中我做了一个古怪的梦,我梦见莎莎和唐心虹一人骑着一只天鹅在天上飞,她们对我说她们正在旅行,问我想不想跟她们一起去。我没有回答,因为感觉上好像这个问题非常难回答。然后她们就飞走了。但是怎么飞都在我眼前,就好像我面对的是一个屏幕或者银幕。再后来她们胯下的天鹅消失了,但两个人仍然保持着骑鹅飞行的姿势。我的小精灵在前,妈妈在后。

我醒过来的时候莎莎还在睡。天色已经大亮,我在她杏白色的脸蛋上亲了一下。我的女儿,我的宝贝,我的精灵,替我也替你自己高兴吧,我总算战胜了自己。

这一夜啊!

16

唐心虹很快病愈出院，从医院回来后，她变得更加娇纵。尽管她只是失去了一小截阑尾，但那一份自怜自爱，好像给她半个世界都补不回来。当然没人会白白多给她半个世界，那就只有从我这儿补偿了。当然，我肯定是在所不辞的。

唐心虹确实是被宠坏了，我当然是依然宠她。只要能为她做的，我都为她做，只要能顺着她的，我都顺着她。因为唐心虹要静养，所以小金莎莎就被送到了她父亲那儿，好几次我去都没见到她。只有一次我差一点儿就遇到她了，她给她妈妈送蛋糕，我到的时候可惜她已经走了。我吃了唐心虹剩下的最后一块——多么香甜！我能想象得出我的小爱人捧着它时的模样。我很后悔晚到了一步。

其他的一切正常。我跟唐心虹一直感情很好。对于我不时要消失几天，当然她不可能没有意见，有时也免不了酸溜溜的。我总是正面跟她解释，比如加班、出差，回家照顾我身体欠安的年迈的父母等等，反正肯定会给她一个说得过去的理由。对我别的女朋友我也一样都是这么做的。

有一点儿我是从一开始就特别注意的，我对我任何一位女朋友说的我的职业都是有一定流动性的，而且我吸取以往的教训，不再给任何一个女朋友留固定的电话号码，一般我只给她们留呼机号，对有些关系特别深的，我也会把手机号留给她们。手机我倒是总带在身上，但并不是时时开机，这样我就避免了热恋中的女人们用电话追踪我及追查我的行踪。否则某件事正进行在兴头上，一个电话打进来，唠唠叨叨、缠缠绵绵、汤汤水水，这边还不黄花菜都凉了？当然所有这些不过是一种铺垫，大量的解释性工作是需要随时随地对她们耐心细致地开展的，好在我有这个耐心。

我一直以为我做得如此天衣无缝像唐心虹这样的肯定对我深信不疑，可是有一天她还是让我知道了她对我原来一直是疑心重重的。这还真让我对她刮目相看，原来我的国色天香的美人儿还是一个心细如丝、心中有数的玻璃心肝水晶人儿。

某一天唐心虹以一种自怜自艾的神气对我说："我还以为你一颗心都在我身上，看来我是想错了。你明知道我是一个眼睛里不揉沙子的人，你还这样！难道你就不担心我们之间会出现什么不好的结果吗？"

我的脑袋呼地一下大了,有一种要面临大事的预感。

一开始我还以为是唐心虹发觉了我和小宝贝的事呢,得亏不是。我一眼看出她的指责缺乏愤怒带着姑息——我怎么能不担心呢?我当然担心啦,我这不时时都小心谨慎,非常注意吗?假如和她搞不好,那我的损失可就大了,我不但得不到我的美人儿,我还会失去我的小仙女,这我心里可是一清二楚的。

当时我听她这样说,一颗心直往下掉,胸中空落落的。我赶紧向她解释、献好、恳求,苦口婆心,纠缠不已,最后还流出了眼泪。她终于相信了我的真诚,相信了我对她确实是一往情深。我们又和好如初。

那一次我们的做爱真是无法描述。但是,那次做爱完毕,她板着脸对我说:"你别以为我真信你说的,你总是说的比唱的好听。你这种男人啊!"

那一刻我状态特别好,有点儿恃才傲物。

我拉着她的手,故意问她:"那你为什么还跟我这么好呢?"

她不言声,两道眼泪无声地流了下来。我一再追问她。同时亲吻和抚摸她。最后她扛不住了才说:"我离不开你,我只有忍着你!"

我忘不了她那种既矜持又温柔的样子,梨花带露,令人心颤,使她本来就是姣美无双的容貌更添妩媚和妖娆。不是我说,这个时候的唐心虹真是美丽绝伦,我真想变成一面镜子,从早到晚整天映照着我爱人的花容月貌。而且,随着激情的喷发,这个恋爱中的女人身上总是缭绕着一股麝的香味。这种特殊的味道使她区别于一般美女,并在一切美女之上。

我爱她,我爱我的唐心虹。

她是一个长大了的小仙女,另一个小仙女的母亲。

17

我发现其实特别吸引我的是家庭生活的细节,或者应该这么说,正是那种因人而异、乐趣横生、越繁忙也越平静、看似寻常并不寻常的家庭生活的最琐细最零碎的内容吸引着我兴味盎然、劲头十足地从一家奔向另一家,从这一位爱人的身边奔向那一位爱人的身边。

我还在很小的时候就发现各家饭菜的味道是不同的,奶奶家跟姥姥家不同,舅舅家跟姑妈家也不一样。我一直弄不明白,都是那么点儿东西,怎么不同的人弄出来就是不一样的味道?而现在,我发现自己到了不同的家里就成了不同的人。

我开始对那些当演员的人感兴趣了,他们多好啊,一个人可以过许多人的生活,而且都是精彩激烈的生活,穿上谁的衣服就是谁了,脱下衣服又能一下子还原成自己。即使刚才杀人放火偷窃抢劫也都能一笔勾销不必认账,真说得上是"放下屠刀,立地成佛"。我比他们就要麻烦得多了,我钻进"王迅"成了王迅,钻进"王盾"成了王盾,但除非我死亡或者失踪,从那些熟悉我的人的眼皮底下彻底消失,我就没法儿卸妆。永不落幕的演出说起来真他妈累人,而且也没处说啊!好在我适应了这种生活,惯了,也就觉不出累来了。为了我那些心爱的女人,为了能和她们共享美好的爱情,我苦点累点不算什么。说起来我们这茬人都是吃过一些苦的,也还算能吃苦。我们这代人经历过物质贫乏的岁月,上学的时候学过工学过农,毕业以后大部分人从事过体力劳动,知道一个汗珠摔八瓣的滋味儿,也体会过为改变命运临阵磨枪挑灯夜读的苦楚,不说最后有没有修成正果,吃苦我是不怕的,只要这个苦在我看来吃得值。我是有那种以苦为乐的劲头的。

也算是功夫不负有心人吧,我对这样的生活很能适应,我能来去自如地进进出出各个角色,今天是"王迅",明天是"王盾",有时白天是"王平实",夜里又成了"王平顺"。有一天我突然反应过来,我早已经不是假作真时真亦假地演戏了,原来"王迅"、"王盾"、"王宓"还有"王平实"、"王平顺"等等都已经确有其人了,只不过他们共用着我这么一个躯体,我一个人就是他们大家,他们大家也就是我一个人。我是以一当十,又合十为一。这么一想我就自在多了。等于我是几世活人,不过是同时进行着罢了。

过我这种生活,自己心理平衡是最重要的。当自己把道理想通了(把一件事想通是非常重要的,想通了就一通百通,没有障碍),你就会发现,幸福马上扑面而来。

我已经找到了这个平衡的支点,现在我就稳稳地站在这支点上面。我做出迎风展翅的姿态,等着紧紧地、紧紧地拥抱这不同凡俗的幸福。

18

我的生活就这样被这些和那些美丽可人的尤物肢解了。原来我还以为一切都是我自己的取舍，慢慢地我发现除了取舍还存在着一系列的适应。尽管这个生活方式是我自己确立的，但我并不总能充当主角，在这样一种生活中，其实我也并没有支配权。女人才不认权威呢，尤其这权威不是她们的，她们随时随地给你掉链子。《红楼梦》里说女人是水做的，水做的女人们因此都具备水的特性，载舟覆舟，全由她们说了算。我是有体会的，甚至可以说是有深刻的体会。所以，我只想像歌里唱的那样跟着感觉走，走哪儿算哪儿吧。

有一段也算是奇遇，不能不提一下。这位美丽的孔雀一般翩翩而来的女朋友名字很娴淑，叫查好娟，典型的南方人长相，时装模特儿一般的高挑身材，柳叶眉，丹凤眼，一头泛着亮光的长发像一道瀑布，顺着好看的肩头倾泻而下，一眼看上去她很有几分南国佳丽弱不禁风的娇媚。但你可千万别小瞧了她，别被她的表面现象迷惑，这可是一个有手腕有魄力能不动一招一式就让你服服帖帖为她所用的主儿。我真的是怕了她了，对她有点儿闻风丧胆。现在提到她手腕都抖，不仅手抖，双腿也在发抖。

和她认识是在一个酒吧，那个酒吧有个好听的名字叫"两情依依"。那天是我一个朋友的公司替厂家搞促销，包了这个酒吧做活动，请我过去帮忙。我和查好娟也说不上是一见钟情，那个场面人挺多挺杂，大多数是企业界的，一个个不管有钱没钱看上去都财大气粗牛逼哄哄的样子。我心里好笑，明明都是你骗我我骗你相互利用尔虞我诈的关系，却偏偏找了这么一个温馨宜人很有调子的地方，所以不闹点儿故事也算对不起他们。

我是本着一种天然的习惯在人群里寻找亮眼的女人，几个来回之后，我把目光锁定在这位端了一杯酒独自啜饮又到处想跟别人搭讪的女士身上。她不是我们请来的，因为请的人名单我都清楚，她大概是跟着什么人来凑热闹的。我远远地看着她，一堆人当中就她最放松，也最放得开，有酒喝酒，有肉吃肉。那天搞得还是挺丰盛的，查好娟在这种时尚大气的氛围里看上去挺高兴，尽管好像她跟别人都不熟，也没什么人跟她说话。

我的眼光就像一条训练有素的猎犬，一直紧紧地追随着她，毫不放松。

我选择了一个最自然的方式和她认识，我端着酒杯走过去与她碰了一下，装得像是极熟的老朋友一样，没有寒暄，没有客套，直接就跟她谈起酒吧的装饰问题。她一点儿没有犯愣就跟上了我的思路，可见她是一个聪慧敏捷的人。酒吧装饰这个问题好像很对她胃口，她话很多，还提了一些建设性的意见，我想她恐怕把我当成酒吧的老板了吧。我也不说破，有幸对聚会的场地拥有者作一番指手画脚显然让查小姐情绪很高。我们聊得挺好挺愉快，好像她比我更希望能进一步交谈下去。

当聚会进入到更热闹更杂乱的阶段，查小姐问我想不想换一个清静点儿能说话的地方坐坐？我当然欣然应命。于是我们一起离开了"我的"酒吧，撇下"两情依依"，去了不远处一家名叫"鸡蛋与石头"的酒吧。

重新点上喝的吃的，我们面对面坐着，四目相望，关系马上就显得不一样了。两三个小时前我们还是两个素不相识的人，在街上万一谁碰了谁说不定还会吵上几句，现在就完全不一样了，我们已经是朋友了，假如能在街上意外邂逅，我想，我们肯定会很欣喜的。而且我们心照不宣的劲头让我们之间的关系有着广阔的前景。说老实话，本来我只不过是想试试自己的魅力，这么长时间整日与女人厮混，一个约会紧接着另一个约会，不容喘息，我几乎丧失了搭识新女友的兴致。今天我确实是想测试一下我的"武功"是否依然还在。

查小姐真是好酒量，刚刚在"两情依依"我看她已经喝了那么多了,到了"鸡蛋与石头"她又点了啤酒,仍能一扎接一扎地喝。我们从一般性的话题聊起,和女性(尤其是陌生女性)谈话我总是非常注意技巧,最初总是只说一些无伤大雅的话,绝不触及敏感区域。但查好娟马上就说到了她自己,一下子就把话匣子打开了。

她告诉我她喝酒还是跟她老公在海南时练出来的。

她扬扬自得地说:"总说你们北方男人善饮,不是我吹牛,还从来没有谁能喝过我呢!"

"那今天我就陪你好好喝喝。"我虚张声势地说。我清楚自己的酒量,白酒也就半斤多的量,遇到真能喝的,这点量是远远不够的。

"谢了。"她说,"喝酒是要有心情的,今天免了吧,还是改天我准备好了心情再跟你喝。"

"还用准备?"我故作惊讶。

"是啊,我心情不好的时候能喝得很多,喝得很多会心情更加不好。"

"今天你心情不好?"我在略带玩笑的口气中隐含关切。

"没有呀!"她故作俏皮地问我,"你看出我心情不好啦?"

我笑而不答。

她回到矜持状态,她说:"我从来不在陌生人面前谈心情的。"

"是不是你对人挺有戒心的?"我问她。

"你怎么知道的?"依然俏皮,还显出一脸的惊讶。

我做出诚恳的姿态,笑说:"其实我们已经不应该算是陌生人了吧?"

她也笑,点头说:"跟有的人认识一辈子你跟他也不会熟悉起来,其实不过就是陌生人,而跟有的人吧,一见面就好像早就认识了,你说是不是有点儿怪?有的时候我会觉得这个世界上有些事情都是发生过的,甚至发生过不止一次,你是不是也有过这种感觉?"

我问她:"那你说我们是不是也不止一次在这里坐过?"

她笑起来,神情既狡黠又快乐。

就是这样,我们的谈话丝丝入扣。她告诉我她在大学是学经济的,毕业后理论脱离实际地在一家杂志社做编辑工作,目前还在继续深造,攻读法律学位。她直言不讳地说她有心在拉广告方面有所建树,今天是专门过来偷师学艺的。

我说:"这根本用不着学。"

她说:"怎么讲呢?"

我说:"这一行里只存在着两种人,一种是拉不着广告的;另一种呢,当然就是拉得着广告的。"

她说:"哪你看得出我是哪一种人?"

我说:"当然啦!"

她说:"也太神了吧你?"

我们一起笑起来,就像真正的老朋友那样心意相通。她的脸色在酒精的作用下变得更加鲜嫩。

"你怎么知道的?"她做出天真烂漫的样子,眼中流溢着女人的柔媚。

我说:"这一点儿也不难。其实你自己也清楚着呢,像你这样一个聪明人。"

"我聪明吗?"她歪着头笑得很美,好像我这样说很出乎她的意料。"这方面我一窍不通,待了这么一晚上一点儿门道没摸着。"

我想对她说那是你没摸对地方,但语涉轻薄,话到嘴边我还是咽了回去。

我故意大包大揽大言不惭地说:"有机会我教给你吧。"

她眼睛一亮:"真的?"

我用交心的口气说:"这有什么?每一行都有一些行规和窍门,俗话儿说'隔行如隔山',你不是这个行当里的很可能不知道,感觉水很深。你清楚了里面的门道,至少可以少走弯路,少交学费。"她脸上露出惊喜和佩服,我更加豪爽地说,"那些经验也不是我总结出来的,况且也不是什么重大机密,说给你听也无妨。现在我就可以告诉你几句口诀,听着:首先是打动客户,然后是扎透客户,去时要像春风送暖,走时要像秋风扫落叶。"

她扑哧笑了,做出由衷敬佩的样子,夸奖我说:"内行与外行就是不一样!"弄得我真有点儿飘飘然。

当晚我们谈得非常投机，意犹未尽，互留了电话号码，约好周末再见。

再见到她比上一次更加妖娆活泼，很放松，也很纯真，显得没有城府。一见面她就做出请教的架势，要我告诉她怎么拉到广告。我当然不是为教她拉广告才见她的，我有我的打算。我用一句笑话打岔过去，我说："太容易了，今天还是先学口诀，往后再具体操练。听着，再告诉你一句口诀，你只要掌握了，别说拉一条两条广告，你给他包月包年他都乐意。"

听到"包月"、"包年"一类的词汇，她掩口而笑。随即她以小女子的撒娇劲儿追问我那句口诀是什么。

我不失时机地凑到她耳边，男人的呼吸喷着她的发丝。"听好了——"我故弄玄虚地清清嗓子，"没有什么是不好意思的。"

她放声大笑，说："真是这样哎！"之后，她一次一次地自己发笑。

我知道这个时候再说点奉承话，显出浪漫和洒脱，外加机智幽默和别出心裁，第一期的感情投资就算基本到位了。事实也正是如此。在投缘的气氛和新一轮酒精的作用下，查小姐又谈起了她自己，显然这是她喜欢的一个话题。她说她的父母都是高级知识分子，她在家里是个娇娇女。她老公跟她是大学校友，比她毕业早得多，是中国第一批做期货炒股票的。想来查小姐的家境肯定是富有的，看她的穿着打扮也是非同一般。查小姐说她周围尽是些腰缠万贯的富人，但她并不喜欢跟他们来往，觉得他们俗，平常她最愿意结交的是有男子气、教养好、聪明有趣、人情练达、文化气息浓的人（听着多让我沾沾自喜），跟她常来常往的朋友中有很多是艺术家（恐怕多半是骗子吧），有几位还非常出名，报纸上经常能见到他们的名字，有时还有他们整版整版的访谈。她说她自己尽管每天上班做的是很务实的跟一个一个文字甚至是错别字打交道的事，但内心里真正向往的是罗曼蒂克的生活。我心头暗喜，这么说眼前这位佳人和我一定会有很多很多的共同语言，我要是拉她来与我共享一种全新的罗曼蒂克生活，岂不比她赔着笑脸上门拉广告有意思得多？

酒吧的情调永远适宜节外生枝的事情发生。在查小姐以一种清脆婉转如黄莺的声音倾诉的时候，我在倾听的投入和忘情之下，有意无意把一只手轻轻放到了她一直安安静静放在桌面上的一只手上。瞬间的接触之后，她挪动了一下，但没有完全挣脱。我的手追过去，在桌面的边缘轻轻勾住了她的手指。她下决心似的躲了开去。过了有几秒钟，那一双修长优雅的手放到了桌子下面，大概是不想让我尴尬。她的脸部是平静的，没有气恼的表情，假装什么也没有发生。看来她也是一位情场老手，深知各种套路。我佩服她沉得住气，同时也知道这件事仍然有戏。我继续与她说话，话题还是延续刚才，只是味道略有不同，我加进了更多的调侃与亲近，并不担心她会气恼。渐渐地我们好像都有点儿走神，又似乎都有一点儿不安宁，谈话在这时走进了一个稀薄的状态。

但这样的情况一会儿就过去了，我们又都缓了过来，话头又绵密起来。而且，我留心到她的一双灵巧纤细的小手又不知不觉放到桌面上来了。随着说话，像小鸟一样灵活地飞动着，惹人怜爱。然后又安静下来，十指玲珑剔透，交叠着放在粗格亚麻桌布上，被衬得那样白净柔美，看了让人心里发痒。

我又一次把手伸过去，像第一次一样轻轻覆盖在她修长的手指上。那些手指马上像一群游鱼一样从我的手里溜掉了。我的手指追过去，就像棋盘上过河的卒子，义无反顾，在它们即将游走的时候将它们牢牢抓住。

现在她就在我的手里，我清楚游戏的第一回合我赢了。我凝视着她的眼睛，这个时候我自己的眼睛是热烈的，我要用我的火种来点燃她。让我意外的是，我发现她的眼睛里同样也燃烧着两朵熠熠的火苗。她的手指突然反过来握紧了我的手指，而且直向我手心里进军，最后她把我的手抓得牢牢的，一下子我成了她的俘虏。我们十指交缠，内心如焚，变得焦渴难耐。

我心中得意，显然"武功"尚在。

她是不是同样心中得意？这我就不得而知啦。

19

我用最深情的眼睛凝视着眼前这个女人,显然又一次艳遇就要开始。下面就是找个地方过夜的问题,她不说话,好像在等着我决策。这种时候我一般也是以守为攻的,我自然是希望由她来提供场地,那样对我来说更加进退自如。

我们都喝光了杯子里的酒,要么再叫一杯,要么就走。她比我还沉稳,低头察看着自己涂着银色指甲油的手指,一味地自我欣赏,对何去何从似乎丝毫不参与意见。

我没辙,一阵沉默之后,我说:"走吧。"

她非常顺从,小鸟依人地走在我身边。我用一只手搂住她的纤腰,没有征得她同意。她好像很乐意,马上有一半的重量靠在了我的胳膊和身上。

外面有一点儿冷,起了一点儿雾,情调很好。但假如一个人独自待着，这个时候是很容易产生孤独感的。她拢紧了宽大的羊毛披巾，缩着脖子。我们走在空寂无人的深夜的大街上，就像是两个相依为命的人。那种感觉有点儿离奇，有点儿感伤，很容易让人心生温暖的惆怅。

沿街走了一段，又需要拿主意了。我问她带没带身份证？她睁圆了一双美目问我什么意思。我转过身朝着她，双手温存地放在她的肩头，满怀柔情地说："你真的不明白吗？"

她马上笑了，有一点儿不好意思。她更紧地挽着我，全身的重量都靠到了我的身上。

我用情人的语调低声问她："不愿意吗？"

她很灿烂地笑起来，笑声清亮爽朗，震动着夜里的空气。她又重新让我感觉到她是一个成熟的非常有主见的别人根本难以左右她的女人，而我却像对待一个年轻女孩那样对待她，是很不妥当很不得体的。

她拿出了第一次见面要我教她拉广告那股直言不讳、直截了当的劲头问我："干吗你不带我回家？"

说得这么直率把我吓了一跳，尽管本来确实就是那层意思，但我作为男人都是相当含蓄的，说话尽可能绕几个弯子，她这么一说出来，我再遮遮掩掩就多余了。

我同样坦率地说："我没家可回，原来的家归了前妻，我带你去我老爹老妈那儿过夜，多少有点儿不妥吧？"

"那有什么不妥嘛？"她说。

"真这样老头儿老太太这一夜怕是就甭过了。"我笑嘻嘻地说。

"你家家风这么严谨啊。"她语带讥讽,"你又不是青少年。"

"跟爹妈在一起总不方便。"我宽厚地说。

她一甩头发,给我一句:"饭店我可不住,感觉像个鸡!"

我不知她这个感觉从何而来?约会去饭店不是再正常不过吗?我对去饭店开房从来都是持健康的态度的,我忧心的只是结账的问题。

她说完马上热情地拉起我的手说:"走吧,去我那里。"

真是再好不过。

她态度干脆,没半点儿拖泥带水,看来她比我的意愿还要强烈。我们拦了一辆出租车,她拉我跟她一起坐在后座上。刚一上车我们就亲吻了起来,我们真是狂热,恨不得把对方生吞了。下车的时候两个人都是衣冠不整。我给了出租车司机一张整钱,赶紧说不用找了。

我们搂抱着上楼,搂抱着进屋,搂抱着一起倒在了床上——因为情急,或者说也是为了营造某种情调,她没有开灯,稍有一点儿出乎我的意料,她的床位置非常低,所以一起倒下去时差一点儿把我脊椎骨折断。借着窗外的灯光,我看清楚这根本就不是一张正规的床,而是一个地铺,不过宽大无比。地铺两头是两个顶天立地高大无比的书柜,里面是满满当当的书籍。我们就在这知识的海洋边上脱衣做爱,不讲形式,只重内容。

原来查小姐也是一个务实讲效率的人，显然书还没有读坏。这一段我不想多作渲染，总之这一夜我和她淫乐无度。次日醒来已是红日高照，好在不必上班。

醒来之后我们又热烈地重复了昨天夜里的内容。我发现我们配合默契，得心应手。这也并不是和每个人都一样。我斜靠在室内唯一的一只衣柜上，怀着少有的、饱满欲滴的心情开始对她这个人产生了兴趣。

完成功课之后她从一只银质的图案古朴的烟盒里抽出一支烟，我眼疾手快地给她点上。她默默地连吸了几大口，就像渴极的人喝水一样。

这之前我一点儿也没想到她还吸烟，更没想到她吸起烟来就像男人一样，甚至比一般男人还多几分刚猛，完全不是时髦女人的装模作样。而且，她吸烟与不吸烟的时候判若两人，让我暗自惊讶。

我伸手过去抚摸她那一只没拿烟卷的手，她就在香烟淡蓝的烟雾中和我温情相握。几分钟之后，她以一种平静的声调开始倾诉。就像那种真正经历过痛楚依然对生活怀着好感的人一样，她也对自己的生活津津乐道。

不知怎么一回事儿，这一幕我似曾相识，就像过去曾经发生过一样。我也说不清楚是否在她身上看到了一种什么似曾相识的东西，我也不知道这种东西是什么。我在瞬间产生了一种飘然的感觉，这种感觉让我就像轻微的醉酒一样变得恍惚起来。

我们相互用手指在对方的手心里轻轻划着圈儿，机敏地摩挲机敏地躲闪，那么俏皮和不厌其烦，又是那么温存和亲昵，就像情绪饱满淡远的背景音乐。她的故事就在这安宁和无聊的白昼经过我昏昏欲睡的耳朵和依然灵敏的大脑与我融为一体。

这个身上散发着九月雏菊干涩的香味的女人还是一个挺不幸的人，她有过一段据她说来曾经十分美好的姻缘，可惜她老公炒期货炒出了事，被判了无期，现在还在南方某监狱里服刑。

查好娟无比幽怨地说："你不知道他有多么优秀，长得和你很像，最初分在国家单位，三十岁不到就当上了副处，随后不久去了一家国资背景的大公司，四十岁不到被任命为副总，总经理的位子一直空着，也就是一步之遥。谁都看得出他势头正好，很得上面青睐，全公司只有他一个人是直接对总公司老总负责的。可是事情也出在这里，做期货本身就是高风险的事情，都说他是一个天才，他也就飘飘然起来，真把自己当成了天才。最先确实是赚了不少钱，那时是皆大欢喜，从上到下都有点儿忘乎所以，他是更加不知道自己是谁了，胆子越来越大，单子越下越大。有一天忽然就出事了，而且是出了大事。那天我回到家里，看见他蜷缩在床上，灯也没开，人奄奄一息。我吓坏了，问他怎么啦？他幽幽地吐出三个字：'爆仓了'。他们的总裁为保自己的乌纱，把头往脖子里一缩，什么账也不认，一把全推他身上。一个未经授权下单的罪名，再加上私下收钱七七八八的事儿，一判就是无期，剥夺政治权利终身。命算是保住了，但这一辈子也玩完了。他这一生是永远不会再有昔日的辉煌了。你不知道，做交易员那会儿他可风光了，他到伦敦住里兹饭店，人家把里兹饭店的商务中心包下来给他一个人专用，那是什么个劲头？他在那边给我打电话，装得很平淡，很不以为然，那得意劲儿就甭提了！现在是全完了。我不是没提醒过他，让他千万别忘乎所以，但人在那种时候会发晕的。上面有老总宠着，哪里想得到会有出事的一天。中国自古出了事就让官小的顶缸，到这一步他后悔也迟了。他也把我给坑了。有一个无期徒刑的老公，让我还怎么在外面做人？我们单位也没法用我了，本来我的势头也是蛮不错的，被他一闹我再也待不下去了。没等人家开口说话，我自己先提出辞职走人了。这就叫'一失足成千古恨，再回头是百年身'！我看出了这样的事是一百年也翻不过身来了。为什么不跟他离婚？那还不是早一日晚一日的事儿。他早说过离婚他没有意见，他能有意见吗？既然哪天都可以办，我何苦着急去办？说心里话，我真有点儿打不起精神去办这件伤神的事，我只想把这事忘掉，最好是从来没有发生过。"

她又伸手去烟盒里摸出一支烟，盖上烟盒，珍爱地用手指抹去落在上面的浮尘，烟盒在她的摩挲下一尘不染。她把烟盒托在手心里，朝我一笑说："这还是他送我的礼物，据说是很古老的一件东西——有多古老我也不知道。反正他就是喜欢那些古雅贵重的东西，跑遍了世界各地去搜集，据他说每一件都是价值连城……现在留下的,也就是我手里这一件了。"

她声音发涩,神色黯然,真有点儿欲哭无泪。我帮她将烟点上,她深深地吸上一口。她的瞳仁里残留着回忆的惆怅,轻轻翕动经过我一夜亲吻的两片饱满润泽得像是涂了口红的嘴唇,一字一句吐出李清照的名篇《声声慢》:

> 寻寻觅觅,冷冷清清,凄凄惨惨戚戚。乍暖还寒时候,最难将息。三杯两盏淡酒,怎敌他、晚来风急。雁过也。正伤心,却是旧时相识。
>
> 满地黄花堆积。憔悴损,如今有谁堪摘。守着窗儿独自,怎生得黑。梧桐更兼细雨,到黄昏、点点滴滴。这次第,怎一个愁字了得。

听得我心里也是悲悲切切、凄凉一片,想说些劝慰她的话,却不知怎么说好。

她喃喃地说:"最怕的是拥有之后再失去,这比一开始就没有要痛苦得多,难过得多。这话凭空说说也没有多大意思,只有同样处境的人听了,才会感同身受。"

我想告诉她我懂,但我只是把身体贴近她,紧紧地抱住了她。

接下来我就不让她一个人再那么寻寻觅觅冷冷清清凄凄惨惨戚戚了,我尽可能多花时间陪她,让她高兴。但我的好娟却不是一个只图眼前快乐的人，也许是比别人多经历了些事，她常爱说的一句话是"人无远虑，必有近忧"。我不明白她这话是什么意思，问她也不肯直说。有一天她总算跟我推心置腹，语重心长地对我说："平实，你这么一个聪明人，趁着年轻也该有点儿建树才好，对不对呢，你说？"

这个，当然。

可是见鬼，难道她把我当成她的新任夫君啦？我真不知道她想让我在哪方面有所建树？

从这一天起查好娟对我在单位里的事情也关心起来，事无巨细地问我班上的这样那样，而且知无不言、言无不尽地为我出谋献策，真不知道从前她是不是也这样侍奉她亲夫的？我可不想进监狱享受无期待遇，而且这一阵我在单位待得很不舒服，正想活动活动挪挪窝呢。可是查好娟却一心指望我能像她老公一样辉煌一把，可我对逮着机会往上爬真是很没兴趣。除了对我寄予厚望，查好娟还隔三岔五把我介绍到她朋友或者朋友的朋友那里去打工，拿她的话说这不光是为了挣钱，而是让我出去多建立一些对自己有用的社会关系。可说老实话，这些还真不是我看重的，我要见那么些人干什么？我又不打算搞传销，也没打算做人事工作，我不需要那么些社会关系。查好娟的这些一会儿冒出来一个的主意让我心烦，可我还不好驳她的面子扫她的兴，毕竟她也是为我好。为讨她欢心，我硬着头皮一个一个试着去做，没少费力气。结果可想而知，收获寥寥，既没挣着钱,也没建立起任何真正有用的社会关系。真不是我不上心,可这事怨不得我。我一出现,查好娟介绍给我的那些人几乎都带有敌意,比我还不放松,我估计他们很可能都对查小姐垂涎,没准跟她还有一腿,所以他们都自然而然地把我当成了情敌。这些男人你想怎么可能肯对我扶上马还送一程?即使我表现得再谦虚,再恭敬,也没人搭这个茬儿。这就不是我的错了。我以为小查在这样的情况下该对我高抬贵手,放我一马了,可是她丝毫也不气馁,就像单位的领导一样鼓励我再接再厉。如此这般,我一次次地沦落为鸭子,被亲爱的她赶着上架。

20

　　那一阵子我把许多宝贵的时间都花在了我的小查身上,就为讨她一点儿欢心。我起早贪黑,上班下班、忙里忙外表现自己,事实上我还没有能真正讨得她的欢心,因为我始终也没有能够达到她的期望值。这种力不从心的感觉挺压迫我的,可是为了一个心爱的女人,难受也就难受一点儿吧,我能忍。我之所以能接受或者说忍受这些,从男人的角度说,关键在于小查在我心目中具有一种特别的魅力,而且她的这种特殊魅力就像题材丰富的股票一样,让人极具想象。

　　也许正因为拥有的又失去了,梦想的和追求的又总在前面保持着适当的距离,所以查好娟对生活总保持着旺盛的欲望,在我看来她胃口极大,而且她也因此特别懂得珍惜生活,知道要把生活中每一滴油水榨干。她的这股劲头说实话很吸引我,在一定程度上也深深地影响了我。比如对遇到的每一个人,她首先想到的就是这个人有没有用?然后就是琢磨怎样利用他,如何用出他的最大值。对我也一样不例外。这方面我远不是她的对手,一般人也没法儿跟她比。对自己她则是能享受则享受,有今天不去多想明天,绝不放过一个能让自己感官舒坦和心理满足的机会。因为老公犯法,她的物质生活一落千丈,但她一点儿不受打击,仍然保持着良好的消费状态,而且一边消费一边重建,这真让我感慨万千!谁说女人的名字叫弱者?在我看来即使不说大多数也是相当一部分的女性都是生活的强者,她们身上有顽强的母性,她们本身就跟丰饶的大地一样,什么都能出产,不愁没有,缺什么少什么都有办法让它们生出来长出来。

在我们情热的时期,我每星期至少有两三天是在查好娟那里度过的。每次我去,她都会有一些小花样、小手段款待我。有时是煲了一锅好汤(里面放了好些中药,什么人参、党参、天麻、杜仲、枸杞、红枣一类,意图不言自明),有时是冰箱里冰着一打新出牌子的啤酒(花费不高的小情调、小时髦),有时是展示一件性感妖冶的内衣(挑逗),更多的时候是她滔滔不绝对我讲述大量的社会新闻和案例(也不知是她从课堂里学来的,还是从那些乱七八糟的小报法治版上看来的),并且有条有理地进行观点独到的剖析,我想这大概是为了能使我学得聪明一点儿吧?小查知法懂法,而且深明人性弱点,所以听她剖析人呀事呀的,真是胜读十年书。这种时候,她浑身散发出一种精通世事、学养深厚的光泽，真让我打心眼儿里为拥有她感到骄傲和陶醉。

查好娟一直在提议和我一起联手做一些有利可图的事情。她和我都是务实的人，对名看得很淡，对那些浪得虚名的人和事我们连正眼都不瞅一瞅，奔利让我们兴奋，就跟我们在一起做爱一样。就我们眼下这个条件，给报社拉广告肯定是致富最快的途径，做别的事再没有这么稳赚不赔的。小查跟我的看法完全一致，她还替我分析，拉广告本来就是我工作的一部分，也是我事业的一部分，这方面如果业绩好，我在单位里就有可能得到发展和升迁。

我自己倒是没有这么乐观，至少我知道升迁什么的是不靠这个的。不过好娟这么说，我当然也不会反驳她，跟女人我是从不较真的，再说她也是为我操心。说实话，对于我的个人发展我远没有她看得这么重，也没她这么上心。你看她一说起这些话题异常兴奋的样子，也不管是饭前饭后，坐着还是躺着，哪怕是深夜十一二点，一样是精神焕发，两眼唰唰放光，我算是服了她了。

我们两个终于决定联袂登场，而且从今以后我们都打算这样夫唱妇随地开展工作。以前做这件事我总是独来独往，说白了拉广告奔的就是那点儿提成，谁也不希望别人来插一杠子分一杯羹。可是好娟不一样啊，她是我的女人，我们是自己人。

能为她提供见习的机会，我心里也是美滋滋的。所以带她出去见我那些客户我还是挺乐意的。这件事的另一个乐趣是小查很会应酬，脑子活，话总能说在点子上，不紧不慢，进退有度，一点儿不显得软磨硬泡、死乞白赖，她把事情做得很有分寸，既得体又体面，能让你出了钱还念她的好。要是在饭局上，她举杯把盏话里话外能把桌面上每个人都胡撸得油光水滑，不管是位子高的还是位子低的，那群鸟人其实也不好对付着呢。所以出门带上小查，我就特别轻松，只要有她，我往那儿一坐就全齐活了——气氛好，事情还容易办成。

有一阵我们战绩奇好，最多的一个月拉着八条广告，当然都有小查一起参与。旗开得胜，我请她吃法国大餐。

在音乐和烛光中，我就像老外一样送上热吻，对她进行法式亲吻。我在她耳边声音低低地说："亲爱的，假如我结婚，我真希望能娶你！"

"是求婚吗？"她笑眯眯的，好像十分乐意。

我没有正面回答——我头脑再发热也知道这是绝不可以的。我面带迷人微笑握住她的一只手（现在它就放在桌面上，还是那么纤细，十指尖尖，只不过不会再逃了），把它拉到下巴下面，俯下脸亲吻着它。

我做出最最温柔的姿态说："你真好，没想到你还挺有旺夫运呢！"

她的脸唰地就白了。我一下子反应过来我踩雷了。她的亲老公正关在监狱里，不把牢底坐穿且出不来呢。没想到一句奉承话一不小心戳了人家心窝子,我后悔不迭。我们之间的气氛也像突然停电一样,叭的一下就黑了。她把手抽了回去,我再去握,已经变得冰凉僵硬。

她改变了坐姿,不再前倾靠近我,而是向后仰去,脊椎笔直地紧贴椅背,胸挺起来,乳房凸出,头微微低垂,睫毛在眼睑上画出一道优美的弧形阴影。她高傲而又忧伤,令我心动。

我轻声求她:"亲爱的,对不起,我特蠢,我错了,我……你千万别生我的气好不好?"

我左哄右哄,她一笑,十分勉强。

她说:"我没生气,我干吗要生气?"

然后她就仰起脸来笑了,但她的脸色还是那么苍白。

本来我们之间很热的调子就从这个夜晚开始不明不白冷了下去,我一点儿也弄不清楚里面的原因究竟是什么。我当然不大相信就是因为我说错了一句话,查好娟并不是一个特别小心眼儿的人。也许是我无意间触到了她的什么痛处,可她也完全可以跟我明说嘛。我自叹人之间的关系真是微妙复杂,恋爱的人之间更是如此。小查这样,反过来也让我有点儿伤心——想想我对你多好吧!我对你可是亲的爱的甜的热的,说得上五讲四美三热爱了——我真不知道还有什么方面让她不满意?比起关着的那个人,怎么说现在也是我更关心她,爱护她,是我在对她体贴入微,也是我在不计得失地为她做这做那。可她好像并不领这份情。

但是事情还在后面。随着我跟小查之间恋爱的降温，我的事业也不再那么蒸蒸日上了。我最初感觉是原来的一批客户不太热情了，我主动跟他们通电话，他们在电话里对我爱搭不理躲躲闪闪的，态度很不地道。我们也是三年五载的老关系了，怎么一下子成这样了？我赶紧约他们吃饭，结果一个个都端起架子装大爷，推三推四的，都说自己特忙，过些日子再联系什么的。这样一而再地碰壁，我满心蹊跷。这年头本来就是认利不认人的，这我知道，人家不搭理我，准是攀上比我更有用处的高枝儿了。但怎么会这样的，我还是没往深里去想。

再到好娟那儿，她对我又冷了一层，新颖别致的款待没有了，温存暖心的话儿也没有了，而且也不提指望我提拔高升的话儿了，跟我——说得直白粗鲁一点儿——也就只剩睡觉了。

这样的情况持续了两到三周，我已经不怎么愿意上她那里去了（我有的是可去的地方，而且别人追得还挺紧的）。我也开始冷落她，尽可能不拿她当回事，这一来很快情况就有了转机。

一天下午我刚到办公室她就打来电话，约我去她那儿，她的声音喜气洋洋的。

我问她："遇到什么好事啦？"

"见面告诉你吧！"她得意地说。这么说我猜对了。

她终于还是说了出来："我换了一个单位。"

"真行呀你，不声不响就换了单位！水往低处流，人往高处走,肯定是高升了吧?"我夸她说,"你真有本事!"

她口气平淡地说:"马马虎虎,嘿嘿。"又说,"也是一家报社。"

我说:"祝贺你!调过去做总编?"

她说:"笑话我呢?至少编辑我是不当了,跟字儿较劲有什么意思嘛?写得再多,编得再好,还不是得凭广告挣钱?直接做钱多好,一步到位。哎,告诉你,现在咱们真成同行了。"

我说:"你也到广告部了?"

她声音里透出更浓的得意,一字一顿地说:"是到广告部做主任,不当头儿谁去呀?"

她的语调里全是有饺子不吃馒头的劲儿。牛,真牛!

"那咱们得好好庆祝庆祝!"我满腔热情地说。

"我等你回来!"她温柔而又热烈,已经有好长时间她没这样过了。

放下电话我恍然大明白,原来哥们儿是被人当鱼饵用了——人家早已经很有心地把我日积月累的那点儿关系不声不响统统接管了过去,悄不声声就满载而归了,而我还彻头彻尾被蒙在鼓里呢。现在人家很有胸怀地邀我共同庆祝,我去我傻X!让她举杯邀明月对影成三人去吧,今夜没人陪她入眠。

那一晚我心绪坏透了。我信马由缰进了一家肮脏不堪的街头小馆子,进门就大叫上一屉人肉包子。店小二被我吓坏了,以为来了个疯子。我也就跟疯子一样,全部点了平常根本不吃的菜。小馆子的厨艺真是一绝，把我点的每一道菜都炒成黑糊糊的一团，连看都没法儿多看一眼。但我照样甩开腮帮子大吃大喝，面前的碗碗碟碟一个都不放过。我吃了很多，就跟一个饿极了的人一样。我牙缝里塞满了半生不熟的老韭菜叶，食道被嚼不动的豆角刮过，胃壁沾着带霉味的古老肉汁，一下就反胃了。那种感觉，实在受罪，却让我得到了一种自我惩罚的快感。

小馆子里人越来越多，每个人都在抽烟，加上厨房里不断冒出来的一股股浓烈的油烟味儿，空气浑浊，雾蒙蒙、黏糊糊，似乎都有厚度，就跟我面前吃剩的碗碟底子一样，令人作呕。在这污浊嘈杂中我反思自己，剖心剜肺，最终觉得自己是大大的活该。

结账出门，发现外面下着很大的雨。难怪这么个小破馆子会有这么多人！我信步走进雨里，冰冷的雨点打在我的头上身上，顺着我的脖颈灌进去。我即兴地对自己进行新一轮的自我惩罚，好让发昏的脑袋变得清醒一点儿。

走到查好娟楼下，我已经浑身湿透，两只鞋里也灌满了水，每走一步咕滋作响。我望见了她窗户里透出的灯光，还是那么温暖，那么诱人，而且因为这一刻外面又冷又湿更显温暖和诱人。何况灯下还有一个人在一心一意地等着我，盼着我去。但我还是扭头走开了。我要自己牢牢记住这样一次深刻的经验教训。锅底子都快叫她掏空了，自己了无察觉，还在跟她恩爱缠绵，真是太麻木了！这样的错今后永远不能再犯。

我也想到过报复,但我知道那样于事无补,最多就是出一口鸟气。那些客户都是我一手介绍给她的,我去拆她,成本太大。况且现在人家认她未必认我,弄不好反而赔了夫人又折兵,这种没把握性的事情我不做。反过来说,假如仅仅是为出一口气,那我就宁可忍了这口气,跟她计较也没意思,不如放她一马。再怎么说毕竟跟她也是炕上被下缠绵过的,我不愿意跟她刺刀见红情断义绝。我是男人,这点胸怀咱还有。我决定不再搭理这个女人,彻底把她忘掉算了。

当晚,查好娟一次次呼我,我一概不回。我要让她尝尝情人失约的滋味,我要让她尝尝没人搭理的滋味。她呼过我五遍之后,我就把呼机关了,我害怕自己心一软前功尽弃。我不知道之后她又呼过我多少次,她就是把我呼机呼死我也不管了。有意思的是从第二天一早我打开呼机之后她再也没有呼过我,也没再主动跟我联系,就像我们之间什么也没发生过一样。我想她肯定是自己琢磨过味儿来了,否则像她那么一个骄纵的女人,哪容得下我这样对待她?

真到这个份儿上说实在话我还是挺难过的,一份情就这么说完就完了?我承认,我真的是很放不下啊。所以在一个阳光明媚的下午,路过查好娟住的地方,我冒出了想上去看看她的念头,而且怎么也无法抑制。我明知道那个时间她应该去上班了,离下班回家还有一个多小时,我决定耗掉这一个小时等她回来。我到以前我和她经常一起购物的超市买了许多东西,甚至还买了鲜花和蔬菜水果，就像我们以往在一起时那样。我打算好用这些普通而亲切的东西一进门就打动她。提着这么一大堆东西，我看上去就像一个顾家的好丈夫。我想好娟也一定会接受我这样一种和解的姿态吧?

那一刻温情就像漫上防洪堤坝的潮水一般将我淹没。昔日的色香味全都扑面而来。我垂涎欲滴。到了这个份儿上，有什么是过不去的呢?当然没有。没有什么是不可原谅的，没有什么是不能屈服的。我沿着楼梯拾级而上，手里沉重的物品也随着我平稳上移，就像失去了重量。我们都欣喜地接近（扑向）同一个预想的目标。

笃。笃。笃。

整个楼道里都回荡着我敲门的声音。时间像是凝固了，而我眼前的这扇门却岿然不动，丝毫没有开启的迹象。

笃。笃笃。笃笃笃。

我静静地等着，又好像并不等什么，我已经不指望会有奇迹出现。楼道和四周仍是静静的，静得可以听得见我自己的心跳。

笃笃笃。笃笃笃。笃笃笃笃笃。

可是我有一个奇怪的感觉，我觉得小查的房间并不是空的，里面好像塞满了一种会发出热量的东西。我把耳朵贴上去，想听听有没有动静，结果是连呼吸那样轻微的声音都没有听到。

笃笃笃笃笃笃笃笃笃笃笃笃笃笃。

敲一扇没人应答、也没人从里面打开的门让我有了一种奇妙的快感，就像偷弹一架别人的钢琴，而这个人恰恰是我又爱又恨的女人。这种节奏不正常的敲门带着十足的发泄，惊动了一家邻居，有一个人探头往这边看了一下，大概没看出什么破绽，很快把门关上了。一时间我感到了空虚无聊，我在等待和离开之间颇为犹豫。就在这时，身后的门略有响动，出乎我意料出现了一条缝，露出三分之一只眼睛。仅仅是瞳仁一闪，一束光就射透了我的心房。

"好娟！"我惊喜地叫她。即将关上的门顿时停住了。

"是你？"她又把门恢复到能让我看到三分之一只眼睛的缝隙。

我伸手推门，一边热切地说："天哪，睡着了你？没听见我敲门？总算……我的运气还算好，快让我把东西拿进来！"

但是门里面却拴着防盗铁链，查好娟的面部表情和声音里也一样拴着防盗铁链。她冷冷地说："你还来干什么？"

干什么？我只是想看看你啊。可她这么一问还真把我问得语塞。我有点儿张口结舌。她倒是真知道先下手为强，就好像是我做了什么对不住她的事情。但我还是竭力缓和气氛，既来之，则安之。

我和颜悦色地说："不能来看看你吗？好了好了，快开门吧，瞧我买的这些东西，我快拿不动了。"

她犹豫了一下，非常地不耐烦，哗一下把防盗铁链拉下了，但还是没把门打开。她用身体堵着门，一丝一毫也没有让我进去的意思。她说:"你走吧!"

这三个字就像三把尖刀一样向我扎来。我可是好心好意的啊,一腔的热情,热心热肺热肠子,可不应该兜头给我这么一瓢冷水!我打了一个晃悠,差点儿没站住。她就在窄窄的门缝后面,用决不容情的眼光冷冷地拒绝着我。

这真是太刺激我了,一个星期以前这温暖的小巢还是我可爱的家呢,说把我拒之门外就把我拒之门外了,我太咽不下这口气了!

我用力一推,不仅门开了,就连门后站着的查好娟也一下给拍到后面的墙上去了。

让我怎么描述呢?——房门敞开之后的一幕惊得我目瞪口呆,查好娟太让我吃惊了,实在是太超乎想象了,我看到了真正堪称不堪入目的一幕:书柜之间的地铺上,躺着两个男人——太鲜廉寡耻了,知识的海洋边上也没有净土了!查好娟真是给我上了极深刻的一课,令我眼界大开。

两个男人身上盖着毯子,穿没穿衣服我一时无法判断,但我这么大的动静显然把他们给吓坏了。再看查好娟,身上也只穿着一件浴衣。和我在一起的时候她裹着这么件衣服里面可是从来没有任何披挂的,现在显然也不会例外。刚才她跟那两个王八蛋正干什么我八九不离十全猜到了。

这个不要脸的女人也太猖狂了!我真痛心自己怎么竟然跟这样的女人交往?真是鬼迷了心窍!

今晚吃烧烤

房门在一瞬间又飞快地反弹了回来,在我眼前重重地关上了。我的脑袋捎带被猛磕了一下,眼前顿时钢花飞溅,铁水奔流。他妈的,骚女人,这可是地地道道的流氓行为,我要告你去!你知法犯法,以身试法,目中无法,法理不容!我终于有了报复她的一个机会。

当我嗡嗡翻滚的脑浆略微平静一点儿,我马上清醒过来还是快点儿离开这里为好。从来我就不是这个女人的对手,更何况今日寡不敌众,人家鸳鸯锦被下面还卧着两条汉子呢。

转身往回走的时候我发现自己手里一直提着从超市买来的那些东西,难以平息的巨大的愤怒加上难言的怨恨,我把一提兜鸡蛋和西红柿一股脑儿全砸在了她的门上。

21

这个打击让我难受了好几天,整个人灰溜溜的。但很快我还是想开了,这事其实跟我无关,查好娟选择什么样的生活方式,她愿意怎样过好像并不归我管。再说,我还有自己的日子要过呢,如果要追究一样是经不起推敲的。假如我不想惹事、不想给自己找不痛快的话,最好还是离她远点儿。

尽管经历了这么一次挫折但并没有动摇我生活的信念。我一如既往,对待每一份家庭生活远比那些每天按点回家、进门就做大爷的男人要尽心尽意得多。我是把爱情当事业的。我一直不明白许多男人都愿意把工作当成自己的事业,我不知道他们为什么没想到要把与他们生活关系密切得多的女人、家庭当作事业?在这一点儿上我与一般男人想的做的也是有所不同的。

我看过一本书里有这么一句非常有意思的话:一个人从来

没有在任何一个女人心中扎下根,他就不可能与现实打成一片。我觉得,这样一个人的一辈子其实是挺可怜的。

活到四十岁我是想开啦,我们不可能每个人都做成一番轰轰烈烈的事业,但我们每个人至少都可以轰轰烈烈地去爱爱女人,否则女人枉做女人也太可怜了,是不是?所以我一看到那些脸无笑容浑身上下没有一个向往美好生活的细胞丝毫也不懂得爱毫无情趣情调不知享受享乐就知道加班加点工作的男人心里就好笑,我想没准又是一个哪头都没落着好的人。

当然,回顾以往,略作反思,严格地说在女人方面我也算不得一个真正意义上的成功者。单从数量上说,我似乎是个大户,但是我也一样很难在女人心里扎下根。跟书里说的那种人不一样的是我不能在某一个具体的女人心里扎根,那样绝对会给我自己惹麻烦。这样的事情我已经遇到过不止一次两次了,而且每一次都非常伤脑筋。

比如有一阵我和某女士过热了一点儿,她就立即对我掏心掏肺,存折也拿出来了,家里有什么值钱的东西也告诉我了,连原来的孩子都要跟我姓。她这么一闹,把我也闹得挺冲动的,差点儿就在她家常驻不走了。这当然不行,得亏我及时清醒,没有陷进去。但是这边却很难摆平,我只要有一天不回家,或者回家晚了,再回去她就像一个真正的老婆那样把脸拉得跟面条那么长,或者干脆把俊脸翻过去,鼻子不是鼻子眼儿不是眼儿地跟我找别扭,等着我低声下气地求她哄她,赔礼道歉直到告饶，原谅不原谅还要看人家气消没消、心情好不好。我知道她每一回确实都是有感而发，对我也是一片真心，但一片真心也该问问别人受得住受不住哇。后来我就烦了，你想我在外面辛辛苦苦，忙得没白天没晚上的，也不是一个两个要对付，都不是简简单单的关系，有的是很微妙，有的是很难缠，我有多大耐受力？她这样没完没了地折磨我，我只有一走了之。

最后我负心地离开了她，切断了跟她的一切联系，像一个气泡飞进了空气之中，从她的生活里消失得无影无踪，至今没再跟她见面。

还有一位，年纪相对较轻，但城府却挺深。她跟我有了感觉之后，就提出要上我家去看看。先她一说我就给岔过去了，哪知道人家还非常执着。我说我住我妈那儿，家里还有别的人，乱糟糟的没什么好看的，可她就是不肯让步。当时她那个劲头也是一心要嫁我的，倒还不是为防我，想着"跑得了和尚跑不了庙"什么的，她还没么成精。她就是想上我家了解了解情况摸摸底，当然也想跟老太太套套磁，说不定跟我能快点儿迈入婚姻的殿堂吧。

那一阵子我们家真实情况也是有点儿不好，真是乱糟糟的。一个相当大的不安定因素是我大嫂从深圳打来长途电话，向我父母投诉我大哥得了梦游症，最近一连好几次梦游，三更半夜的经常闹出一些异常之举。我那本来就有点儿神经质的大嫂这一下更是神神道道紧张兮兮的。她在电话里追问我们家有没有家族梦游史，有一次甚至直接询问我们家有没有家族精神病史，让我父母听了非常不高兴。尤其是我那没有多少医学知识的爹，问他这么个问题就跟指着鼻子骂他是神经病一样，气得他差点儿心脏病发作。再说我老爹老妈对我大嫂一天也没有喜欢过，对这个儿媳妇总有这样那样的看法，她这么一闹，老两口儿一提到她脸都黑了。

可是我大嫂却一点儿体谅不到老人家的心情，继续不依不饶，差不多天天都来长途电话报告我大哥梦游的新动向。她说我大哥的症状已经越来越严重了，起先不过是半夜起来在卧室里走动走动，或者到书房去走动走动，后来有一夜干脆穿衣出门，凌晨时分才回来，而且没人知道他去了哪里。回来后他倒头就睡，第二天问他昨晚干什么去了？他说他根本就不知道自己起来过，整个儿一个没记忆。这一天之后我大嫂半夜三更醒来多次发现原先睡在身边的老公不见踪影。而一到白天，我大哥又非常正常，据说他穿着西装打着领带准时准点到公司去上班，精神饱满举止得体，头脑特别清楚，笔笔生意了然于胸，连一点儿小错都不出。下班回到家里对家人的态度也十分亲切和蔼，从不乱发脾气。让他看医生他断然拒绝，说自己没病，也不承认自己梦游。

有一天我大嫂又打电话来，抱怨她快要崩溃了——半夜里我大哥一个人在厨房里磨刀，她听着声音不对跑去一看，吓得魂飞魄散。她说她都想打110求救了，可那不是为难人家人民警察吗？难道让人家把她老公抓走？我大嫂在电话里痛哭，说梦游症是有可能杀人的，报纸上就登过梦游杀妻的案例，美国亚利桑那州有一个男人把结发二十年的妻子砍了四十四刀，还把尸体漂在游泳池里。她说:"说不定哪一天我就被他给杀了,这个日子真没法儿过!"

我不知道是什么原因导致我大哥梦游。在某个类似走神的当口,我就像获得灵感一般淘气地想到我大哥会不会也和我一样过着秘密的多重生活,只因为在现实生活中没有办法把多份生活一一摆开,因此只好用梦游的借口去实施?或者就是他心里怀着追求美好生活的梦想,白天无法实现,只好深夜借梦游去完成。不管是哪一种,我认为我大哥也算是别出心裁。我跟他算是又学到了一招儿。然而,还有一种可能,就是我大哥真的是患上了梦游症,虽然我对什么原因引起梦游并不了解,我还是认为他生活得太压抑了。其实不光是他,我们大家生活得都太压抑了。我们无法在光天化日之下释放自己,因此只能在暗夜里逃离出去,去那个我们以为可以随心所欲的世界。而实际上,我们根本无法逃离,我们只不过是在黑暗中穿梭,起于黑暗,又回到黑暗,其实一分钟也没有离开过黑暗。我大哥是这样,我们又何尝不是这样?我越琢磨越觉得我大哥太可怜了,我越琢磨越觉得我们都太可怜了。

这边我大哥梦游一波未平,那边我姐又不怎么痛快了。我姐下岗之后身体一直不太好,心情当然可想而知。她也出去找过活,但干不了几天就又辞了回家了。姐夫跟她的关系更不行了。据说那小子常常通宵不归,在外面喝酒泡妞,一点儿正经也没有。中秋节在我妈家还听他唉声叹气抱怨自己做房地产做成了房东,炒股炒成了股东，就这么一个破落户还在外面整天摆排场鬼混呢，过了今天不想明天。这样的姑爷，摊哪家哪家长辈都烦。

我妈还行，看女儿面子跟姑爷大面儿上还过得去，人情世故方面她比我爸强得多。我母亲也算是有点儿家学的，年轻时代酷爱读书，这几年又经历过股市的磨炼，遇事比较沉得住气。到我爹就全不行了，对女婿没一点儿好脸色。人家一走就在背后义愤填膺地数落他："是个什么东西他自以为？有多少产业工人都下岗了，这是国家为了整体利益做出的局部牺牲，谁家都有可能轮上，他懂不懂？我们得替国家分忧是不是？没有国哪来的家？没有集体哪来的个体？现在的人啊，哪还有点儿集体主义的观念？哪还有点儿为人民服务的思想？小芳是下岗了，但她还是可以找到别的工作嘛，她还是可以自食其力的嘛，就是她真到了不能养活自己的地步，也还有政府，还有妇联呢！他怎么可以这么胡来？"

我爹说着说着就挺自然地过渡到以前在单位里做报告的嘹亮的大嗓门上，慷慨激昂，很有昔日重来的味道。我们一家人都烦他这个说着说着就尖起嗓子的壮怀激烈的腔调。老爷子是一个十足的空头理论家，从来不肯为家里人出面解决任何一点儿实际问题，现在是既没权也没势，就剩一点儿回顾当年时的自我陶醉。

我听得不耐烦，半哄劝半阻止地说："行啦，有话下次您当面说好不好？"

他瞪着眼说："当面我没说过他吗？"

当面还真没听他老人家说过,再说了,我姐夫至少有半年不登岳父岳母的家门了,这次来送节礼,还不定是我姐怎么求的他。进门也就坐一刻钟,说两句股票,聊几句麻将,饭都没吃就抬屁股走人了。剩我姐姐可怜巴巴的,脸儿黄黄的,神情木木的,一副弃妇模样。我爹更是气不打一处来,忍不住追根溯源骂小芳当初不听话,非跟家里犯,现在吃到苦头了不是?

我姐一脸的苦命相,老爹怎么说她都不吭气,低眉顺眼的。后来大概被说烦了,她才小声回了两句嘴:"嫁鸡随鸡,嫁狗随狗。我不计较,您还说什么呢?"

当爹的一下火冒三丈,大骂女儿:"没志气的东西,你就这样糟践自己吧,工作工作没有了,家也不像个家样子,妇女要自强自立自尊自爱,你说说吧,你都做到了哪一条?"

我姐受不住,心里本来就憋着委屈呢,哇地一下哭了。

我老妈这个气啊!大骂老头儿不着调。家里哭的哭,闹的闹,生气的生气,乱成了一锅粥。这哪儿还是过节啊!

第二天雪上加霜更热闹,老太太心口疼躺下了,老头儿喝闷酒喝高了,吐了一夜,也起不来床了。本来遇到这样的事情有我姐支应,我最多是跟着打个下手,多回两趟家看看他们也就没事了。这会儿小芳跟老爷子刚掐过架,两个人都在气头上呢,那就由我任劳任怨吧。把我烦得呀!就这么个家,真不知道有什么可看的。难道她还有心嫁给我之后跟二老住一块儿报效两位老人家?我看还是趁早歇了这份心吧,就是她烦得起我还烦不起呢。

不过被那女孩纠缠不过，我还是答应带她回家。那天我领她去了我一位在外地驻记者站的同事家，正好替同事把单位发的大米送回去。那家的妈耳背，挺客气。以前我去过两三次，都是送单位分的东西，她认识我，我进门就叫"妈"，她肯定也没听清，满脸笑容地应着，一切就跟真的一样。

正好是饭点儿，她还给我们做了顿饭吃，拍了黄瓜，干炸了小黄鱼，还烙了葱油饼。那女孩儿当然没看出任何破绽。后来她逼着我跟她结婚，我只好薄情寡义地跟她不辞而别了。特别有意思的是她找不到我之后，居然还有本事摸到我"家"里，去问我那个"妈"。我"妈"自然什么也说不明白。我都调离那个单位好久了，有一次通电话我那位前同事说起这件事，听得我捧腹大笑。

有时我想，我的快乐大概很少有人体会得到，我的为难大概同样很少有人体会得到。生活本身就是苦乐与共、甘苦参半、冷暖自知的，我的这种生活更是如此。正因为它特殊，缺乏先例，所以它也显得脆弱和不切实际。我的爱就像风一样掠过我爱的女人，随即也像风一样地消失了。所以，有的时候我的心也是沉痛的，充满忧伤。对那些我仍然喜欢、仍然爱着的女人，因为现实的原因我不得不迅速离开她们，就像没有吃完的丰盛宴席，你不得不扔下走掉，那种感觉是很不舒服的，甚至是很难受的。况且，女人总比宴席更难让人割舍吧。所以，这种时候，我的内心也是会淌血的。因此我深深地体会到，爱是一件不轻松的事。

22

　　我合理地安排时间、精力、欲望和金钱，尽可能地让我所爱的女人各得其所。我说过我是把爱情当事业的，这句话也许说大了，但我确确实实是这样想的，也是这样做的。就像任何事业都值得摸索和永无止境地追求，对我来说相爱这件事也是一样。

　　我在报纸上看到过这样一句话："婚姻就像一只空盒子，你要想从中取出什么，你必须先放入什么。"听着挺有道理。别说婚姻，就是我与她们这种不是婚姻的关系，不一样是不投入就不会有产出吗？而且在我看来那个盒子本身也不是空的，有些让你躲也躲不掉的麻烦绝对是提前放好在里面，这只盒子就是老潘多拉的那只盒子，只不过最后有没有希望出现就不得而知了。我这样说绝对不是出于悲观失望，比起一般男人，我还算处境不错,甚至说得上有资本沾沾自喜了。尽管也误交损友,所遇非人,被人黑过,有过伤心失落,但毕竟还是捞到的比失去的要多。但我仍然要说,即使是这种围绕爱情的日常生活也是琐碎的,有时还非常无聊和无奈,身不由己,焦头烂额,心力交瘁。像我这样一个令许多人由衷佩服的情场老手,经历过数目不少的女人,应该渐入佳境、收放自如了吧?可是哪里啊,我一样在这种把人折磨得气血两亏、体无完肤的关系里沉沉浮浮、上上下下,有时还不免要呛上几口水。

我一度对自己这种辗转于女人之间的生活也产生了怀疑,我不清楚自己如此奔波、忙碌、付出等等究竟是为了什么?但这种生活本身的内在的驱动力和吸引力马上让我放下了怀疑。那种女性的召唤,阴柔的缠绵,感官的刺激,还有追逐之后的获得,给予之间的满足,哪一样是我放得下的?我知道这些每天不断重复又是不断再生的小片断、小细节构成了生活最表面的一层,而我恰恰是一个热爱生活表层的人,就像一条浮游在水面上的鱼。无论每一天的生活是好是坏,我都不会计较,因为它正是我所需要的。因此,剩下的问题就是,我如何把这样一份生活过好,把每一天过好。

我得说从爱情中,或者更准确地说是从和女人的关系中及女人身上,我学到了很多东西。原先我总觉我前妻冬梅身上存在着令人难以容忍的缺点,她简直就是人类缺点的集大成者,什么庸俗、贪婪、自私、变本加厉、胡搅蛮缠、得理不让人,哪一样在她身上都十分突出，可是后来我渐渐发觉，在我所爱的女人身上，分别存在着冬梅身上所具有的这样或者那样的缺点，某些缺点甚至被数倍地放大了，成为一种不容忽视的缺陷。而且，她们身上还有着冬梅身上所没有的缺点和短处，比如刻薄、算计、寡情、一点儿亏不肯吃，等等。往往越是我爱的人身上的毛病越大，可是我却没有因为她们身上的缺点甚至缺陷想到要离开她们（即使我离开她们也是另有原因）。我学会了宽容。我也懂得了宽容是必需的，是与她们和睦相处的前提。我总是愿意更多地看到她们身上的优点和长处，欣赏她们，以饱满的情感保持着与她们的频繁接触。我发现这方面我已经自我训练得越来越像一位单位的领导了，这也许得益于我以前曾做过共青团和工会的工作，受到过良好的正规训练。

在我看来，女人最要命的是总想控制她爱的男人，恨不得他的眼睛就长在她一个人身上，恨不得他像个白痴一样整天口舌不停地对她说着"我爱你"，恨不得在他身上拴根绳子，她能像牵着自己的猫狗一样牵着他，让他老老实实时时刻刻守在自己的身边。在性爱关系当中，女人往往认为自己是"付出"，是"给予"，总觉得受了多少损失，受了多大委屈，因此需要男人在方方面面对她进行补偿。我真不知道这种破想法是从哪里来的，而且反过来她们就可以对男人提要求了，对男人进行索取。女人想要彻底占有对方，比我疯狂得多。

这一点儿我是深有体会。和查好娟好着那会儿，她对我追得可紧了。如果我在她那儿过夜,早晨睁眼第一件事她肯定是问我这一天计划做什么,会到什么地方去,会见哪些人。对我因为工作或者别的关系接近女同胞,她绝对是十二分地敏感。

有时我和女客户在外面吃一顿饭——本来就没有瞒着她,那基本是没关系的,最多也是处在萌芽状态,半生不熟半推半就呢,真有关系我哪能让她知道——她会每隔十分二十分钟给我打一个传呼,还常常要我回电话,搞得我吃一顿饭要分好几回神,而且你还不能对她有丝毫的不耐烦。有时我对她隐瞒真相,去跟我相亲相爱的女友吃饭或者约会,她一个接一个电话打过来,我接也不是不接也不是,接嘛,少不得支支吾吾,很容易被听出破绽;不接嘛,少不得会受到盘问,甚至会有更坏的情况出现,比如生气啦、冷战啦、吵闹啦,招式好多,真是弄得我里外不好做人。所以说做人难,做男人难,做一个被女人爱的男人尤其难!真不知道从前那些三妻四妾的男人都是怎么过的?还说查好娟,她对我看管得可仔细了,每次回她那儿,她不仅要查一查我的小手提箱里少没少什么东西,还不忘记查一查多没多什么东西,我当然不会粗心到把别的女人送的信物带到她这个家里来的。再说了,这时代哪还有什么女人送信物给男人?她不揪着你去赛特、燕莎给她买信物就不错了。但也保不齐女人会做点什么手脚陷害你。

有一回也不知是谁,在我衬衣上洒了香水,当然是女用的,味道甜蜜蜜、香喷喷的。我也没太当回事儿,到了查好娟那里,好，那个不依不饶，只差没给我上老虎凳、灌辣椒水了，直到深夜十二点也不让我睡觉，对我搞严酷的逼供信，让我坦白从宽抗拒从严。我当然不能招啦！我咬紧牙关死扛。最后她对我进行了一番严厉的（我说一句她就有十句砸过来）、无情的（句句直指良心，句句都伤透了我的心）道德谴责，我当然是拼命解释，拼命抵赖，拼命洗刷，编了一个又一个的谎言，最后总算蒙混过关。

假如我事先知道最后她还有那样道德沦丧之举，而且偏偏让我亲眼目击，我还解释个屁啊！所以，最卫道者最毁道，礼义廉耻挂在嘴边上的往往就是最不讲礼义廉耻的伪君子、伪淑女。这个经验教训我可是太深了啊！

再比如我特别喜爱的唐心虹——我的小仙女的母亲，我的美人儿——其实她也是一个特别难缠的女人。除了一心一意依赖我，她也时时都想控制我。她的确对我说过一些因为爱我她什么都可以容忍我一类的话，但一转脸马上就不作数了，还是事事对我斤斤计较。她跟查好娟那些善妒的女人一样对我的行踪特别在乎，经常要我汇报什么时间在哪里或者去了哪里，见了谁，等等。要知道我这种节外生枝的生活是经不住盘问的，对心爱的女人本质上我不愿意撒谎，而且撒谎也是一个挑战智力的活儿，弄不好很容易被戳穿，而且一旦戳穿总是非常尴尬，难以收场。说老实话我不喜欢撒谎，也不愿意撒谎，撒谎会让我有一种违心和亏心的感觉。谁不愿意自己的生活和良心像月光映照下的明珠那么清亮莹洁？所以能支吾过去最好。但唐心虹一贯是非要打破砂锅问到底，不弄个水落石出不罢休，非逼得我满嘴谎言。我的体会是人在被逼无奈的情况下最容易撒谎，就像饥不择食，慌不择路，所以撒谎本身就是一件无可奈何的事。

但毕竟许多时候撒谎比讲真话容易平息是非，蒙混过关，有点儿像饮鸩止渴，有的时候你不这样还真过不去。要我说谁也不是天生就爱撒谎的，也许你也有类似的经验，撒谎实在是因为没有更好的办法。那种时候我总是狼狈不堪，筋疲力尽，像被猎人追逐的野兽，无处躲无处藏的，比跟她做十次爱还累。

唐心虹的某种固执和搬弄是非的劲头让我觉得她很像我的前妻冬梅，她也像冬梅一样总在怀疑我除她之外还有别的女人，连说话的口气也一模一样。

她说："你这么个情种不可能在外面没点事儿，我早看出来了，你说我说得对不对吧？"

说完她就眯起眼睛狡黠地望着我笑，一副成竹在胸的样子。

你说我还有什么可说的呢？除了解释就是解释，而所有的解释都需要由谎言来构成。后来我干脆就不说了，笑笑而已。我不舍得离开她，那就由着她说去吧。可是话说回来，如果她了解我真实的处境，站在我的角度，她就会知道我有多爱她了。说句实在话，她在我这里占的份额那可是最大的，尤其是在我十分迷恋她的时候。但这样的话我也不能对她说出来。我也知道像她那样的美人儿是不把别人的心占满不罢休的，不然她也不会一次又一次地离婚了。她说她对我太好太宽容了，甚至已经无数次触及她的底线了。这我也是相信的，我甚至相信她已经为了我一次又一次地把自己的底线放得更低了。从她身上我知道其实女人的爱也是很富有弹性的，她们对待男人并不是同一标准，从这一点儿来说，她们真是既高级又智慧的生物，即便是在我看来美貌压倒一切的唐心虹，也是懂得和擅长变通的。因此，这也越发让我离不开她，越发令我乐意下更大的功夫好好骗她。

23

这方面不对我横加指责不给我压迫感的只有一个人，就是谢蓉。

怎么说呢？谢蓉是我遇到的既文雅又温和，既干练又善良的女人，前面我说过这个最优秀的女人也最温柔，现在我还要说这个最温柔的女人也最宽容。我对她的爱当中有很大的成分是尊敬，这个尊敬绝对不是疏远。在我交往的女人中，只有谢蓉能用一种国际化或者接近国际化的标准来尊重他人及他人的隐私，只要我自己不主动说起，她从来不问及我任何一个过于私人的问题，比如过去的情史，因为什么离的婚，后来又认识过谁，有没有和她们谈过，目前关系怎样，以及更日常点儿的比如今天见了谁，跟谁吃了饭，明天要见谁，等等。有时有人呼我，我需要回一下电话，她也会主动回避，比如去倒一杯水，或者去拿一样东西，或者看一下小孩。她的这些行为举止实在令我由衷地欣赏，在我看来实属难能可贵，真希望我所有的女朋友都能向她学习，以她为榜样。在我眼里谢蓉是真正的淑女，她身上有一种纯天然的高尚的东西，使那些围绕她的生活细节也都能进入一种高尚的境界。这令我十分着迷。原来我以为高尚的东西只能让人叹为观止和心生敬畏，但谢蓉却让这一切变得平易和亲切，并能让你在高尚的境界中感到怡然自得。

和谢蓉在一起，令我对女性有了一种全新的认识。老实说我遇到的女人在性方面热情的大有人在，好像差不多都是见面就要上床，至少上床是见面的必修功课——我认为她们也是寂寞嘛，而我又恰恰乐此不疲。而跟谢蓉却很不一样，从我们最初在一家窗明几净的咖啡馆见过清清爽爽的第一面，差不多有半年多时间我们只是保持着纯洁的朋友交往。那一阵说实话我应付女人已经相当疲惫，有一个能够安安静静说说话的女朋友是一种天赐的幸福，简直就像一个安静的港湾，我就像一条在风浪中颠簸行驶的船，特别是在经历了一次次的惊涛骇浪，甚至面临着翻船的风险之后,真是太需要这样一个宁静的港湾了。当然，光跟她说说话对于我肯定是远远不够的，因为她已经深深地打动了我的心。和谢蓉在一起让我懂得了一个好女人是男人的一所好学校，也是男人的一本必读书，同时也让我更深刻地体会到性是重要的，但更美好更重要的还包括性以外的。

谢蓉对于我，就像一个理想中的母亲，同时又是理想中的姐姐，也是理想中的妹妹，我可以在她身上寄托诸如依恋、依靠、依赖、眷念、爱慕、爱护等等多种情感。

最感动我，也是我看得最重的，是我们相互挂念却又把这份挂念深藏于心。有的时候我也琢磨，谢蓉不仅是我理想中的女人，同时还是我理想中的爱人，怎么看怎么好，可又说不出她究竟哪儿好。要说我一直保持着五六个上下常换常新的女朋友，还不算那些流星般一闪而过的萍水关系，心里该被塞得满满的了吧？可是，一离开谢蓉家我还真想她哎。除了想她，还想她四岁的儿子飞飞，那个脸蛋和屁股一样肥，会撒娇的讨人喜爱的小家伙。我有时想，要是谢蓉一上来就是我的妻子，我还不幸福死？我也想，要是我只有一个谢蓉做女朋友，没有别人，那我们绝对是挺不错的一家人。当然，想想不过是想想而已，要为谢蓉放弃其他人，至少暂时我还没有这个打算。

我说过，这是我好不容易找到的一种生活方式，我是不可能轻易放弃的。好在，我和谢蓉之外的生活她并不知道，对于她来说也就是不存在的。所以从她的方面来说，现在我们就是挺不错的一家人。正因为爱她，也促使我下大气力去骗她，比如对别的女人我是谎话张嘴就来，有时并不深思熟虑，反正既然是撒谎，漏洞就是难免的，只要不漏洞百出就行。一旦出现破绽，我就再编新的谎话去堵漏，总而言之就是想办法蒙混过关。事实证明虽说也出现过十分尴尬狼狈的状况，但最终总归是可以过关的。我说不清是因为我真的用谎言修饰了谎言，还是人家放我一马不再跟我较真,或者就是像我亲爱的唐心虹说的心里就跟明镜儿似的,只是不跟我计较罢了。不管是出于哪种情况,我真是非常庆幸自己像闯关一般地存活了下来——这的确是太不容易了。而和谢蓉我可不敢这样,这种不经周密思考就撒谎我在她面前可是一次也没有过。我跟她说什么一定是先有了总谱的,我不敢保证自己就一定能在她面前做得滴水不漏,但我肯定是尽心尽力,不敢有丝毫马虎。比如我跟她好了不久我就跟她说因为工作关系我去郊区挂职锻炼,只能在周末回城——如此我就可以在周末的时候准备好心情,从容地与她相见。而且这样一来,我也避免了从周一到周五这五个工作日里分身乏术。我自己认为跟谢蓉做周末夫妻这个想法太正确太闪光了,不但可以让我少在她面前为每天的日程撒谎(越具体的谎越是不好撒),少为那些无聊的小事欺骗她(骗人良心总会有所背负),而且可以让我们的关系不轻易掉入日常,能够更好更长久地保持新鲜和激情。当然,最主要的还是为了掩盖我那些见不得光的生活。如果说我在别的女人面前是花百分之百的努力来做好隐藏工作,那我在她面前就是花千分之千的心力来隐藏。只有这样我才对得起她,对得起我与她的那一份情感。谢蓉是我心尖儿上的人啊!

和谢蓉在一起的另一个巨大的收益是我的文化趣味很快上了一个台阶。

我发现现在我们周围讲趣味的人极少,一般都是讲当官讲挣钱。其实即使当官、挣钱也是可以讲一点儿趣味的嘛，否则不是太直接、太赤裸裸了吗？古人"谈笑间墙橹灰飞烟灭"，"谈笑"的是什么？我想无外乎诗词歌赋，琴棋书画，甚至声色犬马，我们现在是太缺乏古人的那一份风雅情致了。

  在谢蓉这儿我算是好好补了一回课。就说音乐吧，以前我也就是听听"天上一个太阳，水中一个月亮"、"月亮代表我的心"、"其实你不懂我的心"、"明天你是否依然爱我"一类的流行歌曲，在谢蓉家里我有机会接触到了古典名曲，像贝多芬的《命运交响曲》，柴可夫斯基的《天鹅湖》，圣·桑的《天鹅之死》，还有肖邦，勃拉姆兹，当然少不了莫扎特、施特劳斯他们。现代的我们听《好莱坞金曲》，还有《卡萨布兰卡》、《西部往事》、《泰坦尼克号》等等都令我们深深陶醉。我们共同喜欢钢琴王子理查德·克莱德曼，他弹的《给亚德莱娜的谣曲》、《犹如彩虹》、《庭院深深》让我们百听不厌。谢蓉还保存着像《魂断蓝桥》、《乱世佳人》这些经典爱情片的录像带和最新好莱坞大片的VCD盘。她家的藏书也非常丰富，除了大量精装大开本的我看不懂的医学专著，书柜里还摆着许多我非常喜爱的文学作品。有全套精装世界文学名著珍藏本，还有许多曾经风靡一时的外国爱情小说，比如《蝴蝶梦》、《情人》、《查泰莱夫人的情人》、《包法利夫人》、《生命中不能承受之轻》、《了不起的盖茨比》、《廊桥遗梦》等等，这些书有的以前我翻过，有的我还是第一次知道和看到。

我下决心要一本一本读过去，认认真真地读，仔仔细细地读。要知道阅读和掌握这些书籍对于我可是太重要了，是我了解谢蓉及谢蓉那类知识女性的一把钥匙。如果我能很好地掌握并利用这些宝贵的精神财富，走近她们将是易如反掌的事。当然啰，我是要走进她们的心里，走进她们的内心深处。

这些音乐和书籍在我眼里就像武功秘籍，它们会在我未来的生活中发挥作用，对我本人也有一种脱胎换骨的效用，而且是悄悄地、润物细无声地进行的。

我将会永远为此感激我的谢蓉，可是当我这样对她说，她却相当平淡，一点儿不当回事儿。这就是谢蓉的与众不同，面对她我总是自愧不如。我不知道怎样来形容我对她的敬佩之感，总之一句话，谢蓉只有一个。

说起谢蓉的好，我有点儿像开闸放水，好像不是在说一个具体的情人，而是在描绘一位梦中的情人。事实上谢蓉比我说得还要好，好一百倍，好一千倍。在我所有的情人当中，唯有她是不依赖我同时还主动给予我照顾的人，她是一个随时随地都会站在对方的立场上替他人着想的人，一个一点儿也不自私的人，也是一个从来不把金钱看得过重的人。当然，有些事太琐细太日常了，就像生活本身，它们贴着你的皮肤滋滋流过，冷暖自知，但转瞬即过，你也就不会再记得起来。但那种熨帖和安慰的感觉你是不会忘掉的，永远不会。谢蓉的好处我真的说不尽。

我一直记着一件事,一件小事。有一次我感冒了,发起了高烧,其实已经有两天了,见过三个女朋友她们最多只是口头上问候一下,有的根本就没有任何反应,有一位甚至还让我大半夜到火车站去接她的亲戚,安排他们住下,第二天一早还让我陪他们逛故宫、天安门。我拖着病体支撑着,那滋味可真不太好受。到周末我去了谢蓉家,她知道了又是给我量体温又是给我量血压,怕我再着凉,连床都不让我下,把我侍候得呀,那叫一个舒坦。她怕我奔波辛苦,也担心我交叉感染,亲自为我取了血样送到医院去化验。那几天她用调休在家陪伴我,整天整夜地守着我,给我做清淡可口的饭菜,煲汤,连水果都是削成一小块一小块放在碟子里端到床上来的。她让我卧床静养,绝对安静。

我说我身体特皮实,躺个一宿半宿的也就缓过来了,不值得这么小题大做。谢蓉马上拿出白衣天使的权威,以严谨的科学态度从书房拿出一卷学术资料,告诉我感冒会引起哪些哪些疾病,如果掉以轻心,有可能会产生怎样怎样的后果,有理有据,还附有美国、英国、德国、法国、日本等国学术专家的实验报告和问卷抽样。感冒我是不怕的,但谢蓉这份关怀和温情我是乐意领受的。太难得她对我的这份心了!一连几天我静静地卧在她那张干净柔软的大床上,享受她充满感情的星级服务。

病中最难忘的是当我高烧刚刚退下的时候,浑身疲乏,我躺在床上,柔弱得像个婴儿,心里也充满了空虚和软弱。谢蓉除了护理我陪伴我，她还用一个说出来有点儿古老的方法帮我消磨病中的时光。她给我读书——逐字逐句地为我朗读一个一个缠绵悱恻的爱情故事。记得我也就是一个可爱的小男孩的时候，我同样可爱的小姐姐为我这样做过，此外再没人给我读过书。现在二三十年过去了，我们都是一把沧桑，都不可爱了，而且也早没有了这份情调。而谢蓉却让我一下子仿佛回到了美好的、朝霞般绚丽的生机勃勃的童年时代。

最让我感触良多的是那天谢蓉为我朗读《蝴蝶梦》，很早以前我好像就看过这本书，电影也看过，但差不多已经忘光。重新接触原著，那些沉落在记忆之湖里的鱼类、水草、石子等等又重新飘浮和显现出来，妖娆而灵动。在高烧带来的一时很难消退的迷糊劲儿里，影星琼·芳登秀丽端庄的面容浮现出来，她以谢蓉的声音把一个带着宿命味道的感伤故事演绎得一唱三叹，而我则在恍惚中自己变成了劳伦斯·奥利弗主演的德温特先生。谢蓉带磁性的好听的声音仿佛凿穿了小说和现实的厚壁，把故事和生活融合到了一起。

昨晚，我梦见自己又回到了曼陀丽庄园。恍惚中，我站在那扇通往车道的大铁门前，好一会儿被挡在门外进不去。铁门上挂着把大锁，还系了根铁链。

我在梦里大声叫唤看门人，却没有人应答。于是我就凑近身子，隔着门上生锈的铁条朝里张望，这才明白曼陀丽已是座

今晚吃烧烤　153

阒寂无人的空宅。

我从被子底下伸出手,握住谢蓉娇嫩纤细的小手——一双灵巧、吉祥、能让人重见光明的手,一双能给人无限幸福的手!这应该说是我一生中最宁静、最温馨、最美妙的时光了。我安静地躺着,像一张摊开的鸡蛋烙饼。谢蓉声音里的故事交织着,纠缠着,难以平息,它似乎就发生在我上面,和我有关,又和我无关……那真是一种奇妙的体验,我好像同时拥有不同时空里的生活。而我至少这会儿处境是安全的,没有麻烦,也不被故事中绝望揪心的事儿困扰。我睁大眼睛,望着谢蓉,望着她端庄秀丽的面容,我觉得所有的这些宁静和安全都是她带给我的。我心里充满了水蒸气般的柔情,嗓子哽咽,差一点儿就泪流满面。

病好离开谢蓉家正好是一个有月亮的晚上,我一次次回头仰望她家的窗口,心中感慨:这是我生活中最最温暖的灯光!谢蓉真是一个好人,一个好女人,像月亮一样莹洁,像月光一样清丽,像月色一样温情,她有一颗善良的、金子一般的心,遇到她是我的福气,我发誓要一辈子对她好。

24

先乘小巴,再倒地铁,然后步行十分钟,再坐一段区间车,假如愿意多花一点儿钱也可以叫一辆半价的黑的——费尽周折,就为看一眼王菱。我得先声明一下我跟王菱关系非常纯洁,否则我病一好就匆匆赶去见她,不就太对不住对我关怀备至、一往情深的谢蓉了吗?这点小忠诚、小道义我还是讲的。

王菱是一个年轻姑娘,也就二十岁出头,她是李素素的同事。本来我是不会认识她的,无奈李素素总是缠着要我在她要好的、跟她有一比的女朋友面前亮亮相,她的意思是拿我作炫耀,其实她这样做让我很害臊,我是个有自知之明的人,我知道自己什么也不是,根本不值得她炫耀。但我经不住她的软磨硬泡,被她拉着去见了好几次她的朋友和同事。

她的那些朋友和同事倒是真不错,差不多都是新闻圈的同行，个个见多识广，圆通练达，大家坐在一起，不拘俗礼，一点儿头就算认识，一碰杯就是哥们儿。小道消息、荤素段子张口就来，冷嘲热讽、正话反说，即兴发挥谁也不拿谁当外人。而且脂粉不让须眉，争吵、抬杠、相互开玩笑都直截了当，话说得聪明，事做得利索，那种氛围让我十分喜欢。

刚开始我的眼光只在我的女朋友李素素身上，我的李素素就像一位沙龙女主人，也像一位女主持人，她身高貌美，先声夺人，特有主角派头。看得出来，有一批男人殷勤地围着她转。她要是说点儿什么，他们都会专心倾听，表现出相当高的兴趣。她要是讲一个笑话，他们一定会在她话音还没落下之前就爆发出最开怀最爽朗的笑声。对此我只是冷眼旁观，我当然清楚这干人统统没戏，这让我抑制不住内心的得意。也许是这种胜券稳操的感觉带来了一定程度的自满，我把眼光从李素素身上收了回来，开始一个一个打量起餐桌边上的其他人物——当然，就像我一贯侧重的，我的目光更多是落在女性的身上，美貌有吸引力的优先。

王菱就是这样进入我的视野中来的。其实跟她早认识了，有两次玩得太晚还是我跟李素素送她回家的。像王菱那个年龄段的女孩子我一般不太多留意，要说年轻，她们也说不上是少女，可是和真正的成熟、风情又沾不上边儿。她们有她们的小算盘，天生知道利用自己的优势，撒娇、任性、占小便宜，和你吃饭永远不会埋单，出了问题倒要你全盘埋单。这样的女孩说心里话我一般是不招惹的,唯恐避之不及,总是躲得远远的。过我这样一种生活负担已经够重的了,哪经得起再有风波?因此我确实是格外谨慎,远比一夫一妻的男人更加谨慎。然而,有一天王菱还是引起了我特别的注意,要说她是突然引起我的注意的。当时我正和我边上一位以写口述实录著称的女士交谈,而且正说在兴头上,突然听一个人用朗诵的调子说话,凝神一听,人家确实就是在朗诵。我马上停住谈话,认真倾听起来。

只见王菱姑娘身姿挺拔地站着,声音清亮,富有感情地朗诵着诗句:

我知道/一个人走路的滋味/风吹起百般无奈

我知道/游荡的心也会流泪/在深夜或者黎明

一片掌声,大家叫好。

王菱脸露笑容,落落大方。这个女孩儿很有意思啊,想不到她还是一个小诗人呢!对能写会画的人我素来喜欢而且佩服,心思复杂的女孩儿也总是能让我产生特别的兴趣,我不知道前面几次我怎么会忽略这么个才华横溢的姑娘?确实她长得毫不张扬,不是那种浓眉大眼娇艳出众型的,但却是属于那种经得住细细端详,而且是越看越好看、越看越有味儿的类型。而且我发现这个小姑娘非常会打扮,她的穿着与众不同,很有特点。眼前的她下身是一条暗调子的草绿色迷彩军裤,上面简简单单一件白色纯棉短款T恤，脖子里是一条色彩斑斓的薄薄的丝巾，长长的头发编了一条碗口粗的辫子，不施粉黛，全身上下没有一件首饰。女孩子这样打扮我觉得很酷，别具风情。那个晚上大家的热情似乎都在她身上，我跟桌上的男人有所不同，我还是有所顾忌的，表现得比较低调，打量她也是悄悄地，深藏不露。因为李素素是相当敏感的一个人，我不想因为这种小事得罪她。

但是这个晚上我也没有虚度，有两次大伙碰杯的时候我的眼光正好和小王菱碰在了一起。假如说这不过是因为偶然，席间正乱的时候，她倾过上半身，从后面绕过那个口述实录名家，向我发问："你是不是有的时候也挺孤独的？"

我没有回答。我一时想不起用怎样的话来回答这个体己的问题才算恰当和不辜负她隐含的心意。另一个原因是我眼角的余光看到李素素已经留意我们这边了。于是我赶紧收回了倾斜的身体，正襟危坐，随后和前前后后的无关紧要的人碰杯喝酒。这一晚上我再没有单独和王菱说过一句话。

然而，到最后，金光灿灿的机会还是落到了我头上——王菱又让李素素和我送她回去。我们三个坐上出租车的时候我能感觉到那些嫉妒的目光像镁光灯一样在我们身后乱闪，假如那些目光是带刃儿的话，那我们（应该说我）肯定早就遍体鳞伤、体无完肤了。我们的车子呼啸而过，很像是胜利大逃亡。两位女士坐在后面，窃窃私语，我一句也听不清她们在嘀咕些什么。偶一回头，我看见王菱的牙齿银光一闪，我们快乐的情绪交相辉映，尽管没说一句话。

紧接下来一次运气更好。那次饭局即将结束的时候，李素素因为版面上出了一点儿问题临时被叫走了，送王菱的任务就光荣地落到了我一个人的身上。你千万别以为我觉得有机可乘了，我不是那样的人。乘出租车的时候和以往一样，我坐前面，让王菱坐在后面。把她送到之后，我就原车返回了。我想要是换了别人，未必有我这样的君子风度。

王菱下车的时候邀我到她那里坐一坐，还开玩笑说天亮以前李素素肯定回不了家。我客气地谢绝了。要说我对她没感觉，那绝对不是。说句真心话，如今我参加这样的聚会，最大的兴奋点就是她。我的眼睛基本上就只看她一个人，分别之后想的也还是她。我比以往更深刻地体会到：想念真是一件折磨人的事。

我承认，尽管王菱深深地吸引着我，可我这人是有原则的。后来事情之所以有所发展，那完全是因为她主动（我还从来没有遇到过一个女孩子像她那样主动的），我是被她的一片真情打动。

在我看来，王菱像一块水晶那样既纯洁无瑕又光彩照人，她是我这一生梦寐以求的姑娘。最初我们的接近几乎全是在话语中进行，她说，我听。所以至今一想起来我的耳边还萦绕着她好听的声音。有相当一段，我们同时放下手头繁忙的事情，面对面坐着，说呀说的，似乎总有说不完的话。如果要说我们爱情的开始，也许这就是开始吧。可当时她推心置腹对我说的完全都跟我不相干，都是她自己爱情生活的内容或者说隐私。

按照常识，如果她对我有意思，这部分内容是需要对我隐瞒的。也许她是把我当成了一个可以分享她的爱情机密的所谓"男闺密"吧？也许我已经在不知不觉中取代了李素素？但恰恰是王菱跟我这种毫无保留的促膝谈心增进了我对她的感情，这是我压根儿没有想到的。更出乎我意料的是她小小年纪已经有了不一般的爱情经历，用她自己的话说是"经历过爱情的风浪考验的"。在我看来岂止是风浪，简直就是大风大浪。她在无数次情况复杂的恋爱中积累了大量的经验，有不少对我都是很有启发很有帮助的，值得我好好学习和借鉴。就凭这一点儿，她就紧紧地抓住了我的心。

王菱和我遇到的所有女人都不同，她比她们丰富，丰富得多，也复杂得多。说出来恐怕有点儿令人难以置信，我们已经谈得非常深入、知己，但我们居然连手都没有拉过。

如今回过头来看，很可能正是王菱无所避讳的倾诉激起了我男性的野心。在这之前——假如要深究的话，恐怕我也和大多数男人一样以为拥有了女人的身体就等于拥有了这个女人，可是面对王菱，我发现这个想法是片面的。如果我想跟她睡觉，已经条件成熟，可是在我看来睡觉这件事对王菱这样的女孩子太无足轻重了，就像蜻蜓点水、雁过不留痕，一点儿也影响不了她，这对于我就太没劲了。我不缺女人，我真正渴望的是进入她的内心。所以，我对她女性的气息和魅力包括女人的种种小手腕都保持着理智而又镇定的态度，就像柳下惠一样坐怀不乱。

但其实我也并没有对她有丝毫的冷落。既然我清楚自己想要的是什么，我就会不遗余力地向我的目标挺进。我承认，对王菱我动用了很多男人的手段，精心地下过一番苦功。我相信这方面出于动物的本性，每个男人都有自己的一套，我当然也不例外。在这方面我一贯也是比较自信和挺有优越感的。除了一些极为私人化、具有独创性的手法，我对那些早已进入公有领域并为全世界男性共享的作为人类文化遗产一部分的追求女人的宝贵经验也非常尊重，并且身体力行。对王菱我仅在送花这一项上就颇费斟酌，用尽心机，效果当然也非常不错。

我用鲜花策略把我跟王菱的关系维持在一个既纯洁又不同凡俗的层面上：我要打动她，却又不匆忙地走近她；我们是最亲密的，而又不想让这最亲密的关系变得具体和一览无余。也就是说，我既要一个美满理想的结果，更要一个生动有趣的过程。面对极品，我想这才是一个应有的正确态度。

我不太清楚现在还有些什么样的男人在给女人送花？不知道送花给女人的男人还多不多？过去我从不给女人送花，只是因为没有这样的必要。但王菱不一样，我觉得对她那样内心浪漫的姑娘来说，鲜花是一件最适合的礼物。

当然，假如我是一个富翁，我自然就不会局限于鲜花这种惠而不贵的礼物，我还会送她钻石，送她漂亮华贵的衣裙，送她汽车，送她别墅。王菱是那种让男人会产生为她一掷千金的冲动的姑娘，假如能跟她有一夜情，我相信多数男人都不会吝惜金钱。

给王菱送花我从来不送那种玫瑰、康乃馨、剑兰、菊花加富贵竹和满天星的鲜花杂烩，那种送法太老土太没品位。普通的日子我给她送百合或者郁金香，颜色绝对是最艳丽的；玫瑰只在情人节那一天送，是一大捧火一样的红玫瑰。唯有一次例外是在持续近一星期的阴天之后，我买了一束淡黄色的玫瑰，并亲自督工，让花店小工用薄而柔韧的压花细白纸包裹，省去了所有花里胡哨的缎带、蝴蝶结一类，看上去清新爽目。那天因为我还有别的事要办，没能亲自去送这束花，所以遗憾的是我没能看到王菱接过花束时的表情。但我心里一直暗自得意。我想那束玫瑰会让她阴天里的心情变得明亮。那时正是我们交往之初，她没有将收到黄玫瑰的心情详细地反馈给我，但到我们再见面的时候，我依然感觉到了那束黄玫瑰所起到的不容置疑的良好作用。

王菱的生日是在初夏，这个日子我送她新采摘的荷花，配上两片圆圆的荷叶，意思不言自明——她是我心目中的凌波仙子，就像荷花一样出淤泥而不染。到了秋冬，阳光变成金色，白天短下去了，我会特意挑选千日红、勿忘我、小朵儿的野菊花和一些叫不上名字的五彩缤纷的花穗儿，装在竹子或者藤条编的篮子里送给她，装点她小小的闺房，装点她的心情。

有一次她病了，我去看她，我特意为她买了一大把粉红色的康乃馨，扎成一束插在透明的玻璃花瓶里，象征"妈妈的爱"和"像妈妈一样的爱"。那天她伏在我的肩头上哭了，像一个受了委屈的小女孩。

25

"爱情是什么?"

"当爱情不是情欲不是色情而是思念是渴望的时候,爱情就是一种病。"

"爱情是你全部的生活吗?或者是你生活的一部分?"

"爱情不是生活,爱情是一种游戏。"

"两个人的游戏?"

"不是,对我来说它更纯粹,它只是一个人的游戏,自己的游戏。"

"危险的游戏?"

"是,非常危险的游戏。"

"危险到什么程度?"

"有时是致命的。"

"真的?"

"当然是真的。"

……

沉默,长长的沉默。这样的谈话让我心醉。话筒里伴着又急又细的风声和电流声,还有让我感到片刻战栗的轻微而芬芳的呼吸声。什么叫交流?这才真正说得上是交流;什么叫沟通?这才真正说得上是沟通。心灵和呼吸在这美妙的一刻有了完全一致的节律。

除了频繁地通电话,那一段我和王菱见面也很频繁。有相当长一段时间我经常从城东跑到城西去看她,仅仅是为了去和她说话,去跟她谈谈爱情。爱情实在是一个博大精深的话题,更是一个博大精深的课题,我发现在我众多的女朋友中,其实只有这么一个小小的王菱在这方面的经历大致与我旗鼓相当,因此我们俩最有共同语言。

记得我们最初阶段的约会,我们是怎样精心地寻找时机,巧妙地铺排情致,机智地传递心声,让每一次约会变得完美和难忘。直到今天,那时她青春靓丽的形象,还令我记忆犹新。

我和她第一次单独见面,这个平常总穿T恤素面朝天的毛丫头竟然穿得像个公主,她穿一件黑色紧身带金色镶边的长裙,修长的身材婀娜多姿,从远处走过来就像是走在T型舞台上。而且她还一反常态,化了一个与衣裙相配的彩妆,头发束紧盘在头顶上,一下子有了成熟的韵味,看上去既清纯性感,又非常华贵。她的样子真是太迷人了,我马上感觉边上所有男人的眼光全让她给吸引过去了。作为男人,那一刻我的虚荣心获得了最充分的满足。

第二次约会,她是中式复古打扮,上身一件别出心裁的无袖唐装,灰色底子,上有浅灰网状花纹;下身是一条线条极为流畅的深灰色长裙,长及脚踝。在此之前我没有看见过一个女人能把灰色穿得这么高贵。她的发型也是中式复古的,浓密的长发从中间分开,两边各自梳成辫子,然后一圈一圈盘起,发髻上罩着珍珠发网,有点儿像旧时代大户人家的丫鬟,但她的神情气度却绝对是有钱人家的小姐,或许是一个丈夫出远门或婚姻不称心的落落寡欢的少妇。她的模样真是勾人。

再一次见到她竟然穿得十分朴素简单,头发也有一点儿凌乱。坐下之后,在她偶然的一个转身,我发现她竟然剪掉了那一头妩媚善变的长发,只在耳朵两边留着一些纷纷扬扬的发丝,就像河边的垂柳。我吃惊之余肯定会问她为什么把那么好的一头长发剪掉了。

她一笑,问我:"不喜欢吗?"

我心里不由一动,而且十分惊喜——她是在向我挑明她很重视我的感觉吗?

"挺,挺好的。"我说,"是不是有点儿可惜?"

"不可惜。"她十分肯定地说,"为了这身衣服呀!我怎么也想不出用什么发式来配它,只有剪掉。"

真是一个想干就干的女孩,她的这种性格既吸引我也让我有点儿害怕。

我说:"就为穿一件衣服?"

她说:"因为值得。"

"值得?"

"当然啦!这是乔治·阿玛尼设计的。"她说,"穿名师设计的衣服让人特别自信,不会被流行左右,却可以左右流行。"

我的目光久久地停留在她的身上,我尽可能地让眼光变软变甜变粘,发射出足以销蚀掉一切的男性魅力。这是我作为男人的一道小小的秘密武器,对于女人它一向威力无比,甚至也可以说是所向披靡。随后我真情流露,把手放上了她瘦削的肩头,用梦幻一般温存的、意味深长的语调对她说:"真希望你不要这样流行。"

她笑起来,就像受到催眠一样,迅速凝固成一尊性感的雕像。我内心得意,感慨她到底还是年轻。我再一次低声地恳求她,手的动作也更大胆了一些。终于她扑哧笑了,用一种故作天真和柔媚的语调对我说:"今天我不就是为你来的吗?"

她如水的眼波让我的心变得无比滋润。那一瞬间我们是那样的心领神会、息息相通。

其实我早该想到,我可能已经悄悄地进入到这个敏感、多情的女孩子的心里。也许实际上我是用不着绕这么大的圈子的。我早就该清楚,一个大伙儿众星捧月围着的女孩儿,如果她不对一个人倾心，是绝不会这样麻烦自己的。我早该想到这一点儿了。

但是千万别以为接下来我们就会拥抱接吻甚至做爱什么的，不，我们没有那么做。我在心里感叹这个女孩穿得如此奢华，这些衣服都是她自己买的吗？她的收入我有数，绝不会比资深的李素素多，再说，也不可能丰厚到这个程度。那么是谁在我送花的时候向她馈赠这些昂贵的礼物？这个想法像千万根钢针一样刺痛了我，让我深受刺激。其实我从跟她约会不久就发现她不一般了，在我们共同消费的时候，账单不期而至，假如是递给她的（除了那些所谓的高尚场合，侍者从来没有把账单交给男士的习惯），她总是接过来就付，没有一点儿犹豫，更没有一点儿装模作样。

但假如不递给她，她也就不管了。我留心过，她也不像是为了与我分账，或者表现女性的独立什么，仅仅就是不在乎。偶尔她的钱包从我眼前晃过，里面任何时候都有厚厚一大沓的百元大钞。也许是庸人自扰，让我对她总有点儿心存疑惧。

但是爱情的到来是没有什么能够阻挡得住的。大概就是从这个夜晚，我们的心灵就像一扇花园的小门一样开启了，之后我们就双双堕入了情网。

这个时候我们必须正视的一个事实就是我们如何来进行我们的爱情操作？虚情假意的一套我们交谈中已经剖析得太多，真心实意对于我们段位这么高的两个人又显得太幼稚可笑，怎么办？这可难坏了我们。我们手拉手踯躅在夜深人静的街头，煞费苦心地策划着我们即将开始恋爱的种种方案。这种先出蓝图后着手操作的爱情图景让我们感到新鲜和有趣，也是我平生第一次有如此的经历。我们达成共识：这只松软香甜的蛋糕不应该一口吞下去。我们为这场恋爱定下的基调是：抒情、浪漫、优雅。我们希望的方式是：具有新体验和新刺激。也就是说，它应该是一个实验，一次行为艺术。

在一个晴朗的早晨，我在一张陌生的写字桌前坐下来，铺开一张纯洁无瑕的白纸，用因为总不书写而变得陌生的字迹给王菱写了一封情书。因为环境的局促（当时我在新交的一个女朋友家，此女非常有钱）和内心的紧张（真不知道给她写些什么好，又怕我的书信不能达到她期望的水准），我的这封情书写得很不顺畅，一共写了十六个开头，每一页纸上只有亲爱的三个字可以不必涂改。最后我只是完成了一封只有一页信纸的短信，而且文风质朴，没有一点儿抒情性，更谈不上浪漫和优雅。而且为了逃避想象中落入他人之手、被不相干的人阅读的尴尬，尽可能写得隐晦曲折，几乎不像一封情书。我满意地封上信口，让这家的孩子拿到楼下去邮寄。我站在临街的窗口看着孩子的背影靠近邮筒，我似乎听见信落到邮筒底部嗒的一声。孩子很负责，把鼻子伸进投递口察看信有没有真的进去。我忍不住笑了起来。

没想到一石激起千层浪。第三日的下午我就收到了我爱的王菱的回信。随后的数月里，这样的情书定时而至，从不间断。只是因为我生活的不得已的流动性，我不能按时收到那些字迹娟秀情意绵绵的香笺。不过即便这样，我也坚持按时给她写信。有时因为赶场，草草成篇，这倒锻炼了我的文思与文笔。这样的匆促，也让我有强烈的人在旅途的感觉，似乎我生命和情感的轨迹因此也更加鲜明。

王菱给我的那些情书写得真是太好了，关键是她用情，也用心，而且文笔清新脱俗。每每收到她的信，我都是如获至宝，伴随着新鲜和激动的心情阅读。读过的信我一封一封全都带回我父母家里，仔细地收在一口小木箱里，存放在没有人会去动的高高在上的吊柜里。可不幸的是，今年春天我妈找东西发现那口小木箱成了耗子窝，一窝尚未睁眼的小耗子正跟它们的母亲在里面尽情地享受天伦之乐，而我珍贵的情书已经被耗子家族噬咬得不成样子。真让我心疼不已！再一次展读，有的部分依然清晰，意思连贯，而有的部分，非常可惜，已经语焉不详了。

直到现在我仍然认为情书在我们之间意义重大。情书这种复古的形式，在我与王菱之间制造了一种纯情，然而这种纸上营建出来的纯情又是那样地飘忽和不切实际，因此它又有了一种虚幻的感觉，加上不自觉地带点儿调侃，一本正经地说点儿不正经的话，或者是嘻嘻哈哈地说着一本正经时不好意思说的话，与从前直抒胸臆真情流露的情书拉开了距离，倒是跟我们身处的时代气氛更加吻合。这点王菱与我深有同感。正因为我跟王菱之间一直在努力营造着爱情的氛围，所以我们之间有着一种极强烈的吸引（我个人认为这跟我们没有肉体关系也很有关），就像书里说的"一日不见如隔三秋"。尽管当时我们各自在爱情方面大概都不是一对一的单纯关系，但一旦我们两个走到一起，就像太阳出来，其他的星辰的光芒瞬间就暗淡了，甚至隐没下去。

这个戏已经无可阻挡地向着它既定的高潮发展了——当然，我指的是性关系。假如没有性，它也就什么也不是，这好像是不言而喻的。

最后的时刻来临之前，我的可爱的小妹妹似乎早已经很不耐烦了。有几次送她回家，分手前的拥吻她明显地不对劲儿了，搂着我的脖子半天也不撒手，流露出忧郁和不满。我不是一个铁石心肠的人，只是不想破坏我们的约定，我们说好的，要一起走过爱的四季。现在，春芽已经变成了秋叶，秋雨变成了冬雪，我们确实已经等待得太久太久。

到了我们铺排良久的那个夜晚，我的心里充满了期待与激动，我甚至有一种说不出来的焦虑，我一下子变成了一个初恋的人，就要和自己的夏娃一起偷尝禁果。男人的冲动就像强力炸药一样贮藏在我外表镇定的身体里，随时都可能爆炸，王菱却反而比平常更加平静。我突然就有一种担心，我真怕这个聚沙而成的通天之塔就在这最后的一刻突然坍塌，在瞬间化为乌有。现在只需要她一句话，甚至只是一个手势，这个戏就可以落幕结束了，因为这一切本来就是一种设定，是一场戏。那么对于我这个在这场游戏中原本以为胜券在握的人，就真是功亏一篑。当这个不太好的预感越来越强烈时，我人变得虚弱，额头冒汗。她却一点儿也没有注意到我的反常，依然谈笑自如。

那天我们共进烛光晚餐。晚餐和饭后例行的散步在这一天已经丝毫引不起我的兴趣，我像一个色情狂一样心里只想着那一件事。我只想拥她入怀，只想把自己火热的嘴唇贴到她那两片娇嫩饱满的红唇上去，我想抚摸她，我想……我想……

盼望已久的这一刻总算到来了。我们进入了她小小的整洁的闺房，在调暗了灯光的充满暧昧气息的卧室里，我一件一件脱去她的衣服，先是上衣，后是裙子，最后是内衣。自上而下，由外及内，就像做一件精细的手工。我已经很久很久没有这样做了。我的动作很慢，就像在进行着一个庄重的仪式。比起我们程序式地慢慢走近，象征性地绕着圈子相互追逐，宽衣解带的这一刻无论如何都是太快了点儿。在切入正题之前，我们不约而同有了一点儿畏惧，有了一点儿迟疑和退缩。脱到衬裙的时候，王菱突然抓住了我的手，不让我再脱。她示意我去关掉灯，我没想到她还如此害羞。我照她的意思办了。房间顿时黑了下来，她突然从背后扑向我，香甜的呼吸热乎乎地喷在我后脖颈里，随后我们在那张铺着雪白床单的柔软的床上紧紧搂抱在一起。

这场向往已久的初试云雨却很难说如我想象中的那样美好，她的恐惧和拘谨弄得我很不自在。我一直以为她肯定有着丰富

今晚吃烧烤

的性经验,其实根本不是。在床上她紧张得四肢都有些僵硬,大概不是快感而是疼痛令她眉眼紧皱了起来。然而,当我意识到她正为我们的肉体交合受罪已经有点儿晚了。事后想起来我实在羞愧难当,当时我真是太性急,太粗鲁了。

  结束之后她变得轻松,就像一朵花自在地开放着。她像孩子一样搂着我的脖子亲吻我,一条腿蜷缩起来,贴着我的腹部。我抚摸她,令她身体放松,然后抱紧她,让我们更多的肌肤亲密地贴在一起。但是,也就一两分钟,她就松开了我,起身飞快地穿上了内裤和胸罩,然后才再一次回到我的怀里。

  我忍不住笑了起来。

  "还害羞呀?"我笑话她。

  她甜甜一笑,飞快地用被子把头蒙住。

  "哎真的——"我拍着她,"你不会还是处女吧?"

  "骂我呢吧?"她像钻出水面一样把脸露出来,"你才处女呢!"

  笑语温存之间,伴着睡意阵阵袭来。王菱在我耳边低低地倾诉,半梦半醒,我倾听着心上人的絮语,手指下意识地滑过她丰满的乳房,柔嫩的腹肌,一路向下,在她神秘的三角区略作停顿。在这里手指意外地感觉到了粗糙,触到了带网眼的针织品。我的脑海里混混沌沌地涌过一连串相类似的图案:用彩砖铺出几何图形的人行道,凹凸的鹅卵石花园甬路,网球场蜂窝形状的丝网罩墙,马赛克贴面以及华夫饼干……刚才帮她脱衣服时看她穿的这种黑色带网眼式样古怪的三角内裤我就有一点儿好奇，因为它让我联想到色情、夜总会、脱衣舞什么的。我的指尖在那一个一个排列有序的小小的交叉点上移动，好像在摸索着下棋一样。而王菱音质清亮的倾吐就像一条宽宽的绸带一样，松松地把我清醒的思维和浑浊的、漫无头绪的梦境捆扎在一起。她就像为解答我朦朦胧胧中对她内衣的好奇与困惑一样，讲起了她的一段如泣如诉的恋爱故事。

　　王菱的讲述是那样动情，她发出的每一个音节都像音叉的震动那样清脆和清晰地进入我的耳鼓，我的心也跟着她的讲述起起落落。那段时间里，我体验的都是真正意义上的感动与同情。后来我就醒了，或者说得更准确一点儿，是完全清醒了。我突然觉得对王菱太抱歉了，我的记忆就像一张出了问题的显相纸，刚才她讲述的内容我一点儿也不记得。我憎恨自己的松懈，我犯了男人爱犯的得到之后便变得不太在乎的毛病，我心里突然感觉有点儿悲哀。

　　王菱因此对我产生了误解。看我一副怅然若失的样子，她后悔地说："我不该对你说这些的。"

　　其实我根本就不知道她说了些什么。

　　我说："没事的。"

　　"男的就爱这么说。"她说，"其实你不必吃醋，那些对于我早已经都过去了，平常我根本就想不起来。原来我也幼稚地认为爱情会铭心刻骨，而且一生中只会有一次爱情，有些人可能就是这样的,对我就完全不是这回事儿了。我没有忘记他,我说了,并不是因为爱情,而是他把我伤得太深了。真正的爱情就像磨得很锋利的刀子一样,很伤人的,他的爱情就像……毒品。他本人就是一个充满叛逆的人,我始终没搞清他为什么要叛逆,他的背景非常不错,家里很有钱,不但有钱,还有权,他一直是一个聪明成功的学生,谁都喜欢他,走到哪里都广受欢迎,在我看来他没有任何理由叛逆。我也没弄清楚他是真叛逆还是假叛逆,反正他是一切都要反着来,怎么出格怎么来,常常把自己弄得很狼狈很难堪。因为爱他,我一切都想跟他合拍,那会儿真是疯得厉害,还觉得很酷,很好玩。后来他飞车飞死了,要我说也是死得其所,他以前也说过他很难想象自己是躺在病床上老死的。他死了我真是悲痛欲绝,觉得我的世界也跟着他一起撞碎了。那一阵我眼前黑暗一片,认定自己活在这个世界上已经没有一点儿意义。"她沉默了好久,缓缓地说,"后来慢慢好了一点儿,周围有许多人关心我,也有了别的朋友,有了另外一些安慰。"

我轻轻地舔吻着她的脸颊。

"书上说时间可以治疗一切,还真是这样。"她说。

"男人不会让你这样的女孩子闲着的,太浪费宝贵财富了。"我说。

"好多人其实并不了解我,我的心可是饱经沧桑。"她说。

"宝贝,过来一点儿,让我摸摸你那颗饱经沧桑的小心……"我说。

"所以你知道，我对待爱情是不会随随便便的，因为我是一个相信爱情的人，或者说我是一个在爱情中吃了苦头但仍然相信爱情的人，我是一个不折不扣的爱情至上主义者。"她说。

我吻住了她好看的嘴唇，那么红润，那么香甜。

在接吻的间隙她问我："你会不会一直像今天这样对我好？"

我想用最最肯定的态度回答她的提问，但她突然撒娇地抱住了我的脖子，我一下被她勒紧，喘不上气来。

她笑起来，松开我。

"我真想永远这样紧地抓住你！"她说着，在我赤裸的肩头上狠狠地咬了一口。

我的心理在顷刻之间发生了微妙的变化，我觉得我再不该以游戏的态度对待王菱和她的爱情了。以前我一直以为我面对的是一个生活态度随便、经历复杂的年青一代，现在我突然领悟到也许那根本就是一个错觉或者说是一个假象，也许是她自己故意制造出来的，是对她自己的一种保护。根据我以往对女人的经验，加上我的直觉，我想我的王菱可能是一个读多了童话书和爱情小说的敏感而又内心不安分的小女人，是一个多梦的姑娘。小妹妹呀，你差一点儿骗了我！过去时间里我积累起来的对她的看法及防范在这一刻全部烟消云散，我面前的这个刚刚二十出头的女孩就像雨后的水莲花一般清新可爱。这一刻我义无反顾地爱上了她，尽管她在性方面还需要好好补课。

今晚吃烧烤

26

我们深陷爱情,那真是一种生死相与的感觉,是我活了四十多个年头第一次体验到的。我们就像历史上敌对双方的领袖最后握手言欢一样,高山流水,知己足惜。

比较麻烦的是,我和王菱来往需要绕开李素素,当着她的面我们必须遮掩好,否则肯定得打翻醋坛子,我的日子不好过,王菱跟她也没法儿相处。跟李素素比起来,王菱是个刚到单位一两年的新人,虽说眼下她们关系不错,李素素对她就像一个大姐姐,处处都肯照顾她,但我清楚女人的交情是脆弱的,说不定在什么地方就搁浅了,尤其是她们之间还夹着我这么个人,不是我自夸,对她们的友情来说,我就是个定时炸弹。要说围绕着李素素、王菱两个人,我也是很用了一番心思的。两个女人,一个蕙质兰心,一个晶莹剔透,哪一个也不是好糊弄的,哪一个都够我费心费力的，当然，哪一个我都不敢有丝毫的懈怠和马虎。她们一个在明处，一个在暗处，是凡有李素素、王菱共同出现的场合，我只能是李素素的男朋友，王菱就得受点儿委屈了。但是这种时候也恰恰是我显示爱的技巧的时候，我会用眼神、肢体动作、双关语和隐语以及无处不在的关怀来安抚这个受到委屈的小爱人，对她表示好意和深情。好在王菱对这些爱的讯息非常敏感，即便是一个微小的气泡，她也能准确无误地捕捉到。而且与我配合十分默契，凡事她总是做得自然得体，火候恰当，在李素素面前我们从来没有穿帮过——我认为她简直太有天赋了。所以李素素一点儿也没觉察出来，整个儿被蒙在了鼓里。要蒙个李素素也是挺不容易的，这也多亏了王菱小姑娘聪明机智。这个鬼精灵，她知道真真假假，变通婉转，而且懂得委曲求全，因此做得收放自如。她真让我心疼！

尽管我在这个城市有多个女人，但其他人都是互不知道的，唯有王菱是个例外，这也让我觉得唯有和她才是真正心心相印、知己知彼的。但同时，说真话，我也觉得这样一种关系挺对不住她的。特别是在同一个饭桌上同时面对两个关系亲密的女人，我也真的从内心里感觉到有点儿吃不消。

女人比狐狸还精，我是素有领教，因此我加倍小心翼翼，处处留神，如履薄冰，不敢有一言一行的失当，生怕露出了马脚。就是在这种矛盾的心境中日复一日，那些聚会让我既爱又怕。我最受不了的是最后快散的时候——王菱对我说过每次席散她都十分感伤，因为我们分手在即——我也总是有几分惆怅。可是天下哪有不散的筵席？每到那个时候，我就偷偷地察看王菱的神情，她总是尽可能地保持正常，但我却能精确无比地感应到她情绪的起伏，好像她的神经末梢就搭在我的神经末梢上一样。她的任何一点儿不悦都会令我心疼如绞。大多数时候我有幸和李素素一起送她到她那个温馨小家的楼下，我目送她步履轻捷地走进楼道，我感觉到她是那样地恋恋不舍,而且心中酸楚。我简直不忍看她的背影！

有一次，我觉得自己很不可饶恕。那是一个特殊的日子，由于我的疏忽，我错过了和她的一次佳期密约。那是我们相爱的百日纪念——王菱像一个真正的妻子那样看重这一类的纪念日，从早上起她就一次次呼我，可是我因为遇到了一点儿比较棘手的事情，心烦意乱，想着晚上的聚会上会见到她就没有及时给她回电话。可是那天我到晚了，坐下之后先接受李素素的一通小声盘问，我疲于应付，一时也没有顾上王菱。好容易把李素素这边支应了，我才有机会把注意力转向王菱。其实之前王菱就趁席间正乱用茶水在桌上写了几个字，可惜我没能辨识和领会。她又一次在自己手心里写了"100"，这回我倒是看明白了，只是不知何意。在李素素去洗手间的时候，她悄声向我解释了这个"100"的含义。噢，天哪，假如早点儿知道我就不会来参加这样一个乱乱哄哄的聚会了，我就会安安静静地和她在一起了。现在有李素素猎人一般紧盯在身边，我是插翅难逃。

我悔之不及，甚至想不管三七二十一带上王菱走人。但恰恰是我具有大局观念的小爱人阻止了我的鲁莽。那一天可想而知我的心绪是多么糟糕。当聚会结束跟着李素素回家我就像一个被人贩子拐卖到边远山区的失去人身自由的妇女，满心的苦恼和不情愿，却不知道怎样来解救自己。

那天王菱没有让我们送，我知道她一定是生气了。这种事情换谁都会不高兴的。整整一夜我也是郁郁寡欢，想到一个亲爱的人儿佳期独处，这会儿正倍感伤心，我的心被负疚和自责折磨。这一夜我推说不舒服，没有和李素素共赴巫山。我心里只想着王菱一个。

尽管这没有多大意思，甚至有点儿做作，但我只能做到这样了。我是一个身不由己的人，这点小王菱从一开始就清楚，可是令我不解的是她为什么还要爱上一个身不由己的人呢？

我和王菱的爱情一直是这样处于一种秘密状态，这种秘密状态的爱情带来的是另外一种氛围：热烈、急促、忧伤和意犹未尽。我们每一次分别都好像是生离死别，每一次从王菱的小家离开，我胸中都梗着一团热乎乎的东西。如果我会唱歌，我就要放开嗓子满怀激情地高歌一曲；如果我会写诗，我就要饱蘸热情洋洋洒洒地写上一首滚烫的长诗，从东海之滨一直抒情到喜马拉雅山，再从漠河抒情到海南岛。可惜我既不会唱歌也不会写诗，我只想找个地方畅快地痛哭一场。我和王菱相恋，让我知道了什么样的动情才叫真正的动情，什么样的想念才叫真正的想念。有好几次我跑到王菱楼下，仰望着她的窗口，想象着她穿着丝绸长睡裙，里面是别具一格的暗中保持着我前任审美的黑色网眼内衣，正独上高楼望断天涯路，满心惦记的当然是我啦。这个幻景让我激动得全身涌过一阵阵战栗。有好几次我冲动地想：离开李素素吧，离开其他那些女人吧，我只要王菱一个！

但当我冷静下来，我马上又放弃了这个想法，我就像蜗牛一类的软体动物那样迅速缩回到硬壳里面。就我的人生阅历和人生经验，我知道即使我放弃了李素素，放弃了其他所有女人，我和王菱的感情也不会因此而增值。我和她这边不可能再增加什么了，再增加就该走向反面了。事情就是这样，没有什么道理好讲。也许这就是世界的规律吧。我是懂得尊重世界、尊重规律的人，所以我也珍惜跟她的缘分，把不能畅快地只爱她一个的悲伤深藏在心里。

有一天，天气特别寒冷，为了消磨掉在冷风中等车的那段时间，我在报摊上买了一份小报。我在夹缝中读到了一篇标题为《何为爱情》的感人至深的小文章，真是字字句句说到了我的心坎儿里，读着读着我禁不住热泪盈眶。作者署名"菡萏"，这不是我的王菱吗？我知道她用"菡萏"做笔名，我也知道她喜欢写这一类有感而发的小散文，并且一直在给多家报纸投稿。

菡萏写道："爱情不需要证明，只需要你相信。你相信爱情，爱情就属于你。即使你的爱人不在你身旁，也会在你心里。"

她写得多好啊！这也正是我心里的一个想法，她说出了我想说却没有说出来的话，我真希望我其他所有的女朋友都能好好读一读她的这篇文章。王菱啊王菱，原来你也和我一样，如此敏感，如此忧伤，却又装得若无其事。世界就是这么不完美啊，相爱的人恐怕没有一个没体会过什么叫作咫尺天涯！真难为她小小年纪便能理解这一切，所以她从来不给我增加压力。她就是这么一个善解人意的人，这也正是她令我深爱不已的方面。这篇意外读到的文章，也令我证实了我的王菱是相信爱情的，这点与我也是一模一样。如果不相信爱情，我还怎么相信我自己呢？

我用冻得胡萝卜一样的手指紧紧攥着报纸，在晃动不停的车厢里久久地沉浸在骄傲和感动之中。我想我的心是属于她的，我和她是真正心心相印的。

然而，某日李素素的一句听上去就像是无心的话却摧毁了我这个精心编织起来的爱情梦。李素素这样说："你可别小看了王菱，我们报社除了总编辑大概就数她能量大。"

"真的吗？"

"当然是真的啦。"

李素素用一种不为外人道的神神秘秘的口气说别看王菱年轻，她可真是一个往来无白丁的人，她虽然看上去单纯，对权力和金钱却有一种特殊的嗜好，而且也知道如何去接近权力和金钱。"她其实是相当豁得出去的。"李素素说得十分肯定，可我却心生疑惑，据我的分析判断，我认为事情并不像她所说的那样，但我没有一句否定或违拗她的话，因为我无法为王菱分辩。

李素素似乎说得有理有据，她说王菱很有本事接近高官，据传她有过不止一位位高权重的朋友，自然不仅仅是朋友，而是密友级的，这在报社是公开的秘密，因此报社与高层打交道的事情凡是不便公对公办的，都是交给她的，她也乐意接受，而且总是能办得妥妥当当。"你看出来为什么我们那里的人都捧着她了吧？"李素素斜睨着我。哦，原来如此啊，我以为他们不过是像我一样爱她年轻貌美风雅多情呢。这么说李素素自己跟她也不是什么纯洁无瑕的友情了，不过就是虚情假意。然而我并没有把这样的话说出来，我爱王菱，心里为她打抱不平，但我也没有必要去得罪李素素。

李素素还向我透露了一个在我看来属于绝密级的细节，就是王菱实际上是某人的禁脔，而她当时有一位跟她相爱很深的男朋友，是个名牌大学的博士生，有人曾经警告过那位博士生离王菱远点儿，但那个书呆子根本不怵——或者人家一点儿不呆，就是傻大胆，他还是对王菱浓情蜜意紧追不舍。后来这个人就出事了——半夜死在立交桥下，旁边是一辆被大卡车压扁的摩托车。这件事在报上登过，报道出来只是一起交通事故，而略知内情的人无不胆战心惊。李素素说："所以你看见了吧，那么多男人围着她转，可是并没有人真敢对她下手的。"

她这是在警示我吗？她这算是敲山震虎吗？不过说心里话，我还真的是害怕了。我脊梁骨后面冒出阵阵寒意，肝颤不已。尽管对李素素说的这些我无从查证，可是我觉得她说的也不全是空穴来风，有些事实还是对得上的。比如王菱男友的意外毙命，比如她周围那些男人对她的态度，甚至再比如她在性方面的热切与苍凉……唉，我不能说得太多了，我觉得这些我应该是隐藏于心的，甚至连想都不该去想，因为我不想亵渎我这个多情的、才华横溢的爱人。

　　但是，李素素说的这些话在我心里留下了阴影，我可不敢为了爱情拿自己的小命开玩笑。在"爱"与"死"这两大文学母题之间，毫无疑问我选择活着。我当然懂得只有活着才有一切，只有活着爱才有所附丽。没有生命，一切都是扯淡。

　　从这一天起，我再不敢与王菱共浴爱河。说真的，我是被吓着了。我不是玩不起，我实在是胆子小。我可不想因为一段恋情丢了狗命。

　　我和王菱没有郑重其事的分手戏，因为本来就是地下情，是秘密之中的秘密，我只用跟她说不方便再见也就可以了。她也并不刨根问底，或许她也正好顺坡下驴。这段美好无比的感情就这样无疾而终。

27

当我面对我所爱的每一个女人,她对于我就是唯一的。我能做到专注和专情,不管是一天还是几天甚至仅仅是短短的几个小时。我把每个女人都看成一个独立的世界,而一旦进入某个世界,我就把其他一切统统忘掉,至少是努力把其他一切统统忘掉。但是,尽管这样我也不是没有自责。有时想起这种生活的虚伪性和欺骗性,脊背后面会涌起一阵阵热汗,会有一种类似失重的感觉,内心空虚,大脑一片空白。负疚感常常会让我联想起童年生活的一些小片断。

记得我得到第一把弹弓的时候心里充满了喜悦,每天一清早就跑到树林里去打鸟。我练得弓法非常准,每次听到噗的一声,我知道打中了,心中一阵欣喜。但是当看到空中飘落下一撮羽毛,洒下几滴鲜血——尤其是在雪天,这些更加鲜明,血洒在雪地上,像梅花开放一般——我心中那个不忍！一条热乎乎的生命转眼之间就葬送在我的手里，小小的精灵再也不会飞翔，不会发出动听的鸣叫，很快就会变得僵硬。我不知道有没有另一只小鸟还在等着它、盼着它回巢，如果真有这么一份牵挂，那我更是造孽大了！当我从一个爱人奔向另一个爱人，我就似乎变成了那个手拿弹弓从雪地上跑过的少年，内疚的感觉也是差不多的。假如站在对方的立场上想一想，我清楚我是多么可恶。

可我也知道自己放不下她们中的任何一个，而我又真的爱她们中的每一个，所以我尽可能在我力所能及的范围里多给予她们一点儿，多满足她们一点儿，让她们感到幸福和快乐。她们的幸福也是我的幸福，她们的快乐也是我的快乐。当我深深地沉浸其中，我心满意足。

根据她们每个人的特点和喜好，我创造性地把自己塑造成能够适应我每一个爱人的性格不同、风格迥异的理想伴侣，这对于我确实是一个挑战。我尽最大可能让自己具备无限可塑性，具有随方就圆的个性，从善如流的美德，善解人意的特性甚至说是特异功能，总之一切都是从对方出发，为对方考虑，替对方着想，真正的LADY FRIST。我没有更多的要求，只想把眼下的事情做好，做得更好。

对我所爱的女人我是无私的，不计成本，不计代价，有求必应，从不推诿，从不敷衍了事。我宁可辛苦自己，销蚀自己，甚至委屈自己，也要让她们满意。这一点儿我始终引以为傲。

我想过即使有一天她们不再和我在一起，我想她们也不会忘记我的一些好处吧？

围绕我这些都很优秀和优越的女朋友，我承认，我的消耗也是巨大的。我消耗了几乎全部的时间、精力乃至金钱，如果我是一条河，我已经快要干涸了。最先显露出捉襟见肘的窘相的是我的钱包。我个人的经验，和女人交往一个男人如果囊中羞涩没有充足的资金储备是完全不行的。男人如果慷慨大方，女人仅冲这一点儿就会向他交出半个心，但没有钱就彻底抓瞎了。为女人花钱我是从不吝惜的，在女人面前我的钱不过是纸，可惜也经不住挥金如"纸"啊！

我的经济危机在一个黑色星期五全面爆发。那天是李素素的生日，她在马克西姆宴请几个极好的朋友。在如此高级的场合，生日礼物自然不能太一般了。我和她这种关系，加上李素素在她朋友面前对我所做的渲染（富有、能干、多情、舍得为她花钱等等），就更简单不得。鲜花总是要有的（这对我不难），礼物也要精致贵重，因为代表了我对她的爱（苦啊）。没辙，我送了她一对铂金耳环，花掉了我一千多块。要是放在经济状况良好的时候，一千块钱也算不了什么，而这个时候，我的小羊皮钱包明显地瘪了下去。到此可没完，那天应邀赴宴的还有王菱（我和她虽然不再幽会，但情谊总是在的，我自然也不能冷落她），看我送李素素这么贵重的礼物，尽管她不会说什么，但我相信她心里会很有感觉，说不定还会伤心、失落。而她的生日还远，否则我也会送她至少是等值的生日礼物。我清楚这件事显然不能等到半年之后再办，我可不能冷了她的心。那天我有备而去。我在一个贴着用户通讯名录的旧信封里放上了一瓶法国香奈儿香水，不显山不露水，悄悄递给了她，算是暗中抚慰芳心。王菱会意，脸上露出了幸福的笑容。

28

然而，到此仍然没完。晚饭还没结束，唐心虹呼我，我回电过去，她说她遇到了麻烦事，快活不下去了，正在她家楼下的三千里飘香烧烤店等我，让我速去。我被她这番没头没脑的话吓坏了，脑子里立刻闪过莎莎的身影，我真担心这事儿跟她有关，答应立马过去。

我问唐心虹："孩子还好吗？"

她只是"嗯"了一声，并没细说。排除了这事儿与莎莎有关，我暗暗放下心来。离开马克西姆打车上路，我在心中盘算，今晚至少还有一顿晚饭等着我埋单。

见到我的美人唐心虹，她气色红润，装扮一新，一点儿也不像遇到了麻烦的样子。看到她美丽可人的样子，我也不计较她是不是言过其实骗了我。我的心里——准确地说是肾里涌过一股温热甘美、柔软无形的激流,我整个人顿时变得活跃和兴奋。

我们落座点菜。

她做出生气的样子,抱怨我:"见你这么难,多大的谱!"

唐心虹先发制人,我赶紧赔笑,好言相劝。这会儿我感觉轻松,就像坐在家里。有我软语温存,唐心虹的情绪飞快好转。我们相视而笑,情投意合。我想我们俩一定是不约而同想到了我们即将到来的一个莺歌燕舞的快活之夜。这一个星期我一直都没顾上她,总推说单位在搞活动,被头儿逼着加班加点,结果都把我的唐心虹给逼急了。我看她迫不及待的样子,要不是在这么个灯火通明的餐厅里,她恐怕就该一头扎我怀里了。

匆匆吃完回到家里,唐心虹却又一点儿不急着上床了,她很有闲情逸致地问我想不想欣赏一批美女玉照。

"好啊!"我说,马上想到不该表现得这么求贤若渴。拐了个弯儿逗她,"又是电影画报时装杂志什么的吧?望梅不止渴!"

唐心虹一脸的不屑,带点儿醋意说:"别吃着碗里的看着锅里的啦,人家都是有老公的!"

她拿出几个印着热气球的彩色口袋,每个口袋都是沉甸甸的,看来真能让我大饱眼福。

"三位大姐到新马泰开洋荤去啦。"唐心虹哗地把照片倒出来,冷笑道,"都是些上了岁数的人了,还把自己当十七八,不嫩装嫩,不酷扮酷!"

我翻看那些照片,三个女人都比唐心虹年轻,长得也都还不错,燕瘦环肥,各有千秋。照片上的她们被热带的阳光照得一个个耷拉着眼皮,像水缸里的金鱼一样,但并不影响她们喜笑颜开,三个女人都是一股子花钱花得特值的劲头,难怪我的唐心虹这么醋意横生。

我哄着她说:"她们比起你都差远了,也没你会穿衣服。"

对我的话唐心虹特听得进,她说:"那是啊!不过照片上那些风景还是挺不错的是不是?到底是外国,我这辈子最大的遗憾就是没出过国。"她把头靠在我肩膀上,有点儿自怨自艾,"都是一个牌桌上玩儿的,这一回我可是落下了哎!谁让我没扎着款。"

她说这句话时风情万种地瞟我一眼,声音低低的,带着撒娇,或许她没想到她的这句话却锋利地直刺我的心脏。

我假装专注于那些照片,唐心虹突然一把抢了过去,仍然撒娇地说:"还没看够?有那么好看啊?"

我立马撒下美人照片,趁势把我的美人扑倒在沙发上。唐心虹瞬间就柔顺了,眼睛亮晶晶水灵灵,头发更黑,皮肤更白。我咬住她的嘴唇,融入她的芳香。新马泰三日游的美女们顿时烟消云散,毛发不存。

尽兴地做爱让我们两个心贴得更近。我拥她入怀,这才想起问她电话里说的那件麻烦事是什么?唐心虹好像也刚想起来,叹口气说:"无聊透顶!"

还是她单位里的那点事，唐心虹抱怨说在那里她实在待不下去了。过去我就一直听她说这样的话，从我认识她起，她好像就从来没有停止过为单位里的事情不开心。不知因为什么，她跟她的顶头上司总不对付，处不好关系，常常闹得一肚子气。我听她说过好多次，也弄不清楚究竟是怎么一回事。今天我终于恍然大悟，原来她的顶头上司也是个女人。我一下子理解了唐心虹日子不好过的全部原因。这种事情太普遍啦，我们单位也有，不止一个女同事在我面前有过类似的诉苦和抱怨。既然到处都一样，唐心虹那里怎么可能例外呢？而且，谁让她是一个那般水灵妖冶的女人？这样的女人天生就是得罪女人的呀。据唐心虹说她本来是一直忍着的，但自从有了我做她一切不顺心事的忠实听众和抚慰者，她就不再忍了。连班都不好好去上了，也跟我似的三天打鱼两天晒网，想去就去，不想去就不去，理由只有一个，就是不想去看她上司那张寡妇脸。那她顶头上司还能容她？她每天按点上班到点下班那个女人还尽找她碴儿呢，现在她等于是授人以柄。唐心虹说今天下班前她跟上司大吵了一架，然后拂袖而去，回到家里头脑冷静下来想到了后果，不由得害怕起来。

"我决定主动下岗了，我真的再不想去上班了。"她一副走投无路的神情，让我同情。"你肯养我吗亲爱的？"她依偎在我的怀里，柔弱无助，多情地和我缠绕在一起。

这可太要我的命了！我在心里叫苦不迭。

我的无言使我错过了最好的献媚的机会。以往我是很习惯那样做的,但今天好像某个开关锈住了一样。这个片刻极为尴尬,连空气也好像变得凝重。真是一秒长于一千年!

唐心虹终于打破了沉默,她无限哀怨地叹了一口气。

"要说其实我自己是无所谓的,只要模样还过得去跟谁都不必担心过不上个八九不离十的日子,对吧?人老珠黄就难说了,不过我也不去多想,真到那一步有什么日子过什么日子。吃我也吃不多,穿我也可以不讲究,大不了往后不再添东西了,不出去玩儿了,不逛街了,不游泳了,不打保龄球了,再没什么可戒的了。我不信就过不去日子!"

我沉默。

"我想我也活了半辈子了,人总爱说一辈子一辈子的,其实一辈子是什么?听着多长似的,不过就是几十年。五六十年不短,七八十年算长的了,再长也没多大意思了。委曲求全有什么意思?我已经委曲求全够了。迁就男人,迁就孩子,迁就单位,从来也没迁就过我自己!"

我沉默。

"做一个妈不容易啊,说心里话只有一点儿让我不踏实,就是莎莎还小了点儿。想想女人真没意思,生了孩子就全为了孩子,自己就成了房子,成了衣服,成了饭菜,成了零花钱,孩子要什么给什么,我现在放不下的——说真的,也就是她啊!"

我一下子来了精神,耳朵竖了起来,心眼儿变得灵活。我已经有好一段没有看见我的小金莎莎了,她上中学后被接到她奶奶家住(为了上学方便),周末她父亲又把她接走,小妮子很少来妈妈这儿。我非常想知道她的情况,比如学习好不好,有没有交上小男朋友?

可是唐心虹并没有顺着我希望听到的内容说下去,我耳朵边全是她挥之不去的声音。

"哪样不要花钱!她上奥数班的钱是我去交的,这学期上英语班又是四百块,学琴一次连打车要一百六,我正在考虑还要不要学了,周末她还去跳健美操,她爹这种钱一分也不肯花,孩子都是偷偷来找我要。孩子怪可怜的,别的女孩子都学,她也想学,而且她学什么都学得比别人快,比别人好。跟我打牌的那些姐们儿比,她们谁也拿不出这样一个孩子,长得好看,头脑聪明,莎莎算是让我脸上有光!真的哎,我特别为她骄傲。她刚上三年级那会儿上学放学就有男孩子在路上堵她,养个漂亮女儿真让人操心。"

"她什么时候过来?"我问唐心虹。

她略微一愣,说:"明天吧,明天下午。"

噢,这太不巧了,明天我要去谢蓉那儿,早说好的。我变得不太耐烦,哈欠连天,催她快点儿睡觉。她去刷牙上厕所做睡前准备的时候我从钱包里点出最后的十五张大票,潇洒地扔在梳妆台上。我真是倾囊而出了,为了我的小宝贝。在我看来学会钢琴对她一生都很重要,很难想象一个风度娴雅的小仙女不身怀绝技。我体会到一种给予的幸福，或者说是预付的快感。

我对着哗哗水响的洗手间喊："桌上的钱给孩子学琴！"

唐心虹马上跑了出来，湿乎乎的一双手搂住我，我的嘴唇上立即印上了一个带牙膏味儿的吻。

29

早晨醒来,我第一个念头就是如今我真的成了赤贫阶层了。眼下正流行的一本叫《格调》的书上说:"一个无家可归流落街头的等级。懒惰、失望和怨恨压倒了他们的自尊,这是人们看得见的最贫穷的一族。"不不,我还没有这么悲惨吧?尽管我离身无分文已经不远,但至少别人还无法一眼看穿吧?本着维护体面的原则,我怎样都应该打点起精神,强撑门面,把这份生活继续下去。我太知道崩盘的危险了,我可千万不能崩盘啊!假如我一掉链子,这趟车就无可挽回地出轨了,后果不堪设想。因为我跟别人不一样啊。

八点多钟我若无其事地走进了谢蓉家,做出刚从郊外驻地赶回家的样子,还顺手带了一个热乎乎的煎饼果子上去,因为(不贵)飞飞喜欢。他们娘儿俩正坐在餐桌边等着我一起共进早餐呢。

早饭已经摆好在桌上，白瓷的茶壶里沏好了滚烫的立顿红茶，奶杯里盛着醇厚的牛奶，两个玻璃小碟里放着方糖和切好的柠檬片；一只小砂锅里是新熬的放了花生、菱角、芸豆的香米粥，配粥有两道凉菜，一盘熏鱼，一盘拌莴苣；刚烤好的吐司两面焦黄，热腾腾的香气在屋子里缭绕，美国粗颗粒花生酱、德国榛子酱、法国奶酪、新西兰黄油都待命一般排列在一边；鸡蛋准备了两种：杏利蛋，还有茶叶蛋；水果是苹果、香蕉和猕猴桃，很好看地摆在一个浅口大木碗里。谢蓉还在问我要不要再给我切一点儿腊肠——真是太奢侈了，平时我的早餐要多简朴有多简朴，一碗面条，一个油饼，基本都是在上班的途中匆匆解决，不过就是往肚子里塞上些东西让自己不饿而已。

也有一些女朋友对我不错的，我住她们那儿时会为我准备早饭，那也都是简单至极，早上能喝上口牛奶吃上个鸡蛋就算是盛宴了。谢蓉家的餐桌是最丰盛的，只要我去，又不赶着上班，她总会很下功夫、尽心尽意地弄出可口的饭菜，在我看来完全称得上是美味佳肴。这方面其实我跟她有着共同的志趣，我也是把吃看得高于一切，至少是享受人生、享受生活的一个至关重要的方面吧。古时候不就说"食色，性也"吗？一个人不可能每天都做三次爱，但每天至少可以吃三次饭。能让感官愉悦的事情我总是充满兴趣，和相爱的人一起吃甚至一起准备吃、为吃做一些必要的善后工作都是非常有乐趣的，令人内心平和愉快。其实这也是我特别喜欢和谢蓉待在一起的一个因素。

餐桌上丰盛到铺张的早餐让我顿时心情明亮,胃口大开。飞飞正坐在地板上玩积木,看见我,就笑嘻嘻地扑向煎饼果子——倒着说也行,看见煎饼果子,就笑嘻嘻地扑向我。

阳光照进了客厅里,我们一家三口就坐在暖融融的阳光里吃早饭,真正的天伦之乐!谢蓉慢声细语地对我讲着他们医院的一些琐事:只要有人捐一千九百九十九元就能给一个患白内障的老年人免费开一只眼睛("为什么不开两只?""没那么多捐款,一只够了,能看见行了嘛,都是些特穷的老人。")……小金手术的一个患者眼睛感染了,她太毛糙了("没把手术钳落人眼睛里吧?")……荣向群的女朋友又跟他掰了,这回他也不急了,准备下决心出国留学去。他说现在自己要什么没什么,听着是某某大医院一大夫,其实要名没名,要钱没钱,等学成就不一样了。("上回不是说快结婚了吗?")可不是?我们都准备给他们送结婚礼物了,可那女孩子又变卦了,说不想结了,我们估计一定是两个人发生情变了。现在的小女孩厉害着呢,找丈夫挑挑拣拣要说也是应该的,可好多根本就没打算结婚,就是逗着玩儿呢,让男人为她们花钱,陪吃陪喝的,又浪漫又舒服,不比结婚过日子自在?一个个账都算得精着呢,可知道珍惜自己那点儿宝贵青春了。不过男人也很滑,现在真正愿意埋单的男人上哪儿找去啊?荣向群跟我说得特逗,他说现在流行"五不"方针:不主动,不拒绝,不花钱(我的心"咯噔"一下),不承诺,还有不什么来着?噢,不负责。多他妈孙子呀你说?("哈

今晚吃烧烤　197

哈,不错不错,群众的智慧,高,实在是高!不过我可不在此列。")

我一边喝粥,一边翻着晨报。我最爱看的是社会新闻版,就跟谢蓉说的这些一样,尽管我对当事人一个也不认识,但感觉跟他们很接近。就像我们每天出门遇到的人一样,很可能都是第一次碰到,但其实没碰到之前对他们已经很熟悉了。许多事情似乎是偶然,包括人本身也是偶然,但偶然之外,细想一想还是有着某种必然。就像世界本身一样,其中任何一种物质都在瞬息万变,可在我们眼里,每天看上去仍然是满眼熟悉的东西。我现在坐在这个家里吃早饭我就觉得非常自然,但如果登上报纸,估计会让所有人大吃一惊。

早饭之后谢蓉提出去逛逛商店,飞飞的鞋小了,还要给他添一件厚外衣。我们一起去了商业大厦,我把飞飞扛在肩上,像一个有把子好力气的疼孩子的爹,跟着谢蓉转了一个又一个柜台,直到买到称心如意的东西。

有一点儿不同以往,就是我再不抢着付钱了。以前尤其是给飞飞买东西,我永远是慷慨解囊的,因为那样做效果极好。今天我做不到这点了,付钱的时候我尽可能躲远一点儿,假装带着孩子看别的柜台。

有一步我差点儿迈错,我正要往运动器材那边走,飞飞已经在我肩膀上看到了更远处儿童玩具柜的飞奔不停的电动小火车。这可要了我的命,我赶紧把他放下来横抱在怀里,用各种花招打岔，分散他的注意力。但孩子对那浑身闪闪发亮的铁皮蛇太眼馋了，哭闹起来……最后是我出了一身热汗外加一个卷筒冰淇淋才算草草收场。

　　回去的路上飞飞死活不要我抱，要他妈妈抱。孩子衣服穿太多了，谢蓉抱着他十分吃力，我跟在后面心里很不是滋味。热加上困，飞飞头歪在他妈妈的肩上，眼睛却不肯闭上。想起一句旧话："无钱逼死英雄汉"，如果不是兜里没钱，何至于都不敢领孩子看上一眼？心中不由得万分沮丧。

　　公共汽车来了，但很拥挤。我毅然拦下一辆出租车——真是屋漏偏逢连夜雨——还是两块钱一公里的桑塔纳！当然也不能再换了。我照顾谢蓉母子上了车，坐下之后飞飞就偎在妈妈怀里睡着了。谢蓉朝我露出了一个带倦意的笑容，大有对我及时打车加以肯定的意思。车到院子门口谢蓉已经准备好了合适的车钱，我赶紧殷勤地抱过睡着了的孩子。

　　没有钱的一天真是冗长而无聊，而且总有那么一种战战兢兢的感觉。原来也不是没有过身上没钱的时候，比如没带钱包呀，没及时去银行取呀，可是到身上真正揭不下一张囫囵票子的时候，感觉就很不一样了，心虚，丹田缺气，连脚后跟都是打飘的。

　　午睡起来到晚上还有一段空闲，一般我们会出去溜达溜达，买点菜，买点水果什么的，赶上兴致好还会去看场电影。谢蓉最欣赏我的一点儿就是我兴致特别好，只要她提议，我没有说不的时候。这一天我可是一直在担心她会让我一起外出。我打

今晚吃烧烤　　199

开电视机一个人坐在那里呆呆地看，心思其实并不在那上面。谢蓉看不见的时候我拿着遥控器不断换台，说心里话没一个节目是我想看的。到四点多有了足球比赛，我才一下子来了精神。再后来谢蓉和飞飞在屋里走来走去，他们好像还出去过，我就没太留心了。

球赛太精彩了，两边都死咬着不松劲儿，最后两三分钟，奇峰突起，两队各进一球，踢成了一比一。就在我看球赛这会儿，天黑了下来，我也没留意。看完球赛我才起身开灯，家里静悄悄的，就像没人。谢蓉、飞飞去哪儿了呢？我信步走进卧室，碰巧撞见谢蓉正开着一盏小台灯靠在床头看信。淡蓝色的航空信封，淡蓝色的超薄信纸，还有信封上拘谨的往一边倒去的书法，我直觉到那是她前夫的美国来信。谢蓉看着看着眼泪就线一样流了下来，她哭得跟泪人儿一样，好像并不知道我就在眼前，或者说是完全顾不上我就在她面前。我很可怜她，真想走过去坐在她身边，搂着她轻轻地吻一吻她的头发。可这种情况，我觉得自己挺尴尬的。我不是一个爱吃醋的男人，但我很烦这位前夫对家里这种无形又无处不在的难以消除的影响。我也烦透了他种种品位不怎么样又处处透着崇洋心理的家居装饰，我一直在很费心机地一点儿一点儿说动谢蓉让那些洋垃圾见鬼去。我站在这个原来属于他们的卧室里，进退两难，手足无措。

谢蓉飞快地抹去眼泪，就像抄作业的学生飞快地藏起别人的作业本。我假装没有看到，但已经太迟了一点儿。有一会儿我们两个都没话可说。

"飞飞呢?"我定定神儿,问她。

"他干妈家呢。"她说,带着很重的鼻音。

我向她走过去,她伸出一只冰凉的小手,握住我的手,有一点儿讨好。我另一只手赶紧去抚摸她的头发。

她往里让了让,拉我坐在床沿上,让我紧紧地挨着她。

"对不起!"她轻声说,睫毛上还沾着泪花。

"有什么对不起的?对不起啥?"我冲她一笑,故作轻松。

谢蓉马上就真的轻松了:"其实早都过去了,我就是经不住他勾,一勾就又不行了。"她破涕为笑。

我笑笑。

她说:"现在我真的觉得跟他离得非常遥远,他有他的生活,我有我的生活(她朝我妩媚一笑),我跟他早就两不相干。他没说我也知道,他在那边肯定早有女朋友了,来信都很少提想飞飞了嘛。亲儿子都不想了,你想,他想着谁呢?"

我笑笑。

她说:"原来别人都说他是一个难得的顾家的老实人,心也变得快着呢!"

我没敢笑。

她突然来了情绪,就跟她平常兴致特别好的时候那么活泼,说:"我离婚分家产说起来才有一乐呢,我们那儿特损的同事总结了一句话:没腿的归老童,有腿的归谢蓉。明白什么意思吗?电视机、录像机、洗衣机、音响、照相机这些都没腿儿吧?存折也没腿儿,美元也没腿儿,可气我们家结婚时买的一大套实木家具,什么大衣柜啦、矮柜啦、床头柜啦本来该有腿儿的也都是没腿儿的;饭桌倒有腿儿,椅子有腿儿,小板凳有腿儿,自行车也算有腿儿——稍稍圆乎了点儿,要是辆汽车就合适了。再一有腿的就是飞飞了,那会儿他还不到一岁,整天要人抱,磨人得不行。瞧瞧人家脑子多好使吧!"

谢蓉边说边咯咯咯笑起来。

我却是义愤填膺,我说:"也太欺负人了吧?"

谢蓉忍住笑说:"其实也不是他要这么做的,全权委托给他妹妹,他妹那女人呀,没人敢惹。她跑到我家里,点哪样我就给她哪样,我不想伤和气,孩子还叫她姑呢。后来他知道了,又让他妹把一些东西还回来,还写了挺长的信向我解释,最后还算是好离好散吧。"

我听得心里居然酸溜溜的。听谢蓉说过她的前夫还是挺可以的,也是一个眼科大夫,获得了美国什么什么大学的全额奖学金,去读博士学位。那个美国什么什么大学据说学费贵得惊人,只有世界范畴的富人才有经济实力送公子或小姐去读书。谢蓉的前夫自然是得意非凡的。他拿着那笔全额奖学金,就从谢蓉的生活里消失了。不过在我看来,他离开谢蓉真是十足的犯傻。我一直琢磨不出一个好词来形容谢蓉,现在我想出来了,她是一个让人有归宿感的女人。要说大街上满地走的都是女人,但真正要找出一个让男人有归宿感的女人还真不容易。所以我尤其珍视她，就像收藏家得到了一件稀世珍品。所以我也想，她的前老公在幸运之外，也还算是一个不幸的人。也许我的这个看法值得商榷，但我就是这么看的。

谢蓉在我的安慰下情绪已经彻底好转。她洗了脸，往脸上仔细地拍了保湿水，抹了护肤霜，房间里充满了一股淡淡的芳香。她边刷头发边伸过脸来吻我，我愉快地协助她换好了衣服。对自己的女人我向来都是很热情的。

我以为是我们一起去接飞飞，谢蓉却拿出了化妆包。我问她："你要外出？"

她抿起的嘴角向上，做出一个夸张的无声的笑容。

她说："找个好地方吃饭去，好不好？"

天哪，我一身冷汗。尽管不一定要我埋单，但这罪可不受大了？我想说算了吧，改天吧，可谢蓉兴高采烈的样子让我话到嘴边仍然没法张口，只有张口结舌的份儿。我点头答应，心想这回我死定了。

谢蓉描好了眉眼儿，把口红交到我手上。她的呼吸喷到我脸上，我的呼吸喷到她脸上，我们同时伸手搂住对方，同时迎向对方，深深地接了一个吻。我们就像在床上一样，吻得如痴如醉，神魂颠倒。最后我颤抖着手腕为她涂上了口红。

她启动两片红唇（太红了，跟她平常大不一样）说："飞飞他爹寄了一千美元给我们，这是意外之财，咱们拿它吃饭！"

她兴高采烈,透着没心没肺。

这个意外之财却没能引起我意外的惊喜。我真是羞愧啊,我真是无地自容啊,我也是热血男儿,也是堂堂的一条汉子,都吃到人家前夫那儿了。没脸噢,我真想抽自己两下。

当然那顿晚饭还是蛮不错的。高档餐馆,小包厢,菜好,情调也好。关键是我们三个人都很懂享受,一餐饭吃得都很开心。

只是最后结账的时候我受了一点儿小小的刺激。服务生用托盘送上账单,他先走到我这一侧,微微地鞠一躬。我瞟了一眼账单,这是我们三个在一起吃过的最贵的一顿饭,就是放在平时口袋里有钱的时候让我花费这么多我也有点儿吃不消。谢蓉哗哗哗地点出一把钞票,微笑地对服务生说不用找零了。服务生又微微地鞠一躬,不过这一回是对着她不是对着我的。他低低地说一声"谢谢",挺直了身子离开了。

我转过脸去,不再看他。

那一刻我的胃一阵抽疼。

30

  这一段的生活真是有点儿不堪回首。我像一头掉入陷阱的笨熊，还活着，脑子清醒，四肢灵活，可是却没办法像平常那样四处活动了。那几天我每天下班都准时回到谢蓉家里，有饭吃饭，有事做事。谢蓉待我真不错，就像自己家里人一样。关键是她在用钱方面从来很主动，不像唐心虹等人那样总是下意识地等着男人付账。当然给女人付账在正常情况下对男人来说也是一件对增加自我感觉有好处的事，过去我是乐此不疲的，可是现在不行了，站在边上干看着，连手往口袋里伸一伸也不敢轻举妄动，这种感觉真他妈操蛋，就像阳痿一样。

  最近我在金钱方面严重阳痿，一提到钱就本能地紧张。我有点儿后悔把身上最后一把大票子都拍在了唐心虹的梳妆台上。

说实话我多少还是有点儿怀疑她能把那笔钱专款专用，说不定她会挪作他用，最大的可能是用于她自己的个人消费。她是个享受惯了的人，而且从不肯委屈自己，这一点儿我可是太清楚不过了。想想我真傻，我一心为莎莎想，可她也许根本享受不到我的支助，而我却为此饱受困窘。我这个人偶尔会因为心头一热冲动地做出一些愚蠢的事，这一次确实是有点儿欠考虑，至少是考虑得不够充分，直接后果是我翘首以盼月底发奖金——而那会儿才刚刚月中。什么叫度日如年我算是有了一点儿体会。

可再怎么囊中羞涩日子还是要过下去啊，我已经建立起了一个自成体系的小王国，我不可能躲在谢蓉家里了此一生。我当然还得出去，硬着头皮也得出去。真像杨子荣上威虎山"明知山有虎，偏向虎山行"！我如同大病初愈，心是虚的，腿是软的，钱包呢，比心还虚比腿还软。

有一个小细节太令我羞愧难当了，当我穿戴整齐、擦亮皮鞋正准备从谢蓉家出发，匆匆经过门厅我无意间瞥见洗衣机盖上有几张颜色比较特别的纸张，那图案多么眼熟，让我本能地为之心动。再回头，我马上看清是四张摊开的百元大钞，估计是洗湿了，放在一边晾干，上面很随意地压着一个火柴盒。一时间我的血直往脑袋里涌，心跟着咚咚咚狂跳，我就像一个突然看见了无人看管的糖果盒子的小孩儿，垂涎三尺，但却不敢轻易把手伸向罪恶。这一次——在经过一秒长于一千年的意乱神迷同时又是无比激烈的思想斗争之后，最终我还是克制住了那个念头，没有因为四张钞票让自己变成一个有污点的人。尽管这四百块钱此刻对我有着非同寻常的价值，但这个时候从幼年起受的当时也许并没当回事的教育和教养发作起来，在我身体里迅速分泌出一种叫作"羞耻"的黏液，暂时麻痹了我因为缺乏金钱带来的饥饿和贪婪，我总算战胜了自己。我正了正外衣，走出门去。我自信地回头朝那四张钱微笑了一下。而当我带上门让电梯载着直线向下时，我的心也同时下落——我无法自制地为自己刚才错失良机后悔不已。

现在我最急需的就是为自己弄到一点儿钱。去偷去抢我没本事，那就只有跟人去借了。长这么大我还没向别人开口借过钱呢。尽管我从来没有暴富过，但也没有这么掉底儿，这是史无前例，是我自作自受。到了这个地步，我首先想到的还是自己家里的人。

是啊，有什么比至亲骨肉更亲的呢？我考虑过从我妈那里拿点儿钱，可我妈是个头脑异常清晰的人，尤其在钱财上面，除非是她主动给，否则谁拿她一分钱她都会铭记终生，而且会终日放在心上。她那个岁数还让她为这么点事情整日牵肠挂肚焦虑不安，我这个做儿子的确实于心不忍。再说了，万一再让我爸知道了，依老头儿那个脾气，我们家就家无宁日了。所以不到万不得已，这个险我不会去冒。我爸我是不惦记的，也根本指望不上他。恐怕从他结婚到现在，身上大概就跟我这会儿一样，没有什么整票，他向来有了钱就交给我妈，准确地说是

今晚吃烧烤

我妈要求他有钱就上交。所以尽管他偶尔也有一颗桃色的心，可是从来没有闹过桃色的事。一个男人身上没有钱，他真是一个可怜的男人。我爸跟着我妈风风雨雨几十年，成了一个自觉自愿的可怜的男人；而我风花雪月瞎折腾了一两年，成了一个迫不得已的可怜的男人。我很不理解我爸的一生是怎么过来的，像他那样一个男人，我相信我妈之外不会有任何一个女人惦记他。他那样的日子，说老实话，我一点儿兴趣也没有。

我们家最有钱的两个人是我在深圳做生意的哥哥和在美国当教授的弟弟。他们两个是我们家的栋梁之材，是我父母的骄傲。不过我和他们平常联系不多，只有他们回北京时我们才在父母家聚聚。偶尔他们中的谁给我来个电话，我总是首先想到是不是出什么事了。说老实话，平常我也根本想不起他们。自打我大哥梦游之后，我大嫂也是疯疯癫癫的，相当一段没早没晚地往老头儿老太太那儿打电话，说的话又难听，把老爹老妈搅得够呛。现在电话好像是不怎么打了，但听我妈说她跟我大哥关系很不好，前一阵还嚷嚷着要搬出去住，这一阵不知他们怎么样。我大嫂一闹，据说我大哥就跟霜打了一样蔫了，班也不好好上了，生意也不好好做了，谁劝也不管用，老头儿老太太在这边替他干着急。只要我回家，他们就跟我叨叨这件事，还非叫我劝劝我大哥，我怎么劝呀？我劝他能听我的吗？再说我根本不知道他到底是怎么一回事，我不清楚他是真梦游，还是把梦游当借口？我也不知道他不好好上班是不是他的一个手段，当然是要挟我大嫂的了。俗话说"清官难断家务事",我怎么能断得了他们家的事?不过我总感觉我大哥那边也是过得风雨飘摇,至少不能说顺风顺水,这个当口我开口去跟他提借钱,怎么也有点儿不合适吧?而美国那一位又实在是远了点儿,打电话太贵,写信又太麻烦。而且那一位是个抠门的主儿,打小就那样,把钱看得特别重,我想即使我向他张口,他也未必肯借给我。

其实我心里想好的一个人是我姐小芳。虽说她只比我大两岁,但她是咱家最疼我的。我刚下乡那会儿,一天晚上小偷光顾了我们的屋子,趁我们睡着了从窗户里爬进来偷走了我们的衣服。第二天我们就穿着单衣下地。我写信跟家里说了这件事,接到信我姐搭了长途车就赶来了。她见了我就哭了,还把自己的毛衣脱给了我。那个时候大家都穷,我姐那么个如花似玉的年纪,正爱美呢,也只有一件毛衣。我记得她把毛衣脱下来,人一下就显得瘦了很多。那个秋季,我姐一直就穿着两件外衣,紫的是她自己的,灰的是我妈的旧夹衣。我记得特别清楚她总是叠着翻出两个领子,紫的在下面,灰的在上面。小芳总是处处照顾我,还有许多让我难忘的事情,都历历在目。总之四个兄妹,就数我和她感情最好,而且她对我比我对她要好得多。我从来相信只要我有难处,无论何时何地,小芳都会无条件地帮助我,只有她是不会拒绝我的。

比平常下班提前一点儿,我去了我姐姐家。我知道她不爱出门平常总在家,所以连电话都没打。我一敲门,她马上就开了,甚至都没问问来人是谁。我随口提醒她要加强防盗意识。

　　见是我，小芳略有点儿惊讶，问我怎么想起上她这儿来了。我顺嘴说想起她，来看看她。我当然没有蠢到直奔主题，再是至亲骨肉也总该先跟她聊点儿别的热热身，开口就说钱，显得太无情无义。

　　小芳把我当客人一样让我坐下来，给我沏了一杯茶。她表情平淡，对我说的话有点儿似听非听，好像我是个没事上她家闲坐的街坊。我们平常也的确是联系太少了，我没想到这一段她竟变得这么厉害。我仔细看了看她，天哪，她衰老得这么厉害，脸上布满了细密的皱纹，眼角和嘴角都松弛了，线条都是向下走的，显出一副苦命相。我的也就是四十几岁的姐姐，怎么就变成了这副样子？我心里挺为她难过，一下子也不好意思开口说正题。我跟她拉拉杂杂说些别的，什么咱爸的血压呀，咱妈的偏头疼呀，还有一些七七八八的家务。后来不知怎么说到了我姐夫，我姐姐诉了好多苦，说着说着眼圈儿红了，眼泪没忍住流了下来。

　　小芳沉痛地说："我倒不后悔嫁了这么个男人，你说吧，现在外面瞎混的男人哪有什么好东西？我就是后悔当初没听咱爸咱妈的话，让他们为我伤心！活了四十多年我才明白过来，年轻时肯听父母一句话多好，我真是要多傻有多傻！有些话这么多年我也不敢当着爸妈讲，我对你姐夫家里要说真是够好的，他两个弟弟都是我们供他们读的书，他父母面前就不必说，一样一样我也全照应着，不比对亲爹妈差。可我一下岗，他们不闻不问的，连句热乎话都没听见他们说过。从来是我对别人好，热心肝热肠子，就没见谁能像我对人这样对我好的！"

这话听上去就像是说我，让我芒刺在背。要换平时我早提脚走人了，可是今天是为什么来的？——的确小芳得到的关心太少了，下岗之后我就从来没给过她任何物质和精神方面的支持，我们家其他人也绝不会比我好多少，难怪今天她当着我的面要痛哭流涕。

不过我还是劝她："可别这么说，咱家人只是嘴上不会说罢了，心里对你都是挺好的。"

小芳低头抹泪，说："哼！"

这个气氛之下真是很难说出借钱的话来，我耐着性子等她平静，她却抽抽搭搭哭个不停，很像我遇到过的一个特别难缠的女人。后来她总算不再哭了，起身去洗了一把脸，慢慢平静了下来。我运足了气，终于对她说出想跟她借些钱。我没法儿实话实说，只说出来时走得匆忙没带够钱，已经约好了要跟朋友吃饭，先上她这儿拿点儿，过两天就给她送过来。

她盯着我好一会儿，完全是那种地地道道的审讯的目光，好像在推测、判断我说的是不是真话。我先还很沉着，后来就不行了，心里发毛。

我烦了，正想说不借算了，她开口了，问我："必盛，你在报社干得还好吧？"

我说:"是啊,还可以吧,怎么想起问这个?"

"没有开不出工资吧?"她追问我。

"报社怎么会开不出工资呢?你没看一天到晚有事没事都那么好几十大张。"我笑起来,"哎唷,我的姐哎,你是下岗下怕了吧?我还没到你说的那一步呢。我不是说我出来没带够钱吗?回去就有了,放心吧你!"

她说:"你可别骗你姐啊!"

我说:"我怎么会骗你呢?"

她仍是忧心忡忡地说:"咱们家有我一个下岗就够了,你可千万别再跟我似的啊。"

我说:"放心吧,姐,我不会下岗的。就是真下岗了,借你的钱我也不会不还的。"

她这才问我想借多少。当然是越多越好啦。不过我也没法儿这么说,这样对她说会让她睡不着觉的。我说看你手头方便吧。

她从口袋里摸出三张十元的,又从钱包里掏出一张五十的,一边问我:"你请几个人吃饭呀?"

我说:"一两个吧。"

她又加了两张十元的,递到我手里:"够了吧?"

我真是什么也说不出来了。

我说:"行,够了!"低头折起那一叠六张钞票。

我站起来刚要走,没想到我姐姐说:"你说过两天就能还?"

她的眼睛紧紧盯着我,好像对我的信用很没有把握。天哪,这就是我姐,这还是我最能指得上的亲人呢!我匆匆地点点头,十分肯定地说:"这个星期之内我一准给你送来!"

她仍然很不放心,追着我说:"如果你没空,打个电话让我去取也行,反正我有的是时间。"说最后这句话的时候她显出了从容。

她一定要下楼送我,我说不必,但她却执意要送。她又显出了她一贯的连心都要掏给别人的那种热情和善良劲儿,亲亲热热地挽住我的胳膊,一边喋喋不休地关照我这关照我那,好像我是一个不知冷不知热的毛头小伙子。她甚至对我说:"必盛,你也别一个人苦熬着了,有合适的赶紧找一个,没个媳妇一个男人怎么过?你离了也小两年了,别总这么漂着了,你可得自己给自己上点儿心,噢?"

我笑说:"姐哎,你就别再替我操这个心了!"

她认真地说:"妈也是这个意思,她对你说过吧?家里这么些人,说心里话,我最放心不下的就是你,打小就最疼你,怎么可能不替你操心呢?"

她露出了亲切真诚的笑容,温情一下子洋溢在我们的四周,让我想起过去一起度过的那些日子。温暖美好的东西即使成了过去它们也是不会轻易消失的,就像水面平静的湖,扔进一颗小石子就会泛起一圈圈的涟漪。

我温柔地对我姐说:"回去吧!外面起风了。"

但她坚持要送我到公共汽车站。我们两个站在风里,等着车来。小芳仍在开导我赶紧找个爱人成个家，我点头称是，尽量不跟她啰唆。

小公共先来，我正要上，我姐一把拉住了我，说："再等一会儿，大车就来了。"

我知道她的意思，她是不愿意我多花一块钱。我收住了脚步，我听她的。

可是公共汽车怎么等都不来。

风却越刮越大，地上的沙土、废纸、塑料袋打着旋儿向我们扑来。我再一次劝她回去，她答应了，沿着马路往回走，一步一回头地看我，就像我们从此要天各一方。我看她走出二三十米，在沿街的一个菜摊边停住了。肯定是经过了一番讨价还价，我看到她从裤兜里掏出一块钱，扔在了菜堆上，然后臂弯里抱上了一大捆菠菜，就像怀抱着婴儿一样，迈着鸭步摇晃着身子向前走。天呐，她的背影实在是太丑陋了，肥胖，松懈，谈不上一点儿线条美，就像一个上了岁数的妇人。她这个年龄应该像一朵常开不败的鲜花才对，我的好几位爱人不都是这样的吗？她们都还肌肤润泽、风韵犹存，可是我的下岗的姐姐已经魅力全无，就是一个苍老疲沓的大妈。别说我那十年前就花了心的姐夫瞧不上他，就是换我，也一样会绕开她的。一个不把自己当女人的女人无论在单位还是在家里都是没法讨人喜欢的。所以说吧，她不下岗谁下岗呢？

31

一百块钱在我这儿可顶不了多大会儿,而且最大的问题是过不了几天还得还回去。我必须赶紧为自己弄到一些钱,一些可以花上一阵子,至少也是能帮我暂渡危机的钱,否则我这艘船可就要触礁搁浅了。

夜里睡不着觉,我把这么些年认识的人翻来覆去想了个遍,把有用和可能有用的社会关系在脑子里好好地梳理了一下。我想到了两个人,一个是我小学同学马三儿,小时候他家特别穷,每天来等我上学,老在我家蹭早饭吃,铅笔本子买不起,没少用我的。前不久校庆我回去,听说他做股票发了,在东城繁华地段开了一个娱乐城,出出进进开辆宝马车,同学中数他最风光;另一个是葛天文,他也是我的发小儿,他妈和我妈在医院里曾经是最好的朋友,我们两家十几年一直住邻居,五六年前才先后搬走。这两年来往虽说少了,但感情还在,逢年过节两家都热热闹闹地走动,连我们出嫁了的姐姐们都是一起参加的。葛天文是我从小就很崇拜的一个人,他长得高大俊美,一头鬈曲的黑发,瘦窄的脸型,线条很硬朗,眼睛略微有一点儿凹,乍一看就像是一个老外。大概也就是十二三岁吧,就已经有好多小姑娘倾慕他了。那会儿我们住一个院,住的都是成排的平房,夏天的晚上我经常从窗户里看见成群结队的女孩子勾肩搭背从葛天文家的门前很慢地经过,还探头探脑往他家张望,这在我们那个时代算是很大胆的举动了。当时我可羡慕死他了,真希望自己就是葛天文。现在反思一下,也许那份想成为葛天文的渴望如今依然尚在并且还对我的生活起着作用呢。葛天文学习也特别棒,考试甭管多难的题他永远位居全班第一,因此我们都特别服他。他手也特别灵巧,会做各种玩意儿,他做的航模、船模没人能比。他最让我们那伙同龄孩子佩服的是酷爱恶作剧,而且胆大心细,敢冒风险。记得冬天一到,家家都买冬贮白菜,各家各户新买的白菜一字儿排开晾在门口,葛天文出招让我们天黑之后把各家的白菜归拢到一处,方方正正码成一垛。第二天一早可就热闹了,满院子骂声一片。还有一次我们把邻居家拿到屋外点火准备吃涮羊肉的紫铜火锅给偷了卖掉了。我至今还记得我们几个躲在胡同避风处一起分享卖了紫铜火锅买糖葫芦吃的甜蜜。这些事情后来居然都没有人追究。反正当时给我的印象就是只要跟着葛天文干坏事,没事。他就是那么个福大命大的人。他的长相，还有他的聪明，善解人意的神态等等都深得成年人的喜爱。后来我和同学都上山下乡，只有葛天文运气极好地当了兵，再后来他又运气极好地上了大学，毕业后分在政府机关，下海风刮起来时他又头一批赶着下海。有一阵他又从海里上来了，在一家报社当记者。再后来那家报纸被查封，他当了一段某境外报纸的驻京记者，不久又做起了生意，办起了广告咨询公司。随后好像又去南方做过一段房地产，房地产缩水之后他又回到北京，这回摇身一变，成了工程承包人。他真是个挺能折腾的人，几乎我每一次见到他，他名片上的头衔就有一次变化，而且都是相当大的变化。其实他具体在做些什么我一直也没弄明白，只知道他汽车就有不止一辆，常年在星级酒店有包房。他在我眼里是个资本家、大财主，我仍然像少年时代那样崇拜他，轻易我不会去打扰他。因此，我还是选定了马三儿，希望他能慷慨解囊，借我一点儿钱过上一段再说。

但是事到临头还是难提起这口气。平常跟人家连电话都不打，君子之交淡如水，我没把握这个交情这么多年了还在不在。一大早我在复兴门地铁站来来回回走了不下十个来回，何去何从拿不定主意。最后我咬牙选择了平常走惯的线路——还是先上班去吧，运运气再找马三儿。

这一天我在班上竟然那么心神不宁惶惶不可终日——我真没想到一件还没有着手做的事，可以搅得其他所有正在做的事都做不成样子。通常我这人还是讲信用的，答应的事情都会尽力做好，今天可是统统谈不上了，整个人就像没了魂儿一样。我反反复复撩起衣袖看表，有的时候两次间隔不过一分钟。我等着下班，想着去见马三儿的情形，心里涌过考试前那种既盼望又忐忑、没着没落的感觉，把我折磨得有点儿像热锅上的蚂蚁。

下班之前我又擦了擦皮鞋，照了照镜子，确保一切完美无瑕（里子烂了，外表还得光鲜），我给马三儿拨了一个电话。

电话那头非常喧闹，他听出是我，态度相当热情，我们一下子好像又回到了手拉手穿过胡同去上学的童年时代，他的亲切劲儿让我心里暖融融的。我问他生意怎样？他爽朗地大笑，敞着嗓门儿说："你说你想玩儿什么吧？我不敢说我们这儿是全北京最好的，不过我敢说肯定能让你玩儿舒坦了。我们是多年的同学，又是这么好的哥们儿，现在这样的朋友可没处交去了。什么时候过来坐坐？好多年没见啦。"

他说着就像是触动了真情，我果断地抓住时机，说出今天就想到他那儿看看。

"来吧来吧！"他热情洋溢，随后略有一点儿迟疑，声音低下去，好像在跟人商量什么，随后恢复了刚才热情的语调对我说，"早点儿过来吧，正好有几个朋友过来吃饭，一块儿聚聚。"

我还没来得及问问他说的那几个朋友都是谁，他就已经挂断了电话。看来这小子混得不错，也是整天日理万机的。最让我高兴的是他热情的态度，我估计他说的那几个朋友很可能是我们过去的同学。

见到马三儿我差点儿没认出来,胖得都变形了,一个有从前三个那么肥,除了笑容没变之外——还那么大嘴一咧没遮没拦——除此再没有当年马三儿一丝影子了。

马三儿笑着自我解嘲:"连你都认不出来了,瞧我浑身上下这些个零件像不像旧家电,全部更新换代了?"

"日子过得不错?"我向他伸出手,"还跟小时候那么逗!"

他没跟我握手,把一只肥厚的手掌重重地在我肩上拍了一下:"你一点儿没变,帅哥一个,好酷哇!"

他夸张地发出一连串很有分量的笑声。

他直接把我领进餐厅的一个包间。里面坐着四位,都在吸烟,吞云吐雾,像四只冒烟的烟囱,四个人在烟雾中有点儿面目不清。这四位我都不认识,马三儿也不为我们相互介绍,只是对他们四个说:"稍稍再等一会儿,等金老板一到我们就上菜!"

那四个都有点儿爱搭不理的。

马三儿让我坐下,自己又匆匆出去接人。这边桌上几个递过烟来,我们吸着烟,聊了起来。四位都挺活跃的,很放得开,什么话都敢说,也不拿我当外人。听他们说话,他们中稍微年轻一点儿的一位是公安分局的,好像还是一个领导,年纪稍大的一个在区政府工作,最老的一个是税务局的,他们三位都姓李,互相戏称为小李、大李和老李。听说我在报社上班,都很有兴趣,问我主管哪个方面,我随口说是在总编室。公安分局的那位问我跑不跑政法口?我沉吟片刻说我不跑这个口,不过跟这个口熟。这几个对我都热情起来，说待会儿哥几个好好喝几杯，以后有事相互帮忙。我说当然当然，有用得着我的地方尽管说话。

说话间马三儿风风火火进来了，一边招呼服务生给我们上茶，一边绽着笑脸对我们说："再等会儿再等会儿，金老板一会儿就到，说是堵在路上呢。"

大李皱一下眉头，说："你坐下等吧，别一趟一趟里里外外跑了。"

马三儿说："我还是到门口迎一下吧！"他把一只胳膊肘压在我肩上，带点儿炫耀说，"我这位发小儿怎么样？我看你们哥几个还挺能聊到一块儿的嘛！"

马三儿一走，小李说："那个他妈的鸟人谱还挺大！"

大李说："都是马胖子自个儿找事，要我就不尿他这一壶。"

没过多久，马三儿领着一个比他还胖的中年人进来了，应该就是金老板了。那人一身名牌，满脸横肉，他进来的时候神情冷峻，绷着一股子电影里黑老大的劲儿，看到桌子边坐着的几位，立马松了下来，露出被烟熏黑的一口牙齿笑道："给我摆他妈鸿门宴呢吧？"转脸给跟在后面的马三儿一句，"操，我走了！"

马三儿赶紧用胳膊虚虚地圈住他，赔着笑脸道："怎么敢呢我？这几位都是贵客，我这点薄面能请动，蓬荜生辉啊！您是我大哥，咱们就是聚聚乐乐，我怎么会摆那什么宴？您真要走我也不敢拦您！"

金老板笑着摇头，做出一副夸张的委曲求全的样子，坐了主位。他马上把很明亮的一束目光投向我，马三儿赶紧给我们相互介绍。介绍我的时候他加了一些吹嘘："必盛是我最好的哥们儿，没认识您几位之前我最崇拜的就是他了。他在报社当总编，跟我同岁，瞧人家混的！权特大，想煽谁煽谁，想灭谁灭谁，我没说错吧？"

我半推半就哼哈着，听着挺受用。要搁从前我肯定不好意思，现在我印着总编辑头衔的名片都往外递了两年了，我在女人面前也常这么吹嘘自己，早练得脸不变色心不跳了。

金老板向我伸过手来握了一握说："好啊，那咱们又多一个朋友了。"

菜上来了。八个冷盘：龙虾刺身、三文鱼、卤水鹅头、芥末鸭掌等等，然后是热菜，鲍翅、膏蟹、大虾、扇贝、螺片、鳕鱼、白鳗、黄鳝、乳鸽盘盘碟碟堆满了桌面。我们吃得都很高兴，只有两个人例外。金老板什么都不吃，只喝酒。马三儿手里拿了一双公筷，一个劲儿想替金老板选他爱吃的。每样金老板都摇头，说："别管我，三高。"

小李说："金大哥，您不吃，看我们在这儿大吃大喝，您多像纠风办的啊！"

金老板笑说："我看你们倒像是扶贫办的，哪儿最贫困上哪儿吃去。"说着一双水牛眼睛盯着马三儿，马三儿赶紧又是满脸堆笑。

大家全笑，笑得很捧场。

看金老板坐着不动筷子，马三儿体贴地小声问他："要不给您来点儿素的？"

金老板想了想答应："行吧，来盘麻豆腐吧，上次的蘸酱菜也还不错。"

马三儿立即吩咐服务生去做，还亲自去厨房督阵。不一会儿麻豆腐就做好端上来了。

金老板吃着麻豆腐，微微点了点头。他好像突然来了神，问桌上几个："最近听什么新段子了没有？"

这句话就像往酒精里扔了一根火柴，腾地就着了。大家兴奋地七嘴八舌地说起来。

老李说："昨天出去吃饭刚听了一个，我的一个朋友是个总经理，他特别喜欢他的秘书马小姐，他过生日那天，马小姐约他到自己公寓去。他想着一会儿就能跟她成其好事了，心里那个乐。到了马小姐那里，一看她什么也没准备，没有宴席，也没有生日蛋糕，心里更拿准了她不过是借过生日说事儿呢。他一进门，马小姐就亲亲热热地走过来，娇娇媚媚地对他说：'总经理，我有一个让您惊喜的节目，不过要等我叫您才准进来！'说完她一头走进卧室，关上了门。过了会儿她在里面娇声婉转地叫他进去，他进屋一看，真是吃惊不小，全体员工都在里面，一起亮开嗓子对他唱'祝你生日快乐'——"老李收住了话头。

大家等着老李搂包袱，大李插话："多好的员工，多感人哪！"

老李说:"我那朋友说:'我是脱光了进去的啊!'"

笑声一冲而起。

金老板转过脸对小李说:"你有什么好的说了听听,我跟我几个朋友总说段子就是公安方面的好,我还说呢,不会是你们现编的吧?"

小李显得有点儿小得意,却故意用一种很严肃认真的态度说:"哪用得着我们编?这方面的创作人员分布在各行各业,我们公安人员接触社会阴暗面比较多一些,掌握的情况相对也多一些。"

金老板马上向小李举起了杯子。

小李跟金老板连干三杯,坐下,满面红光,更显年轻俊秀。

小李夸张地清了清嗓子,说:"我来说一个男人的段子——"

桌上有人忍不住笑起来。

"笑什么呀?"小李一本正经地说,"有个男人是大家公认的好丈夫,对老婆特别好,老婆对他也是相当地满意,两个人是公认的模范夫妻。金婚那一天,老太太问老头儿一生中有没有做过对不起她的事情。老头儿问:你指什么?老太太说:你有没有跟别的女人睡过觉?老头儿说:噢,问这个呀,你要听实话吗?老太太说:要听实话。老头儿说:当然有过啦。老太太不信,还以为老头儿逗她玩儿。老太太说:那你能拿得出证据吗?老头儿一声不吭,默默地把餐桌的一个抽屉打开,里面有两个鸡蛋。老头儿说：看见这两个鸡蛋了吗？老太太不明白呀，老头儿解释说：我每做一次对不起你的事情就在这个抽屉里放一个鸡蛋，我怕忘记了万一你问起我说不清楚。老太太一听很生气，心想这么一个一起过了快一辈子的人，没想到也是个不忠的家伙。可又一想，男人不都这样吗？老伴儿也不容易，这几十年才有过这么两次的背叛行为，又如实说出来了，心里也就原谅他了。不过她嘴上还是要追究的，她说老头儿：真不是东西，一次你还不够？还要两次！老头儿说：哪里就是两次啊，你看看抽屉里的那些钱！鸡蛋放满了，我就拿出去卖了，那两个是刚放进去的。老太太急了，说：天哪，这么多回啊！老头儿得意地说：何止这么多回？还有好多钱我都拿去交了老同志活动费了。"

大家哄堂大笑。

老李边笑边说："捎带手把我们也骂进去了。"

小李赶紧说不敢不敢。

金老板咧开大嘴笑道："不错不错，操，这个有点儿意思！不过比起你们老局长的那些段子，还是太素了点儿。"他用筷子点着面前一盘菜，"打个比方，你讲的吧是清炒蒿子秆，你们老所长讲的那才是大鱼大肉。他的段子荤得厉害，全是最朴素最地道的劳动人民的语言，那叫一个有味儿。"他叹道，"后来他被撸，到底是因为什么？"

小李的笑容变得谨慎，也不像讲段子的时候活跃，他含含糊糊地说："我和他在单位交叉的时间不多，事情总归是有些事情的，我也不是太清楚。"

金老板一副很门清的样子说："我听说他帮人出面平事，惹着了个儿大的了，结果吃不了兜着走。说出来的理由是他受贿索贿，买官卖官，还有就是生活作风方面的事，要我说他是真可惜了。"

小李点头："其实他是个挺不错的人，仗义，也厚道。"

金老板说："他坏就坏在人太好了，什么人找他都见，谁的忙都肯帮，真是有求必应。要说他受贿我信，说他索贿我是一丁点儿也不信。我也是跟他打过交道的，我替他说句公道话，他压根儿就不是那样的人。他那人，豪爽，人品好，本来真应该是响当当的共产党的好干部，可惜栽了跟斗。要我说，那是他那个位子害了他。唉，本来他是个出色的刑警，实在是太可惜了。"

老李在一旁接嘴说："我听说是人家要提新人，嫌他挡道。他也是个树大根深的，不在他头上安个错怎么拿掉他？再说他事情做得多，免不了有犯着谁的时候。"

小李有点儿像是透露内幕似的说："我们内部通报，说他搞了不少钱，这一条至少是真的。"

金老板笑起来，说："欲加之罪，何患无辞？他黑了钱，也就让人捏着了短。"他叹口气，话题一转说，"黑点钱不容易啊，现在别说黑钱，就是挣钱也难啊。你能耐大，一网下去打着了

今晚吃烧烤　225

鱼,还有能耐比你大的,直接上你兜里来摸一把。这个时代好多事情都倒过来了,从前是黄世仁剥削杨白劳,现在杨白劳是黄世仁的大爷——欠债的比财主牛逼多了。"说着微微转过脸去,又把一双水牛眼睛盯着马三儿。

马三儿假装看不见,一个劲儿给金老板搛菜,金老板话音一落,赶紧小马屁拍上:"托您的福,我们是靠着大树好乘凉!"

金老板放下脸来,略带愠怒地说:"你是凉快了,我这儿就凉透了。"

那几个赶紧打岔,争先恐后地跟金老板碰杯。金老板缓和了脸色,一一跟他们碰杯,用诉苦的调子说:"总以为有钱就是好,不瞒你们说,钱多也惹事。没钱的时候我夜夜睡得着,有了点儿钱就没睡过一个安生觉。别人说我老金大方,这两个字可是要付出代价的呀!你们几位都是面子好大的人,我老金个个敬重,所以,今天就喝酒,别的事都放下先不说。"说完一仰脖子将杯中酒一饮而尽。

那几位听戏喝彩一般齐声叫好。

果盘上来的当口金老板又对坐他边上的老李诉起苦来。只听他在说:"赔啦,一把我就扎他四十万。四十万呐,也不是个小数字。我借在外头的,像这样的,一分钱也收不回来。再这么下去,我自己就该出去借债了……"

"不至于,不至于!"老李笑呵呵地敬他酒。

这边其他人吃呀喝的,对金老板他们的谈话全当没听见。

金老板一会儿也就不说了,跟大伙儿聊起了股票、球赛什么的。一顿饭吃完,大家兴致不错。马三儿安排我们打了打保龄球,蒸了蒸桑拿,做了做按摩,又到KTV包间唱了唱歌。一直到金老板告辞,那三位随后也散了。走时马三儿拱手抱拳对他们谢了又谢,又给他们一人带走一箱啤酒两条中华烟。

他们一走,马三儿脸上立马露出轻松的笑容,一半对我一半对他自己说:"好了,今晚就算过去了!"

他挽起我的手,亲近得就像小时候一样。他把我领到一个小包间,让服务员小姐沏了一壶菊花,对我说:"我也不让你再喝酒喝茶了,喝点菊花败败火,夜里也能睡个好觉。老金还说他没有安生觉睡,为躲他这点破债我已经有十来天没有好好睡过了。"他喝一口滚烫的菊花茶,嘴里咝咝地吐着气,"要不把这几位请来演这么一场,老金那儿可过不去了。你来得倒正好,也算帮哥们儿撑了这个场。"

他这么说让我觉得脸上很有光,只是他这么一诉苦,我想跟他借钱的事儿就有点儿没法开口了。

坐着还没说上几句话,马三儿的困劲儿就上来了,他一个劲儿打哈欠,嘴巴张得大大的,可以吞下一头牛。他的脸色也暗了下来,就像电力不足的灯泡,颜色就像酱猪肝。

他望着我,很由衷很知己地说:"别人看我觉得混得挺不错的,其实自己裤衩有洞自己知道。就刚才这样的戏这个星期就演过三回了,那几个都快成影帝了。老金不过是债主之一,还不是我最大的债主,一个一个都牛逼大了!跟你我不说假话,就这外面看着挺豪华挺气派的一个娱乐城,真正是什么?就是一堆还不清的债务啊!我早就不想做了,但我不能退呀,一退就死路一条。我只能死扛,前面是大火坑,后面有尖刀顶着,这个买卖不好做。可是话说回来,要没有这么个娱乐城撑着,我马三儿是谁呀?我狗屁不是。"

原来他比我还难,我想借钱的事儿就算了吧。

马三儿继续说:"刚才你听见他跟老李说他赔了四十万那句话了吗?我听他这一句心里就踏实多啦,这小子准又在哪里发了一把。如果他真赔了,他才不会往外说呢,藏着掖着还来不及。生意人的话,没半句是真的,他怎么说你都得反着听才对。今天这顿酒算是把他喝踏实一些,至少能消停个几天了。"

听他这么说,我心里不由又蠢蠢欲动起来。我鼓起勇气,心想最多不就是被他拒绝吗?到了这个地步,我哪里还怕被人拒绝?

我哼哼唧唧拐弯抹角厚起脸皮大着胆子终于说出了想跟他借钱的话,马三儿一听就乐了,说:"其实你一给我来电话我就大概其知道你有点儿什么事了,说吧,想借多少?"

马三儿的爽快真让我有点儿喜出望外,没想到他还是这么大方。我试探地说:"三五千,行不行?倒过手来就还你。"

他像一只母鸡那样发出一连串咯咯咯的笑声,说:"就这么点儿值当你大老远地跑一趟?我还以为你至少也得说个十万八万呢。"他很实话实说的样子,"行呀,这么点钱,什么时候都行,啥时候需要你随时过来拿。要是要得多,那我得为你腾挪腾挪。"

我赶紧点头,连声道谢。

马三儿起身就进里面去了,没多大会儿他走出来,带点儿歉意对我说:"真不凑巧,会计刚下班走了,我身上向来不搁什么钱,要不明天你再过来一趟?"

他刚刚走这一趟我感觉是故意演给我看的,可是不管怎么说,他答应借钱给我了。我起身告辞。送我到门口的时候马三儿的亲热劲儿又上来了,他攥着我的手,说了许多热乎乎的贴心贴肺的话儿,大意是往后咱们常来常往,他还有好多事儿需要我帮忙呢,我有啥困难也尽管找他。说着话也不问问我,伸手就替我拦了一辆出租车,我在起步价之内就赶紧结账下车了。

第二天一早我如约去了马三儿的娱乐城。一大清早娱乐城大门没开,我从边上的小门进去。里面空荡荡的,我走到昨晚吃饭的餐厅,一个伙计正举着胶皮水管在放水冲洗水族箱,满地湿漉漉的。

我向他打听马老板在哪儿,他说马老板不在,几天前就出去了。

我说:"不可能,昨晚我还跟他一起喝酒的。"

他看我一眼,答应帮我问问。他拨了好几个电话,放下电话对我说:"都说老板不在,他去外地了。"

我拿出手机,拨通了马三儿的电话,铃响半天没人接。

伙计说:"老板真出去了。"

我不耐烦地说:"别一句真话没有,我跟他是朋友。"

伙计说:"我没说假话,你怎么不信我呢?老板半夜走的,跟你说吧,他出去躲债了。"

"不至于吧。"我哈哈大笑,"为了三五千块跑外地去躲债,谁信呢?"

伙计一愣之后也笑起来:"那可不止这个数。"他嘲弄地说,"三五千块我都能替他出了。"

我们几乎同时反应过来各自在说什么,我马上感觉伙计的目光尖锐起来,一瞥之间充满了嘲弄。我扭头就走,带着一腔被羞辱的愤怒,头也不回地离开了这座空气里飘着鱼虾腥臭味儿的娱乐城。

32

　　我反思这件事情,也许我一上来就错了,首先是我不应该和素质低的人打交道,其次是不应该跟那些穷惯了的人开口借钱。有的人尽管发了财,但骨子里还是穷人,看得钱进看不得钱出。其实我并没有想过不还,不过就是临时周转一下。这一两天的经历真让我大受刺激,原来以为是亲的热的,现在谁还敢信那就是亲的热的?这会儿我是想明白了,甭管多磁的关系,你跟他借钱试试,一试就知道真磁假磁了。

　　借钱这件事把我搞得情绪很不好,我拿不定主意下一个该去找谁,想来想去还是决定找葛天文碰碰运气。他精明透顶的一个人,我也不想跟他绕弯子,行就行,不行就不行。不过一想到要去找他借钱,我心里还是打鼓——跟钱有关的事儿还是问问钱吧,我从口袋里摸出一个一元钢镚儿,心里想好,数字向上就跟他开口，花朵向上就算了。结果一扔就是数字，三次都是这样。我想好吧，既然是天意，我就去找找他吧。

我找到葛天文最新的手机号码，给他打了一个电话，开门见山跟他说借五千块钱急用，他没说一句多余的话，很干脆就答应了。

他说："下午你到我公司来吧，我也正想着要见见你呢。"

我去的时候却没见着葛天文，他的漂亮小秘说他临时有点儿事情出去了。她交给我一个信封，里面是准备好的五千元。我主动要写一张借条交给她，她却嫣然一笑说不需要。我请她转达我对葛总的谢意。

这一信封钱就像甘霖洒向干旱的土地，让我又重新过上了滋润的日子。花着葛天文的钱我想怎么也应该给他打一个电话谢谢他，心里打的小算盘是想看看能不能再从他那儿借点儿出来。

电话打过去葛天文声音懒洋洋的，好像刚睡醒。他一听是我，明显地表现出高兴。我谢他借钱给我，他说："小事一桩，别放心上。"

我们在电话里东拉西扯聊得挺高兴，我说："什么时候咱们见一面吧？"

葛天文说："好呀，正发愁没人玩儿呢。"

我们约好六点半见面。

快挂电话时我突然想起来问他："你还住在中国大饭店吗？"

"早搬出来啦。"他带着笑声说，"住不起了，报纸上不都在说我们进入了一个微利时代吗？"

但是微利时代的葛天文仍然住在星级饭店里，只不过原来是五颗星现在降到了四颗星。四颗星的饭店对我来说也是个高级场所，况且又是去见葛天文——我少年时代的偶像，我特意换了西服，还扎上了领带。我在镜子里打量自己：胖瘦适中，脸色柔和，眼睛明亮，一点儿不像一个穷困潦倒的主儿。西服一衬，倍儿精神，就是去赴国宴这模样儿也不算寒碜。我可不想让葛天文感觉他那五千块钱是扶贫帮困肉包子打狗有去无回了。

到饭店离六点半还差几分钟，我在大堂里转悠，发现这个地方档次虽然比不上中国大饭店，但清静雅致，中式建筑。院中山石流水，别有情趣，既亲切又气度不凡，地段也好，有点儿闹中取静的意思，不由暗中佩服这位葛老兄的眼光总是这么好，是个真懂享受又讲排场和体面的人。

六点半，葛天文准时从楼梯上走下来，熨烫得非常平整的衬衣外面套着一件羊毛背心，就像一个休闲明星。让我乐不可支的是这位优越散漫的浪荡公子竟然左手一个孩子，右手又是一个孩子。

我跟他打招呼的同时逗他领着的两个孩子。两个孩子都很可爱，圆脸蛋，穿着米老鼠套装，两三岁上下。

我说："你真他妈棒，人家一对夫妇只生一个，你哪儿弄的这两个？"

我伸手去捏一个的脸蛋，那个小葛天文马上皱起鼻子哭了起来。

葛天文把他护在怀里，对我说："这个可碰不得，跟他妈一样惹不起。"

"你儿子？"

"不是，我前妻跟她现任老公的。"

我放过这一个，伸手去摸另一个的脑袋。

这回葛天文赶紧挡住了我的手，说："这个更不能碰了，一哭起来110就该来了。"

"是你儿子？"

"也不是，是我现任女朋友和她前夫的。"

我哈哈大笑，他淡淡一笑。

保姆过来把孩子领走了。

我一直以为自己是个情种，而且我也一直以为我自己在男人中已经是硕果仅存、绝无仅有的极品了，没想到葛天文比我更胜一筹。

葛天文既自嘲又得意地说："现在像我这样的男人又时髦起来了，被称为'新好男人'，怎么样，你算不算呢？"

这上面我们很有共同语言。从女人入手，我们又回到了少年时代那种话不太多但内心十分投契的状态。

"现在你主要在做些什么？"

"混着，什么都做。"

"承包工程？"

"承包。什么都承包。"

"什么都承包？还承包什么？"

这时楼梯上有蓝光一闪，我的眼睛马上被一个曲线优美的女人吸引。那女人神色冷漠，谁也不看，快步走下楼梯。一身蓝衣裙裹着她无懈可击的身段，那蓝色蓝得深不可测，有点儿像宝蓝，有点儿像湖蓝，又有点儿像孔雀蓝，还有一点儿闪闪烁烁若隐若现的暗紫，在灯光下随着织物的凹凸色泽变得难以确定。凭着我一双看女人具有透视感的眼睛，我知道这是一个人间难觅的尤物。她长相既有谢蓉的清丽，又有唐心虹的性感，但远远高于她们，远不是她们可比拟的。她那高贵典雅的劲儿跟王菱有一点儿相像，而且和王菱一样都是很有内容、让人无法看透的一路，但显然比王菱内涵更深。她并不杏眼含春，却风情万种，难以描摹；她并不脸上挂笑，却似鲜花吐蕊，芳香四溢；她三围丰满，却看着苗条轻盈；她神情忧郁内敛，却勾人心魄。

我一时灵魂出窍，神飘万里。

"你呢？"

"什么？"

"你怎么样？在做些什么？"

"噢，上班，也做点别的，班上挣的那点太不禁花了。"

"嘿嘿，给公家干就是这样。"

她眯起眼睛，在餐厅里张望了一番。美人儿好像眼神儿不

今晚吃烧烤 235

怎么好,不知她在找谁,我能帮上她就好了。

"你平常上班特忙吗?"

"一阵一阵的,也有没什么事情的时候。"

"想不想跟我合作?"

天哪,她朝我们走过来了,娉娉婷婷袅袅娜娜妖妖娆娆却又是端庄娴淑优雅文静行不动裙,她的仪态真令我折服。我从来没遇到过这么迷人的女人!葛天文却一点儿也没留意到她,我正打算示意他看这美女,美女已经在我们餐桌边站住了。我相信这一刻我的心电图肯定全部紊乱。

葛天文正低头点烟,他从打火机上面抬起脸看到这美貌女子,他吐出一口烟雾,居然用很公事公办的口气对她说:"你先到咖啡厅去等着,或者跟我们一起吃饭?"

我多么希望她能坐下来跟我们一起吃饭,那将是我有生以来吃的最好的一顿晚饭。秀色可餐,其实绝色美女才是真正开胃的呀!可惜她转身走了,步子利索极了。

"那好啊!"我说。终于把弹出眼眶的眼珠子收了回来。

"你打算投资多少?"他问我。

"嗯,投资……"我变得吞吞吐吐支支吾吾。我翻他一眼,心说我要有钱何至于五千块钱都向你借?

"噢,想空手套白狼呀?"他一笑,露出雪白的牙齿,"空手套白狼其实也不错呀。"他弹掉烟灰。

我弄不懂他什么意思。

"她怎么样？"他问我。

我立即跟上了他的思路。

"是你女朋友？"

"不是。"他诡秘地一笑，问我，"你说，她够蒙人吗？"

我由衷地说："当然啦，太能啦！"

他得意地笑起来。

"这也是我开发的一个项目。"他从皮包里拿出一个设计得非常时尚的塑料封皮夹子，打开，递给我，是一则写得花里胡哨的广告词：

无情有恨何人觉？红烛佳人俱乐部专为有情人有缘人而设。知音难觅，弦断有谁听？本俱乐部的宗旨就是"慰藉寂寞心，让爱驻人间"。碧海青天夜夜心，您的烦闷痛苦就是我们的烦闷痛苦，而您的幸福欢乐也就是我们的幸福欢乐。快快拨通我们的热线电话吧，我们承诺向您提供一流的服务。红烛佳人，今夜喜相逢；温馨陪伴，尽在不言中。

乍一看有点儿像婚介公司的广告词，细看又不太像，总好像还有别的名堂，倒像是拉皮条的。我立刻想起在晚报上看到过有的婚介公司"放鹰"的事儿，但我难以相信刚刚那位高贵的蓝衣女郎会是葛天文手里的"鹰"。

她长得那么漂亮，气质高雅，从她的仪态看，文化水平肯定也不低，在我想来她随便做点儿什么都可以，即使傍款，至少也够扎个千万级别的吧？我把手里的文件夹递还给葛天文，他没接，示意我看下一页。仍是一则广告，这回文字简练干净得多。

我俱乐部因业务发展较快，欲高薪聘请一批高素质男性公关人员，月薪可达2万元以上。要求形象好，气质佳，身体健康，适应能力强。希望有意人士尽快与我们联络。

噢，原来真是这担生意啊。

我合上文件夹，笑问他："是不是想招募我呀？"我提醒他，"色情服务可是犯法的呀。"

葛天文利索地掐灭烟头，他说："当然不至于那么蠢，咱是什么人，怎么会往枪口上撞？我们也就是设一局，钓上一个算一个，弄上钱就行。后面那些实事不会去做的。鼠夹上的花生米我们要吃，但机关是绝对不会碰的。这才叫君子爱财，取之有道。"

"愿闻其详。"

葛天文耐心地向我解说了他的这一发财计划。

"第一步，先把这些广告散发到车站码头旅店等，主要针对发财心切和急等钱用的流动人员，他们敢冒险也豁得出去；第二步，只要有人上钩，就通知他已被录取，让他往银行指定的账号里先汇五百块钱置装费,再等通知。到此也就算了,一般来说不再主动跟他们联系了;第三步,如果遇到死缠烂打不罢休的,就需要做一点儿善后,比如给这样的人打个电话,甚至见个面。见面可以这样问他:知道我们是干什么的吗?假如他真不明白,是个糊涂蛋,吓唬他几句完事,一般他不可能不清楚,你就告诉他公安已经盯上了,让他快走别惹事,这事也就算过去了。想干这一行的,一般都心术不正好逸恶劳,就跟那些倒汇、走私、贩毒的一样,不会有什么好东西,我们来个黑吃黑,看谁比谁黑!这样的即使他知道自己受了骗,一般也不敢去报警,那不等于去投案罗网嘛。"

"高!"我向葛天文竖起了大拇指。

葛天文脸色明亮起来,问我:"怎么样,这个方案是不是可行?"

我沉吟地说:"行是行,可这不是行骗吗?"

葛天文笑说:"人无横财不富,马无夜草不肥。再说我们也不闹大,就是挣些小钱,吃吃那些小混混。挣这样的钱不脏手,也不费什么大力气,说不定还真能积少成多。"

和葛天文这顿晚饭吃得真是愉快,我们就像两个专家,对这个方案进行反复论证,一直到它尽善尽美,万无一失。我们谈得相当投机,也为计划的周密性而非常得意,就像少年时代凑在一起恶作剧一样兴奋感十足。我们喝着加冰的葡萄酒,我想起问他那个"红酒佳人俱乐部"又是怎么一回事儿?

"红烛佳人。"他纠正我。他端起酒杯,跟我碰了一下,"原来我真打算过为富人们提供一些实打实的服务,我要让有钱的男人见识见识什么是女人中的珍品、极品。而那些富婆、款姐咱可以想象,不管是自己挣钱还是花男人的钱,多半肯定缺男人陪伴,相貌好点的还有办法,相貌不怎么样的呢?如果我能向她们提供这方面的服务,能够让她们满意,那你想吧,从她们那儿应该还是能挣到钱的吧?"他笑嘻嘻地说,"我觉得这个群体还是挺有油水的。但这要做得干净不容易,客户一多很难控制,所以具体怎么操作我还得再好好考虑考虑。"

杯中酒快见底时葛天文问我还喝不喝?兴致正好,再来点也不妨。但我想到那位蓝衣女郎还在咖啡厅等他,我说:"还有人在等着你呢!"

"谁等我?"他好像忘记了,随即他笑起来,"闲不着她,这会儿不定多少人围着她转呢,人在不在这儿还两说呢。"

我探头去看,咖啡厅里果真已经没有了那个蓝色的身影,不由心里一阵失落。

葛天文叫过侍者又要了两杯。

我问他:"她是谁?"

葛天文盯我一眼,脸上露出男人之间心照不宣的笑容,他问我:"她真有那么大魅力?我怎么就没看出来!"

"那是你眼睛有问题。"我说。

葛天文像老外那样耸耸肩:"一个生意上的合作伙伴,她什么来路我还真说不太清楚。我认识她的时候她刚从美国回来，嫁了个老公，好像从来也不住在一起。听说她以前拍过电影还是电视剧，跟一些文人挺熟，自己也能写点，刚才你看的那个红烛佳人的文案就是她的手笔。估计她在国外转了一圈没混出什么名堂又回来发展了。这人还是有点儿能耐的，她来往的尽是各路大人物，有钱有势的都有。她特清楚自己那几分姿色，可会利用自己了。知道什么叫战无不胜吗？我就是从她身上对这个词有了深刻的认识的。我做得最大那会儿请她帮我出去收债，那时候欠我债的人多，起诉也不管用，我们胜诉了人家照样不还钱。但是她一去就不一样了，至少也是三局两胜吧。多了不得！我问她使的什么招？知道她怎么说嘛？'别忘了我是个漂亮女人。'我问她：'你跟他们上床吗？'她反问我：'在你眼里我就那么傻吗？'听听，段位多高！我琢磨琢磨是这么回事啊，对于真正有本事的女人来说，连漂亮在她那儿也不过是个幌子，就跟我们今天策划的精髓是一样的，本质上都是虚构。而不少男人还就偏偏心甘情愿上这个当。"

我哈哈大笑，我说："如果是我，肯定也会心甘情愿上这个当的！"

说完心头一紧，感觉脖子后头凉飕飕的。我顿时想到我一提需要借钱，葛天文那么爽利痛快就拿出来了，是不是这里面也有什么圈套？试想，假如我总向他借钱，渐渐习以为常，最后说不定我就会像包法利夫人一样被动，而他只须利用这位蓝衣女郎在我面前晃一晃,他借给我的那点钱很快就会回去的,而且说不定我还会从别处借了钱来让这位美女高兴——在我看来这样的女人是配得上豪宅俊仆、香车宝马、皮衣钻饰、美酒鲜花的,如果能拥有这样的女人,我会尽力给她提供高级的享受。为了她我一定会倾己所有,甚至不惜背上债务。真到了那个时候,葛天文就等于把我牢牢地收在了他手心里,他想让我做什么我还怎么能够拒绝?想到这里我一头冷汗,尽管喝了不少酒,但我头脑立刻清醒了。至少有一点儿我必须慎重,就是再不能轻易地跟葛天文借钱了,谁晓得这个坏人打的是什么算盘呢?

餐厅已经到了打烊时间,葛天文还有点儿意犹未尽,他提议再到咖啡厅里坐坐。但是咖啡厅里也已经是空无一人,连背景音乐都带着一种空旷的回音。那位美丽的蓝衣女郎坐过的那张椅子已经重新摆放过了,紧挨着小茶桌,有一种明显的孤寂。我看一眼,走几步又回过头看了一眼。我的脑海里依然有那位女郎清晰的影像,我甚至能幻想出空气里依然残留着她诱人的体香。我的身体立时冲动起来。然而我也清楚地意识到今天她已经不会再在这个地方出现了。于是我向葛天文提出告辞,我走出了饭店的转门。

外面寒气逼人,跟室内完全是两个世界。当着葛天文的面,我十分潇洒地拉开一辆停在大堂前面的出租汽车的门,坦然地坐了上去——这就叫"骆驼死了架子不倒"。

"再联系！"他优雅地朝我摆手。

葛天文刚走进大堂，我装出突然忘记了什么下了车，顾不得司机会怎么想。我独自快步穿过黑黝黝的旷大的庭院，一直走到公共汽车站。大约过了半个钟头公共汽车才带着一股寒气哐哐哐地开了过来，我已经快在西北风中冻僵了。

33

早晨,我被冻醒。我半睁开眼,窗外是迷迷蒙蒙的一片白光,也不知道到底是几点钟了。我合上眼,肩头太冷了,我使劲儿拽了拽被子,但被子干脆就滑了下去。我想拉起来,却又迷迷糊糊地睡了过去。也不知过了多久,清醒了一点儿,头还是疼得厉害。一点儿一点儿回想起昨夜和葛天文喝酒的情景,可是思绪是飘忽的,想着想着就脱离开真实的情形,滑入情节模糊错乱的梦境。我想不起离开饭店的情景,也不知道一路上是怎么回来的,脑子里就像有一片流动的雾,阻止我把事情想清楚。我用鼻子嗅了嗅,想闻到一点儿熟悉的气味,来判断一下是睡在哪一个女人家里,但是我一贯灵敏的嗅觉好像也失灵了。我能闻到的只是烟蒂的焦油味儿,方便面的气味,还有一点儿纸张的霉味儿。我使劲睁开眼睛，一两秒钟的迟钝之后，我弄明白自己正睡在办公室的破沙发上，身上只盖着同事的一件旧羽绒服。

我瑟瑟发抖，把搭在椅背上的长裤取来穿上，两只肮脏的袜子分别从两个裤管里掉出来，在地上团成两团，像是什么蜕下的壳。我把这两个硬邦邦的壳捡起来，套到脚上，有点儿心疼自己。一个四张多的人了，怎么一不留神沦落到了这个地步？

口渴，渴得厉害。我把办公桌上昨天的残茶一口气灌了下去，脑子彻底清醒了。我一下子回想起了葛天文昨夜和我说的那个挣钱的法儿。昨夜可真让我们俩着实兴奋了一番，但今天我一想就觉得非常不妥。万一事情发展得并不像我们设想的那样呢？有多少犯罪活动事先都是经过严密策划的，自以为没有任何破绽，最后还不是败露了？我是个本分的人，一向遵纪守法，我可不想做这种聪明反被聪明误的事。说到底，这是诈骗，诈骗是犯法的。我们实在没必要知法犯法，风险太大。我不是一个爱冒险的人，相反我总是远离风险。眼下我确实是很缺钱，但是这种铤而走险的事我还是不想去做。我好不容易建起了目前这份生活，应该说我过得相当幸福，没钱是暂时的，我不能为钱不顾一切。葛天文要干让他自己去干，反正我不干，我还是想过一个公民正当的幸福生活。

看来好人就是有好报，这天一上班我就得到了一笔意外之财，我们管发钱的同事让我签字，递给我一个装着三千元的信封，是我们小金库一年一度的分成。真是雪中送炭啊！三千块钱，拿在手里沉甸甸的，就像丰收的果实压弯了枝头。我决定不动这钱，攒下来还给葛天文。

当天唐心虹、谢蓉、李素素几个都给我打来了传呼，她们都约我过去，都很迫切。我理解她们的心情，同时也觉得好笑，这些聪明的宝贝儿真是神了，我一有钱她们仿佛全都知道了似的。当然我没钱的时候她们对我也还不错，特别是谢蓉，所以我决定第一个去看她，而且还要给咱家的小宝贝飞飞买样玩具。上回他看楼下小朋友的遥控飞机很着迷，可是遥控飞机实在太贵了，那我就给他买个不遥控的吧。可是临近傍晚谢蓉在我呼机上留言，说同事临时与她调班，当晚她要去医院值班，约会只得改期。于是我去了唐心虹家。

这个晚上对于我来说真是一个幸福的夜晚！金莎莎也从她父亲那儿回来了，我已经有好几个月没有见到过她了，每次她来去匆匆，而我也是一样。我们就像两个星球，由于转速与轨道不同，相遇一次很不容易。升了初中的她我还是头一次见呢，这几个月小姑娘一下子长大了不少，高了，也文静了许多，甚至变得有点儿深沉了。

看见我进门莎莎似乎有一点儿突然，也许说惊喜更加准确。在妈妈进厨房的时候她向坐在沙发里看晚报的我依偎过来，我像抚摸一个真正的小孩那样抚摸她的头发，她的头发也同样长长了。我闻到她身上有一股柑橘般的清香，冲动地想把她紧紧地抱在怀里。不过我没有这样做,因为她毕竟大了。我问她琴还学着吗?她点点头,吱溜一下就从我身边溜走了。妈妈从厨房里健步如飞地走出来,手里端着一个热气腾腾的大锅。

就从这一刻起唐心虹的抱怨不绝于耳。好在这一天我的心情特别好,所以对她的抱怨甚至还能抱着一种欣赏的态度。唐心虹不断地从厨房到客厅来来回回走动,每次手里都换了不同的道具,一会儿是一块抹布,一会儿是一把豆角,今天她真像是一个勤快的主妇,贤妻良母。她手里忙碌无比,嘴里滔滔不绝,向我诉说她最后一次去办公室的经历。我例行倾听,例行应答,耳朵却拐了弯儿伸到莎莎的小房间里,想知道我的小妞儿正一个人在做什么。唐心虹一直在说,说老实话,她没讲之前我就知道她要说的是什么了,不会有任何新内容。我突然觉得这多像我跟冬梅那会儿啊!原来两个人在一起时间长了,或者时间并不算长,不知哪根筋搭错了,味道就一个样儿了。好在这会儿有莎莎,假如没有这么一个可人的小人儿,我几乎想不出这个家对我还有什么吸引力。

这个隐秘的念头从我脑子里一闪而过,我立刻回到现实中来,因为我听到唐心虹说:"我已经跟他们全讲清楚了,我再不去上班了,我已经忍受得太久了,这回我是真的下决心了。他们愿意怎么算怎么算吧,旷工、下岗、退休、开除,我全不在乎,我就是不去了。"

我一只胳膊抱在胸前,一只胳膊托着下巴,像一个深谋远虑的丈夫一样在屋里转了一圈重新坐回到沙发里,啥也没说。我说什么呢?事已至此。而唐心虹这会儿脱下了做饭的围裙和发罩正站在穿衣镜前一下一下地刷头发,没事人儿一个。我真后悔一脚踏进了这样一个陷阱。我当然不能说现在我自顾不暇,我还怎么顾得上你?作为一个男人,我永远不会这么说的。我心里从来十分清楚,当你接管了一个女人的感情,其实你也就等于接管了她的生活,尤其是唐心虹这样一类女人。对心爱的女人不负责任我做不到,这也是我做人的一个原则。所以,现在我是悔之晚矣。

吃过晚饭我们一家三口一起去超市购物。

是妈妈的提议,但小妮子非常喜欢。本来我对逛超市是很厌倦的,人多地方大,货品乌泱乌泱,一圈走下来累够呛,关键是像唐心虹这样的购物狂,逛一圈她是远远不够的。她喜欢一圈一圈逛,进了超市就像鱼入大海一样,不把我逛虚脱不罢休。当然最后还得由我来埋单,我倒也不是心疼钱,有钱的时候这点钱我还是很不在乎的,但又花钱又受累,我还是挺烦的,至少没我表现出来的那般甘之如饴吧。

我们进了一家大超市。妈妈走在前面,被五颜六色琳琅满目的商品吸引,小妮子和我推着购物车慢吞吞地走在后面。她给我讲起了她崭新的中学校园生活。她说他们的班主任是一个正统古板的女人,有一次她给全班讲礼仪时说:"进屋后男生要帮女生脱衣服,出去时再帮她们穿起来。"全班笑得哗哗的,像海浪一样，可班主任竟然一点儿不知道他们笑什么，还冲他们发火。莎莎还说班上同学上课相互写纸条，女生给女生写都是"亲爱的，我好想你啊"，还有"在有月亮的晚上，在小河边在树林里"什么什么，男女生相互写的全是"战斗到底"、"绝不饶恕"一类的话，留的都是卡通动物的名字，要不就是电脑游戏里的人名，那些名字班主任老师听都没听过，她把纸条收去了也弄不明白，根本搞不清这帮孩子玩儿的是哪一套。我的小仙女说这些的时候得意极了，小脸蛋儿红扑扑的，就像玫瑰花瓣儿一样。

我问她为什么要这样写？

她说："好玩呗。"想一想又说，"青春冲动。"

我哈哈大笑。

妈妈在前面转过身来，催我们快点儿跟上。

唐心虹倒真是一个潇洒的主儿，买起东西来还跟以往一样大手大脚。她简直是见什么就往购物车里放什么，尤其是新上的货、电视里刚放过广告的、包装看着亮眼的，更是有一样拣一样。当我推着满满一大车的鲜鱼、鲜肉、大虾、干贝、金针、木耳、干笋、鸡蛋、牛奶、矿泉水、可口可乐、炸薯片、夹心饼干、巧克力加上洗发水、沐浴液、晚霜、日霜、防晒霜、牙膏、手纸、卫生巾，还有油盐酱醋蔬菜水果什么的，我心里真有点儿不堪重负。而转到超市上面那些令人眼花缭乱的所谓时装精品店，当她等着我为她挑中的那些样式俗气、价格贵得邪乎的

今晚吃烧烤　249

情趣内衣付账时,我更加心烦意乱,脊背冒汗,肚子隐隐作痛,但我却还是不忍心拒绝替她购买那些在我看来完全是可有可无的东西。

唐心虹是一点儿不懂得量入为出的,尽管她已经打算好不再去上班了,她对金钱却没有另一番打算,还保持着天真无邪的消费劲头,一点儿算计也没有。凡事她不操心,真要了我的好了。

这一段时间莎莎父亲出差,莎莎住在妈妈这边,所以我尽可能每天回去。我知道她心里有我,我不能让孩子失望。而且,可能我比她依恋我更依恋她,这点我对谁也不能说。比起这种甜蜜的、小荷才露尖尖角一般的感情,多花点钱又算什么?让我做什么我都心甘情愿。

每天晚饭后到睡觉前是我最幸福的一段时光。我主动辅导莎莎做功课,这在妈妈看来实在是求之不得。她乐得舒舒服服躺沙发上看电视,她最大的业余爱好就是一集不落地看张家长李家短的电视连续剧。而我和女儿也正好有了无须借口的一次次静悄悄、小小的恣情纵意。小姑娘在写作业之中和之后会不时地向我撒娇,碰到实在搞不懂的难题,她会要我坐在她的椅子上给她讲解,而她坐在我腿上。我尽心尽责地帮她解题,同时因阵阵涌起的激情而感到头晕,很想避开她。

她却一直在得寸进尺,这一点儿像极了她的母亲。现在小宝贝敢很随意地亲吻我的脸,就像我是她的亲生父亲。有时她把嘴唇直接对准我的嘴唇,再不必借助口香糖。她像小鸟一样飞快地啄我一下甚至一下一下地啄我,十分孩子气,跟成年人很不一样。这也提醒着我她还是一个含苞未放的花骨朵儿,成年人的理智让我还不致侵犯一个儿童的贞洁。我们几乎是出自本能地让这种暧昧的亲密举动带着游戏的色彩,这一点儿上我们两个都是无师自通,而我的小莎莎更是极具天赋。有一天妈妈好像有了一点儿察觉,就在我们一起复习功课的时候,突然推开门闯了进来。当时我跟莎莎正逗着玩儿,她从后面抱住了我。妈妈进来我们都吓了一跳,因为她绷紧的面部表情就像抓住了什么把柄。没想到我的小妮子沉着极了,她没有被人捉住短儿似的停住动作,相反,她任性地一直爬到我的背上,孩子气地让我背着她。

"不要瞎闹!"最后妈妈只好这样说了一句,然后退出去,继续看她的电视连续剧。

妈妈走后,小妮子不肯做作业了,要求休息一下。她要我跟她一起玩脑筋急转弯,我自然乐得答应她。

她问我:"女孩子为什么爱哭?"

她的娇憨和一半是故作的天真之态让我心荡神迷。

"为什么呢?"我装出苦思冥想,小仙女开心极了,她的小模样真是妩媚。

"因为最能打动男孩子的心。"我的小精灵手握铅笔在作业本上写了一行字:"我想嫁给你!"

今晚吃烧烤 251

我很震动，但我仍然只把它当成玩笑。

我也写了一行字："等着你长大！"

然后我们把这些字一个一个擦掉，唯恐妈妈看到。我们相视而笑，又嘻嘻哈哈的。

第二天莎莎上学之后就再没回来。傍晚我到楼下等她，等回来的却是妈妈。

唐心虹从农贸市场满载而归，她把手里的两个大兜子递给我，一句也没提孩子。我和她一起上楼。做晚饭的时候她才说："今天做两个人的饭就够了。"

我的小乖乖又回她父亲那儿去了。

没有孩子在身边唐心虹自己就成了孩子，她依偎到我的怀里，也不问问我是否乐意。她倒是心情极好，我看她自从主动下岗之后是越来越好了，轻松愉快，没有心事。我不知道她有没有为生活焦虑过，她还是那样挥金如土，而且没心没肺。有的时候她简直就把我当成大款了。这会儿她又聊起了她畅游过东南亚三国的麻友们正在计划欧洲八国游，她一点儿也不掩饰她热辣辣的嫉妒。

她对我说："亲爱的，你有没有想过去外面转转？我这辈子最大的心愿就是能有机会到国外去度一次蜜月，当然最好是去巴黎。"

她说这话的时候我只能置若罔闻。你想，如果我不是假装听不见，我又能怎样？结婚和花大钱都是我眼下做不到的，我确实无能为力，尽管她是个美人也不行。有一点儿是十分清楚的，任何一种生活方式都有它自成一套的法则，我也不能破坏常规——想想吧，其实我也很不容易，实际上也很身不由己啊。我不敢说我的这种生活方式就是前无古人、后无来者，但我至少可以深有体会地说一句：为爱付出不是一件轻松的事。为了全局我一样需要经常牺牲自己的一部分欲望。尤其当你爱得太多，你很难面面俱到，你肯定会感到入不敷出，会感到力不从心。所以说，爱是需要能力的，包括能弄到大笔大笔金钱的能力。

　　清晨我走出唐心虹家门的时候备感轻快，至少有一段时间我不会再回来了。

34

在一些冗长无趣的午后以及黄昏,我习惯思考一些奇奇怪怪的问题。我有这样一个想法,就像人过中年普遍会发胖一样,感情也一样随着时间会增加自重,不再像最初那样轻盈飘逸,如烟如雾,甚至会变得坚硬如钢铁,沉重如石头,会从天上坠落回人间——缠绵温柔成了"柴米油盐",你恩我爱成了"由你埋单",真是不堪重负!

尽管我跟这些女人们过的只是感情生活不是婚姻生活,但是我跟她们的关系也一样不可避免地日趋实际。缺钱是我眼下最为头疼的问题,已经越来越严重地影响到了我的日常生活。我说过我这个人对钱不是非常看重,原来和冬梅一起的时候她愿意怎么花我都是由着她花的,家里所有的存款也都由她掌管。要说起来也有点儿不可思议,那会儿我还在学校做会计,但家里有多少钱我还真不知道,我从不过问。和冬梅还不错的时候有一天我们开玩笑,她问我如果她遇到比我更好的人怎么办?记得我回答她:"假如他肯把所有存款都挂在你名下,那我就祝贺你呗!"结果,嗨,她真找了别人了。只不过她的运气可没那么好,前两个月我们在西单碰到,还站在马路边上聊了会儿。她告诉我她已经结婚半年了,我当然得问问她过得好不好,关心关心嘛。她说好啊,但还是流露出那么点儿欲说还休的意思。我相当敏感,立刻就捕捉住了她的情绪。

我说:"你就别扛着了,跟我还不说实话?"

她眼圈儿立马红了,说:"我有的时候想想我也是作死。走到这一步,也不说别的了,别的跟他就那样,就是家里的钱全由他把着,我发了工资奖金都得交给他,连'三八'节发的女职工一百块过节费他也不放过。不交给他就跟你急呀,一天一天都没好日子过!我要花再上他那儿去领,那可就得看他脸色了。我是使惯钱的人,你知道的,原来大手大脚的时候你也从来没查过我的账,现在受这个罪,是我活该!"

冬梅很沉痛。我听出来了,因为钱上的不如意,她活得也挺不如意。而且,很显然她已经在后悔离开我跟那个人结婚了。那个人跟冬梅还是一个单位的,原来还是她的头儿,现在不知道还是不是了,冬梅那点收入他还不一清二楚?连零头恐怕都没法藏着掖着。冬梅真是可怜,她也真是活该。的确我跟冬梅一样意识到缺乏金钱是很难受的一件事,就像一句老掉牙的格

今晚吃烧烤 255

言说的:"金钱不是万能的,而没钱是万万不能的。"没钱是不行的,何况我的生活面比冬梅要宽广得多。她不过是居家过日子,我有谢蓉这样心尖儿上的人物,有李素素这样摆谱讲品位的朋友,还有唐心虹这样全身心依靠我的美人儿,除此还有那些不断结识和需要维持的新老朋友,没钱我怎么玩儿得转?可是在收入方面我一向没有什么突出之处,活这么大从来没有得到过巨额外快,更是从来没有"款"过。再说离了一次婚,等于四十岁之前没有攒下多少个人财富。紧接着就开始了这么一种非同一般的生活方式,花费就更大了,存的、挣的都毫无保留全搭了进去。

　　这一段在上班之外我还找了朋友的公司去打工,帮人去外地催款,替人介绍买卖,去剧组帮忙,人家装修房屋替人家选料监工,等等,白天黑夜都没闲着。但就是这样把自己累得死去活来,经济状况也没有根本性的好转,倒差一点儿弄得后院起火。我有几个女朋友好些日子见不到我,呼我也不回,她们就生气了。再后来就是我找不着她们了,一个又一个电话和寻呼打过去,她们一点儿回音也没有,就好像已经不在这个世界上了。这可不行啊,这不是要我老命吗?我厚起脸皮,登门拜访,一一化冻。费尽口舌,赔尽笑脸,最终和好如初。这给了我一个教训,我不能割回了青草连羊群都走散了。看来我必须另想高招,另谋出路。

　　有一天午夜梦回,我梦见自己正经历着一个极乐的时刻——好像是身处一个具有异国情调的夜总会，周围像鱼一般游弋着艳女和人妖，我和葛天文一起在那儿恣情享乐，我们又回到了青春年少，心无牵挂。游乐的酣畅快意在梦醒之后还久久不去。那一夜剩下的时间我再睡不着了，脑子里浮想联翩，青春苦短，人生百味，令我感慨万千。一个策略在我心中明晰起来：我决定挑一些富有的女人接近，作为我维持这样一种生活的支撑和必要补充。以前我也曾经模模糊糊动过这方面的念头，但真正的启迪还应该说是来自葛天文的红酒佳人——不不，红烛佳人俱乐部的原始创意。

35

我承认这件事上我比较精心，投入的时间、精力、心思也是不计成本的，所以我可以说是屡获成功。

做这样的事情当然是不能急于求成，你需要含蓄、得体、优雅，目的越是深藏不露，越是显得没有任何功利性，你对你想得到的东西就越是手到擒来。这样的道理我想稍微有点儿经历的人都明白。我以前的单位里有一个同事，老老实实本本分分的样子，平常不声不响的，也从来不争什么，几乎每天都是他最后一个下班，他一定要耗到所有人走了才走。后来大伙儿不过意了，选劳模的时候就推选了他。后来他又一级一级当到了本系统的劳模，仍然还是那个老实本分的样子。到我们老主任退休，需要新提一个副处，下面几个都打破了头，你捅我一拳我踹你一脚，今天你揭我一个短，明天我泼你一瓢污水，嘴脸都很丑恶，可人家还是稳稳当当踏踏实实，一如既往还是每天最后一个下班。弄到最后，争来争去，争的人一个也没戏，副处理所当然就是他了。有一天我听说他每天耗到最后一个走是为了带几份办公室白天看过的报纸到地铁去卖，据说不止一个同事在地铁里撞到过他。每天几块零钱日积月累想想也是个不小的数目，主要是人家在小收获之外还得到了意想不到的大收获。也许这不过是别人编的一个段子，没准还是他的政敌在背后捅他刀子，但至少说明让人看不出目的比让人看得出目的更容易达到目的。我看我们都应该像我原来的这位上司这样会歪打正着。对女人也应该是这样，反正是不能直奔主题。

　　所以我通常的做法首先是亲近她们。我在婚姻介绍所里专门留意那些在常人眼里不漂亮也没魅力的女人的资料，只要她们富有，在我眼里她们个个都是天仙。跟她们见面，我会处处关心体贴她们，从身边最琐碎无聊的小事做起，让她们感受到甜甜浓浓的爱意，找到受人呵护的感觉。这就像是支好一个捕机，她们鲜有不上钩的。摸透女人的心思可以说是我的一个强项，对富有的女人我同样是讲感情的，我始终坚持的就是用真情打动人，这也是我一贯不变的对待女人的原则。我想女人们之所以爱我，也就是爱我对她们有情。也许是我小的时候父亲常常外出加上脾气暴躁，我总是跟着我母亲，所以我天生就善于和女性相处，我会本能地替女人着想，站在她们的立场上考虑问题。对我倾心的女人我会时时照顾她们的身体和情绪，包括倾听她

今晚吃烧烤　259

们喋喋不休的说话。我早已经锻炼得非常有耐心了,和跟冬梅在一起时大不一样。做爱的时候当然更不用说,我会尽己所能让她们高兴,使她们满意。所以女人在我的怀里,或者我在女人的怀里,她们总是这样说:"遇到你真好!"我相信这是真的,是她们的肺腑之言。这话听上去真是很让我陶醉,就跟得到了最高嘉奖似的。当然,我承认,听这样的话也让我心生感伤,同时心里还会隐隐地升起一种难言的危机感。要说眼下这种生活多少有点儿像水中月、镜中花,说真的,脑子稍微清醒一点儿的时候我也是会意识到眼前的浮华太有可能转眼成空,成为黄粱一梦,随时都有可能变成一个肥皂泡破灭,这也反过来让我更加珍惜眼前的幸福,珍惜和她们在一起的分分秒秒。

跟富有的女人接近有一点儿我是非常注意的,就是尽量别跟她们谈钱。我没想到钱在生活中竟然会那么敏感,甚至比性还敏感。如果你提出跟她上床,她最多半推半就,马上就顺从了,有的久旷之妇,本来就非常渴望性生活,比你还迫不及待,动作起来比你还火;如果你跟她提钱,即使是借,那你瞧吧,她立马就警惕起来了,脸部绷紧,僵硬得就像是没硝好的皮子,没准连上床的事儿也一块儿告吹了。

所以一涉及金钱你就要非常小心谨慎了,有时甚至小心谨慎也还是不够的。越是有点儿钱的女人对钱越是敏感,她们总怕别人接近她们是醉翁之意不在酒。对这些女人我是很讲先期投入的,刚跟她们认识时只要有花钱的地方我都慷慨解囊,从来动作麻利一点儿也不带含糊。有跟我感情好的,而且我看出她本性也是非常大方的(这也是我不必通过脑子想,看一眼就能立刻判定的),我甚至会先拿出些钱给她,比如说拿出当月的工资(没开封的工资口袋效果最好),交给她,让她过日子。这种时候不多,但气氛总是相当感人。

我认识一个开餐馆的老板娘叫蔡菊花,人很不错,她动手早,八十年代就做得很火,手里肯定有不少钱。她长得胖胖的,年纪有四十五六岁,两只眼睛亮闪闪的,看人就如一道闪电,透着精明,一看就是一个阅人颇多、精于世故的老江湖,跟《沙家浜》里的阿庆嫂有一拼。人也是麻利如风,说话声音洪亮,中气十足,不论白天黑夜见到她都是神采奕奕。她把我当小弟弟,对我特别好。跟她一接触,我就感觉跟她交往亏不着我。我对她特别用心这当然用不着说,刚开始我跟她见面不多,若即若离的,我也从不到她的餐馆去找她,就是为了不到她那里蹭饭。否则她要是拉住了,我吃也不是,不吃也不是。你知道我的目的并不在一餐饭、一壶酒上,我不能因为这些小节把自己弄低了。我不想一上来让她把我看作一个混吃混喝的人。

来往了一小段,我感觉铺垫得差不多了,有一天我到她家里,把一个没拆封的工资袋交给她,对她说:"你收着,买菜用。"

她把我的工资袋拿在手里,两只亮晶晶的眼睛笑得弯弯的,说:"哎哟,从来是我挣钱给别人花,今儿我也花着别人挣的钱了哎!"

我趁热打铁，搂着她上了床。

云收雨住，热乎劲儿还在。我假装带点儿迟疑地对她说："我妹妹一家回来，家里住不开，方便的话我在你这儿住两天？"

她简直求之不得，马上答应，爽快地说："你来住呗，我一个人，自己说了算，有啥不方便的？"

之后我们的关系进展神速——我不是指性，在她眼里我英俊温柔，就像树梢上又香又甜的果子，令她渴慕不已，她比我迫不及待得多。相反，她可不是我的菜，说句那什么的话，我跟她上床，不过就是给她发福利而已——我是说她把我当成了她的贴心人。她每天的进项、生意上的事情、跟谁关系好跟谁结着梁子、谁家眼红咱们、几月几号要检查卫生等等，事无巨细一件一件都告诉我。对我来说尤其有意义的是她告诉我卧室衣柜下面有一个小抽屉是她搁钱的，她从来不锁，还让我要用随便拿。我一般是很注意的，轻易不动她的钱。但是到了实在周转不开的时候，我也就不再跟她客气了。她挣得多，那个抽屉里扔的一百元一百元的钞票比一本书还厚。她不在乎我花她的钱，只在乎我爱不爱她。

我怎么会不爱她呢？

我当然爱她。

36

除了蔡菊花，我还因为钱接近过蔡菊英（我从侧面了解过她和蔡菊花没有丝毫关系）、田淑妹、丁丽瑶等等。我也很难说与她们接触的结果都令我满意，我跟她们的关系也是有长有短，全看机缘。我这个人最不愿意勉为其难，强扭的瓜不甜，这事儿必须两相情愿才行。事实上她们都很精，比鬼还精。她们都是有年龄有阅历的人，而且都是多年混迹于商场，对利益看得非常重，全是寸利必争，锱铢必较，都是唯利是图，赔本的买卖不做，至少也要等价交换打个平手才行。所以你想，如果我不付出，不把她们哄高兴了，只是一味索取，或者是让她们觉得我是打她们主意，想从她们身上揩油，她们还怎么肯大把大把地把钱给我花？

花钱当然是一件愉快的事，这连小孩子都知道，但挣钱多少还是有难度的,从女人那儿挣钱,更难。不信你可以试试。尤其像我这样没有任何特殊才能,说白了,凭的就是男人天赋的那点资源,有时我感觉这条路其实也是充满了荆棘的。首先我得说我不可能像一个色情狂那样对每个女人都有兴趣跟她们上床,相反我也是挑剔的,加上这两年混迹情场,遇到的女人多了,特别是经历过那些上档次、有品位的女人之后,胃口也高了,想到要跟那些庸俗无聊的女人睡觉,我一样是把去她们那儿视若畏途的。为了弄钱容易一点儿,我在挑选目标时会尽可能找笨一点儿傻一点儿的,《红楼梦》里宝玉说女儿是水做的,男子是泥做的,要叫我说,我挑出来的这部分女人是水泥做的,她们也像水泥那样坚硬和乏味。跟这样的女人去亲近,对我简直是受罪。

  有个叫田淑妹的,她本人是做建材生意的,听说她前夫是开装修公司的,两人没离婚之前对客户提供一条龙服务,生意做得很不错,非常有钱。她跟她丈夫离婚,据她所说,是嫌他配不上她。田淑妹见我第一面就生生把我给看上了,随后左一个电话右一个电话约我跟她见面。这个田淑妹人还真没什么说的,长相也过得去,不高不矮,胖瘦适中,四十出头一点儿不显老,可就是怎么看怎么不着调。你瞧她穿的衣服从内到外没一件是便宜货,十个手指头套着八个大金戒指,每个兜里一掏都是一大把现钞,可她浑身上下透着那股子大妈劲儿直接就让你联想到她就是穿着睡衣睡裤趿拉着鞋逛农贸市场买搓堆菜的。

她算得上是我见到过的最邋遢、最没有审美品位的女人了。第一次见到她真把我吓了一跳，她穿的一身套裙倒是蛮高档的，可是竟然有大半个乳房穿在了乳罩的外面——似乎是乳罩卷了起来，我真不知道她是怎么穿的，我也不明白一个女人何至于粗疏到如此地步？而且她自己显然是一点儿知觉也没有。初次见面我也不便提醒她，走在她边上真的是要多跌份儿有多跌份儿。

除了穿着打扮不敢恭维，她口腔里总有一股发酸发霉的气味，让人难以忍受。她说的话永远是今天卖出了多少，昨天卖出了多少，再不就是上个月卖出了多少，或者反过来，今天进了多少，昨天进了多少，再不就是上个月甚至上上个月进了多少，跟她口腔里的味儿一样让我烦。她家里也到处都是一股口臭、烟臭和厨房里变了质的饭菜混合在一起的哈喇味儿，令人作呕，而且脏得简直无法插脚，破纸箱、瓶瓶罐罐从地上直堆到桌上、沙发上和大大小小的柜子顶上；床上扔满了穿过和没穿过的衣服，从不整理，睡觉只往里边扒一扒、踹一踹；厨房里以煤气灶为中心是一大片油腻腻黑乎乎的区域，天花板爆了皮，到处都在滴油，唯独正经油瓶子里面倒不出一滴油。这跟擦洗得清清爽爽的谢蓉家，永远飘着洗涤剂清香的李素素家，以及在我的拾掇下井井有条的唐心虹家简直有着天壤之别，人品就更没法儿跟她们相提并论了。我想她丈夫能有幸跟她离婚，也是意外的解脱呢。但她对我却非常有价值，她有钱啊，而且也舍得给我。算算我从她那儿得到的钱还真不少，第一回是三千，第

今晚吃烧烤　265

二回是一万五,那次为唐心虹过生日我从她那儿拿过五千八,最多一次是两万二,后来又拿过几次上万的。三百五百的她都是随手给我,还总是说:"给公家干挣不来钱,就是图个铁饭碗!"她对于我真是一棵不可多得的摇钱树。所以尽管她嘴里和家里都有令人不敢放开呼吸的气味儿,但我还是怎么也不舍得离开她。

跟她结束完全是事出偶然。她前夫提出要跟她复婚,他们又要联手做生意了。田淑妹为这事还跟我商量。我对她说:"这没什么可商量的,你们原来就是夫妻,俗话儿说'一日夫妻百日恩',你们的家务事我不插手。"

既然她开口跟我商量,说明她心里是有这个意思的,否则还商量什么?对他们夫妻复合,我不想说什么。不过我心里想那个男人到底是哪根筋搭错了?假如我像他那么有钱,我只可能花钱跟田淑妹了断,不可能离了婚再跟她复婚。

田淑妹听我说不插手她家的事,忽然神情黯然,眼中滴下泪来。

她流泪,我大吃一惊,她说出的话更是令我对她刮目相看。

她说:"我不是因为他有钱,我自己的钱也足够用了,更不是因为跟他有情,如果跟他有情当初我们就不会离婚了。我就是老想起跟他在一起的那些时光,那是我一生中最美好的光阴。人忘掉一个人很容易,忘不掉的是记忆。"她深情款款地说,"我离开你肯定也会想你的,你说人生为什么这样无奈?"

这个平常枯燥乏味的田淑妹这一天在我面前好像突然换了一个人，说出的话既深刻又富有哲理。痛苦令人成熟，她的话让我也跟着有一点儿酸楚，我甚至有点儿后悔与她交往自己的目的性太强，让金钱一叶蔽目，错过了好好体会这位商界女子说不定也是非常丰富多彩的内心世界。现在人家前两口子你有情我有意，没我什么事儿了，我成了多余的人。我当然得自己识趣，不能阻挡他们夫妻俩联起手来挣大钱，即使她对我非常重要，我也不应该妨碍她后半辈子的幸福。这种道理我一向都是讲的。我一咬牙一跺脚忍痛割舍了这条财路。

37

田淑妹之后我最下功夫的就是丁丽瑶。

光听丁丽瑶这个名字可能你会以为她是一位体态苗条、亭亭玉立、穿着讲究、聪明美丽的女士,可是,我的这位丁丽瑶需要把这些美好的想象统统颠倒过来——她长得人高马大,身高不低于一米八,体重至少九十公斤,女性第二性征一点儿也不明显,看上去就像一个干体力活的男人。她抽烟喝酒毫无节制,皮肤粗糙,嗓音粗浊,骂起人来更是一绝,村言俚语,痛快淋漓。她十来岁的儿子一惹她生气,这位可敬的母亲扯开嗓子痛骂:"我操你妈!"再不就是:"我操你爹!"他们母子间有些对话真是妙不可言,都快把我笑坏了。一次妈妈让孩子背诗,孩子背了前两句,然后就是"停车坐爱,停车坐爱"反反复复背不上来。

妈妈大怒，冲上去揪住儿子耳朵，大骂："你快别他妈给我'停车做爱'了，'停车坐爱枫林晚，霜叶红于二月花'这么简单都不会？你是吃屎的呀？"还有一次儿子把卷子拿回来让妈妈签字，妈妈一看只有八十九分，骂道："我操，就考这么点儿？"儿子正蹲坑拉屎，抗议道："都考八十九啦，比哪回都多，您怎么还操哪？"

可这位外表五大三粗咋咋呼呼的丁丽瑶算计起来心思可细密了，尽管只是小处着眼，可明摆着的亏是一丁点儿也不吃的。在我看来她与生俱来的本领就是要占别人的便宜，最大的特点就是爱钱，要花她的钱，就跟要她的命根子一样。最初我也是没摸清情况一脚就踏进了这个雷区，我怎么也想不到天底下竟有这么吝啬、这么自私自利的人，况且她还算是有钱人。

我也是在婚姻介绍所里发掘到她的。据婚姻介绍所的电脑资料显示，职业栏里丁丽瑶女士登记的是企业家、医生，有没有谁为她做过资格鉴定不得而知，也许这两个漂亮头衔都是人家自己给自己封的。我从她嘴里听说，她学过一点儿针灸推拿，还会给人拔拔火罐，承包了一家区卫生院，改成了老年病医院，还经营着一家送水公司和一家二十四小时营业的为人民服务小超市，几项收益加起来还不错。可是跟她见面吃第一顿饭，她理所应当就让我买了单。这也就罢了，吃过饭她提议到一座新开业的商厦去逛逛，那我就奉陪吧。可是你肯定想不到，她给自己挑了两件上衣、两双鞋，到了收款台那儿居然等着我为她付账。真把我鼻子气歪了！她以为她傍款哪？假如她真是国色天香，那我咬咬牙也许就忍下这一回了，我这儿可一点儿没忘记我找她是干什么的。我很有定力地站着不动，坚决不往外拿钱包，真正做到袖手旁观。丁丽瑶竟然也定力很好地站着不动，她也袖手旁观。收款小姐看看我，又看看她，抿着嘴笑。

最后挂不住的是我，没辙，我还是替她付了钱。她马上脸露灿烂的笑容。这事儿让我窝囊了好几天。我决定先忍下这口气，不是说"道高一尺，魔高一丈"吗？怎么说也是我有心她无意，从长计议，我就不信整治不了她！我立志要从她那儿"嗅"出钱来，当然还要做得漂漂亮亮，让她什么也说不出来。

我拿出了巨大的耐心和坚韧的忍受力，一步一步进驻到了她的家里，当然，也可以大言不惭地说，我也同样一步一步进驻到了她的心里。

有一天这匹精力充沛的高头大马终于仰面倒下了，她得了据说是风行欧美的流感，高烧至少有一两百度，烧得满面通红，嘴唇都起了泡，躺在床上直哼哼。

我抓住机会对她大献殷勤，又是为她用冰袋冷敷，又是替她熬粥煲汤，忙得不亦乐乎，希望能趁她软弱的时候打动她的芳心。

一天过去了，又是一天。傍晚她高烧又起，比前一天更加厉害。我又是一通殷勤侍候，不离左右。她终于从腰带上取下一把金灿灿的钥匙递给了我。我激动得心都快从嗓子眼里跳出来了。我总算获得了她的信任！可是她对我说出的话却差点没让我昏倒。

她说："你把我自行车钥匙拿上，车就在楼道里放着，你骑上去替我管管超市吧。下班后尽是来买东西的，我雇的那两个老太太眼拙着呢，你替我去盯着点儿！"

我憋了一肚子气，忍辱负重，还是去了她的二十四小时为人民服务小超市，替她打理生意。"卧薪尝胆"、"十年磨一剑"、"只要功夫深，铁杵磨成针"之类的傻念头那一刻全都咕嘟咕嘟冒了出来，我不想功亏一篑，心想暂且忍得一时，总有报偿。

进了小超市，我套上营业员制服（一件软疲疲的油渍花的齐膝蓝大褂），背着手在每个通道里走来走去，假装查看货物、整理货架，实则观察有没有没起子的人把商品藏匿到不正当的部位去。九点之后生意清冷下来，我闲极无聊，把商品价格牌一个挨一个地看过去。真是不看不知道，一看吓一跳。我有一个吃惊地发现：这个号称为人民服务的小超市其实是个小黑店，所有物品都要比别处贵，少则几毛，多则一块两块三块。比如先锋牌百分之百纯木浆卫生纸别处十八块钱一大包，这儿要卖十八块八；女性中心牌防侧渗漏护翼凹槽卫生巾别处十元十片，这儿十片要卖十二元；五元牌纯鲜牛奶别处一律只售五元，这儿就要卖到五元五角，诸如此类，包括针头线脑也都没有不加价的。

我问那两个昏昏欲睡的售货员这儿的东西怎么卖得这么贵？

她俩面面相觑，然后咯咯咯地笑起来。

一个说："这儿是新建的小区，前不着村后不着店的，路还没通，这大老晚的，你有钱也没处买去，还不是说什么价就什么价？嫌贵可以不买嘛。"

另一个更绝，说："您不问你们家老板娘问我们？挣得多您不高兴吗？"说着嗤嗤地笑，向另一位递眼色。

我知道她们都清楚我是谁，就不再跟她们搭讪。

熬到十一点儿，我跟她们一样昏昏欲睡。当然我不能睡，在这么个地方，我这么一个特殊的身份，我要带个好头。我强撑着，连着两天没日没夜照顾病人，再之前就是到郑州去替人催款，我已经好几天没有过过真正像样的人的生活了。我坐在半天也没有一个顾客光顾的为人民服务小超市里，百无聊赖，脑子里为我那些亲爱的女朋友搭起了T型舞台，让她们一个一个以展示的姿态凌空而过。谢蓉、唐心虹、李素素、王菱，我在心里一点儿一点儿复原着她们的芳香和娇美，复原着和她们做爱的甜畅和陶醉，竭力寻找和体会着那种过电一般的感觉。当然，假如这个时候能够在唐心虹白藕一般的臂弯里酣然入眠，或者躺在李素素家从意大利进口的真皮沙发里，听听音乐，或者靠在谢蓉家的雕花床头，在柔和的床头灯光下安安静静读几页《弗洛伊德传》、《荣格的生活与工作》、《性史》一类，该是何等的惬意！在这么个风一吹门窗哐当哐当乱响的简易建筑里想着这一切，简直有点儿恍若隔世。

过了十一点儿，几乎没有顾客了，只来过一个买烟的，还有一个可能是失眠的，或者也许跟我大哥一样是个梦游的，进来转了一转，什么也没买，一句话没说又走了。为人民服务小超市就像小火车站的候车厅，灯光昏暗，冷冷清清。

打盹的两个售货员中的一个站起来，说："到点了吧？到点我就走了，再晚赶不上末班车了。"她脱下灰暗的蓝大褂，把毛线针往提包里一塞，手脚麻利地出门走了。

就剩下我们两个人了。

那一位直截了当地问我："您留下还是我留下？里面可就一张床。"

我心一软，想着还是让女同胞回家歇吧，脱口就说："我留吧。"

她也脱下蓝大褂走了，满脸不加掩饰地轻松，就跟意外获释一样。我这才反应过来我没必要揽这活儿，本来就是她的应尽之责，她拿这个钱干这个活，天经地义，我这完全就是自找！可惜脑子慢了半拍，话已出口，只能自己盯这后半夜了。

这一位还算不错，走了又折回来，关照我放下铝合金防盗卷，只开一扇小窗，还指点我哪盏灯该开哪盏灯该关，嘴里还说着一段入室抢劫的新闻，提醒我注意安全。

这一夜还算好，没人来买东西，也没人入室抢劫。可我只在刚躺下时迷糊过一会儿，剩下的时间就再也睡不着了。我这个极少失眠的人在这个为人民服务小超市里失了眠。我辗转反侧，反思跟丁丽瑶来往的这一段。我想跟她这一局玩得可不怎么样，我把自己都给玩成打工的了，这么玩下去可不行。有这一夜我也想明白了，就是别再跟她兜圈子了，跟她码情调、砌感情的都是白搭。

我把握了一个她情绪不错的时候，做出很为难的样子对她说："最近朋友介绍了一单生意，利挺好，我账面紧，周转不过来，能不能帮我一个忙？"

"你想让我帮你什么忙？"她明知故问。

"借我点儿钱。"

我直话直说，别以为我开不了口。

她沉吟良久，神色凝重地说："劝你一句，现在外面人骗人的事情特别多，朋友也不可信，尽是杀熟的，我碰到的多了。"

我说不会，让她尽管放心。

"那……要多少？"她总算松了口。

"你看着办。"我笑着补上一句，"我不嫌多。"

她面无表情，以一种僵硬的姿势站在那里，我真担心她会马上变卦。她没开口，一只手摸着下巴在屋里来回踱了好几圈，沾满尘土的大皮鞋踩得本来就没铺平的地板嘎吱嘎吱响。她边走边大口吸烟，就像一个活动的烟囱。我的眼光一直追随着她，心里占卜似的不断押在成和不成上，下意识地变得十分焦虑。

"行还是不行？"我追问她，声音有点儿高，态度也不像平常那样平和。

没想到她马上就答应了。

她扔掉烟头。"写张借据怎么样?"她坐到她破旧的办公桌前,跟我公事公办地说。

"那当然,你不提我也要写给你的。"我拿出一副实诚劲儿。

"万一让人骗了你拿什么还我?"

"不会的。"我笑说,"我不骗他们就不错了。"我故意嘻嘻哈哈跟她逗。

"万一呢?"她固执地盯着我。

"这事我不是第一次做,从来没赔过。"我镇定自若,成竹在胸。

"万一这次做赔了呢?"她还是不肯放松,"我们可得把丑话说头里。"

"那也不用担心,砸锅卖铁,我一准还你还不成?"

她不吭声,好像还在仔细地权衡和斟酌。

"赚了我还会多还你的。亲爱的,别那么不相信我,我说了还你一准还你,咱们也不是刚认识一天两天吧?还能跑了我?"我温柔地把胳膊搭在她的肩头,手温柔地滑向她平坦松弛的胸前。别说这一手还真好使,她的声音马上就柔和了不少。

"给你八千,够吗?"

我只笑不吭声。

"一万吧。"她似乎做出了巨大的妥协。

我还是不吭声,不过笑得更加柔媚。

"一万五够不够？"听她口气就是要封顶的意思了。

"能不能再多一点儿？免得我再跑一家去借。"我俯下身亲着她的后脖子。

"你还有别处能借？那我不借了，你干脆都上那家去借吧。"她把脸一翻，那叫一个干净利索。

"哪还有别处呀？我就是这么说说罢了。为难就算啦，自己人都这么难，我还上哪里借去？"我假装气恼和委屈，其实心里也真是气恼加委屈。

"是你自己说的呀。"她嘟囔着说。

我耷拉下脸来说："我知道你的意思，你有难处就直说，我不会为难你的。"

我发现使点儿小脾气还真管用，以前只知道女人一耍小脾气男人就没招了，现在我发现男人一耍小脾气女人同样也会有招架不住的时候。

她说："那你倒是说呀，你想要多少？"

她让步了。

我把脸扭向一边，继续做出被人拒绝很受伤的样子。

"你这人真是有点儿……"她瞟我一眼，一副少有的女性娇媚样子，可是比不娇媚还让我觉得可怕。她柔和了口气问我，"那两万？两万够了吗？"

我知道这就是我能从她这儿榨出的分量最足的油水了。我也就见好就收。

我说:"好吧,就这样吧。"

这样的节目三个月当中我又上演了两回,从她那里弄出了六七万块钱。尽管一次比一次更费口舌、难度更大,但随后的两次同样最终获得了成功。她拿出钱给我的那种样子很像是卖儿卖女,我想当真让她卖儿卖女恐怕也没那么心痛和恋恋不舍。前后三次我都是一手接钱一手抚摸她,这也比较符合生意场上一手来一手去的规则。我想假如我不及时给她一些必要的抚慰,作为企业家的丁丽瑶肯定不会再给我下一次这样的机会了。

38

我说了那么多金钱是如何重要的话，也为弄钱挖空心思，委曲求全，无私地奉献自己，但我得说我是有追求的，金钱之外，我追求的是精神上的东西。我绝对没有一颗心全掉到钱眼儿里去，那样我就不可能还是现在的我了。

说到底，我真不是一个贪得无厌的人，我只是希望能够体面地把我心目中这样一份理想的生活维持下去。有时我想想，我自己要求得很少，却付出很多。我从女人那儿拿了钱，而我却并没有把那些钱全部用于个人享受，我没有自己花天酒地，甚至没有自己一个人单独下过高档的馆子，也没舍得为自己买一身一直想添置的深色西装，我也没有把那些钱积攒下来给自己买辆汽车。要说我早就想拥有一辆汽车了，以前有私车的人很少，近年有汽车的人渐渐多起来，我也很希望自己能成为有车一族。我倒不是为赶时髦,有汽车主要是为了生活方便,打着火一脚油门就能快速地到达很远的地方,行动起来更加随心所欲。西方人认为汽车是"第一两人空间",我从报纸上看到一个报道,说美国有百分之十五到百分之二十的浪漫故事就是发生在汽车上的。我马上想到要是我有汽车,不就等于有了更多的艳遇机会嘛?所以我相信有了汽车会给我这种生活方式带来新的机会。有了汽车我可以更快捷更高效地去赴更多的约会,而且,我可以随时启程,也可以随时离开。

可我没有那么自私,那些钱都花在了女人们身上,也就是说我把我的汽车拆零了为她们买这买那,帮助她们实现一个又一个的个人愿望。说心里话,她们笑得像花朵一样明艳的脸照亮了我的眼睛,我的心也跟着她们乐开了花。我就是这么一个人,看着她们高兴自己就高兴,她们的高兴也就是我的高兴。我早想到也许弄到最后我不过是作茧自缚,自作自受,"猪八戒照镜子里外不是人",我管不了那么多,我不在乎结果,我只看重过程。

39

  话虽这么说,真出一点儿事儿我还是会受不了的。某些时候,即便是"过程"也没有那么好过,当然更加说不上享受了。

  有一天我大概是从田淑妹家出来,刚刚拐上大马路,感觉身后像是有谁跟着我,回头一看,一个掌中宝摄像机镜头正对着我呢。拍我干吗呢?应该把镜头对准名人大腕,或者把镜头对准基层人民。定睛一看,我简直魂飞魄散,镜头后面不是别人,正是李素素!那一刻,怎么说呢,我真是差一点儿瘫倒在地。

  我强作笑颜迎上去,要替她背包。李素素一摔胳膊,扭身就走根本不让我靠近。我厚起脸皮,紧紧跟着她。她在我前面疾走,不管我在后面怎样苦苦哀求,就是不搭理我。

  大街上的人都回过头来看我们,当时我最最担心害怕的就是再让我别的女朋友撞见,那样就等于把我连根儿拔了呀。可是李素素仍然不管不顾,好像越引起别人注意她越得意。我横下一条心,打算调头走掉。可就在这时李素素突然站住了,她回过身来,用老婆的口气跟我吵起架来。

我被她当街骂得狗血淋头,她完全不顾一个知识女性应有的形象和体面。我趁她火气略小一点儿的时候把她拉进了一家没什么客人的餐馆,在这里比在大街上要影响小一点儿,而且遇到熟人的可能性也要小一点儿。她对我继续不依不饶,但态度已经不像一上来那么暴躁了。

"最好你还是自己说吧,你没有什么需要向我解释一下的吗?"她用提审的口气责问我。

"解释什么?你可别诈我噢,怎么了吗我?"我抵赖。

"你自己做的自己知道!"她火气特大。

"我真的没做什么——有话回去说好不好?"我息事宁人。

"你就在这里给我说清楚!"她不依不饶。

"你实在要我说,我就不负责任胡说八道啦!"我嬉皮笑脸跟她打岔。

她火气又起来了,厉声说:"装什么傻?别忘了我是做什么职业的,这个城里发生什么我不知道?这次我都拍到了,我有证据在手,你还想抵赖?你知道我跟踪你多久了吗?你不知道——你哪儿会知道?你连魂儿都跑掉了!我问你,大前天晚上你在哪里?跟谁在一起?大前天的大前天晚上你在哪里?跟

今晚吃烧烤 281

谁在一起？好了，别的我就先不问了。你不记得了——是呀，你怎么会记得？你不记得可是我记得，要不要我来告诉你？"

天哪，多么窘迫多么棘手的局面！关键是我不知道她真正掌握了多少情况。她这猛不丁一出现，又是夹叙夹议一通唇枪舌剑，我的脑子全让她给搅乱了。别说大前天的晚上，还有什么大前天的大前天的晚上，就是今天早上到现在的事情我也在这番突然的惊吓下忘干净了。在没弄清楚她究竟知道了多少她不该知道的情况之前，我决定先给她来一个抗拒从严。这方面从前我们血的教训实在太多，最大的机密往往都是自己亲口吐露的，我可不能重蹈覆辙。

面对李素素气势汹汹的责问，我低声下气，赔尽笑脸，但她就是不为所动，根本听不进我一句话，我说一句她说十句，根本不容我辩驳。我们动静太大，弄得餐馆的老板都忍不住从幕后走到了台前，摩拳擦掌要给我们劝架。我给李素素使眼色，悄悄对她抱拳作揖，求她放我一马。她气呼呼夺门而出，离开了餐馆。

她穿街过巷，没有坐车，我紧紧尾随着她。这里离她家还远，我不相信她会这么一直走回家。但她好像偏偏要跟我作对，大步流星地疾走。她那样的花柳弱质，真让我心疼！我想追上她让她别这么走了，但是只要我一靠近，她就走得更快。她气喘吁吁，面色苍白，我不忍心再追赶她。我跟她保持了一个适当的距离，能看见她，又尽量不离她太近。我心里一直在打鼓，不知道她究竟都拍到了些什么？也不知道她掌握了我多少情况？一丝绝望的情绪不时袭向我的心头。快到她家时只不过一错眼珠的工夫，她就不见了。我加快了步子，直奔她的楼门。我等不及电梯，一口气爬上了十楼。可是防盗门紧紧关着，李素素并没有回家。我急出一身热汗，怕她出什么意外。我又飞奔下楼，打算回头找她。刚到院门口，看见她正从我来的马路上走过来，怀里抱着一个硕大的西瓜。经过我的面前她看都不看我一眼。我抢过她怀里沉重的西瓜，像一只乖巧听话的宠物一样默默地跟着她，上楼，进屋。

现在的局面就明显对我有利得多了。我早就掌握了这种情况下解决问题的捷径，但今天我不想做得过于草率和生硬，我不想直奔主题。因为今天的问题恰恰是我一直担心、唯恐有一天会突然发生的。现在，就像一个病症已经露头，我不想简单地掩盖过去。"千里之堤溃于蚁穴"，今天的事也算是给我敲响了警钟。

我殷勤地给李素素倒了一杯冰茶，她不接。我把它放在她面前的茶几上。她只做自己的事，换衣服，整理散乱的报纸，揩桌子。她做什么我就帮她做什么，最后她什么也不做了，坐到了沙发上。

"说说吧，我到底做错了什么惹你生这么大气？要不把那些录像带放放，让我看看自己的罪证行不行？"我厚起脸皮，为了排雷，决定顶着风险上。

"我早就感觉到你不对劲了,你以为你伪装得很成功是不是?"在好几分钟对我充满了压力和轻蔑的沉默之后,她一脸鄙夷地说。

我脊梁后面一阵一阵冒汗。

我强撑着问她:"你怎么感觉我不对劲儿了呢?是不是我对你不够体贴不够好?"

"哼!"她冷冷一笑,不耐烦地打断我,"恋爱我也不是只谈过一回两回,到我们这样的程度,你口口声声怎么怎么爱我,不可能隔这么久才来见我一面吧?我可不可以问问你,不跟我在一起的日子你都去了哪里?你都在忙些什么呢?而且你仔细想想,有几次是你主动打电话约的我,差不多回回都是我打电话约的你,这是细枝末节,可是你说这正常吗?不觉得这里面有点儿问题吗?

"就这些?"我温柔地问她。

"当然不止这些。我已经留心你好长时间了,尤其是最近一阵,你气色晦暗,心事重重,眼神都是散的,记不记得我问过你怎么了,你说没事没事,我知道你没对我说实话。我问你,除了我,你是不是还谈着另一个女人?"

"没有的事!"我委屈地大叫,"我怎么可能还有别的女人呢?"回答这个问题我确实做到了没有半秒钟的犹豫。

"你根本没必要再骗我了。"她脸上是一副决绝的表情。

"我真没骗你啊。"我说,"你知道我只爱你一个!"

"得了吧！"她余怒未消，"我不知道——这种话谁信呢？"

那一刻我真是一点儿信心也没有了，我知道我完了，我把李素素彻底得罪了。几次我差一点儿拉开那扇沉重的木门，一走了之，但我相信事后自己一定会后悔的。我已经提前体会到了失去李素素带给我的那种失落丧沮的心情，我在内心里说服自己再做最后的努力。

我试探地从侧面搂住她，低声下气地哄她说："你不相信我就再说一遍，我爱你，真的，我只爱你一个。别再为那些没影儿的事瞎生气啦！"

我腾出一只胳膊把茶杯端给她，递到她唇边。这一次她没有拒绝，一饮而尽。

我像恋爱之初那样一点儿一点儿地留心着她最细微的反应，一点儿一点儿接近她，用话语和真诚谦卑的态度安抚她，直到可以安全地把她全面搂进怀里。我轻轻地吻着她的发丝、耳朵、脸颊，就像一条巴结主人的狗。她终于不那么排斥我了，身体的线条不再僵硬。我马上抓住时机，得寸进尺。我吻她的嘴唇，把手伸进她的内衣。先还是冷冰冰的她一下子迎合了上来。我心头一喜，趁势把她抱进了卧室。

我们在床上一直缠绵到天黑，嘉嘉今天不回来，没有孩子打扰，我们可以躺在床上不急着起来。

我下床去切了西瓜，端上床来，用小勺子一口一口喂到她的口中。

吃完西瓜,她咬着牙说:"你在外面真还有别的女人,看我不杀了你!"随后她又自怨自艾地说,"我怎么就偏偏遇到了你,真是书里说的'不是冤家不聚头',你可真把我气坏了,你不知道这些天我是怎么过来的!你别以为你跟我到了这个份儿上能轻易地丢开我,一点儿门儿也没有。实话告诉你,我这个人也是很难缠的,除非我没兴趣了,还没有一个男人能摆脱我呢,不相信你就试试。"

她终于露出洁白漂亮的牙齿笑了起来。

我费了好大工夫才从李素素那儿套出了事情的经过,原来是她的一个狗屁同事向她举报说看见我跟一个女人在外面吃饭,状极亲密。记者的嘴我是领教过的,少不得添油加醋无中生有,唯恐天下不乱。国家每天有那么多的大事需要他们去报道,他们不好好工作,居然来管我的闲事!我义愤填膺地把那个不知道是谁的人臭骂了一通,同时赌咒发誓,一口咬定那不过是一个客户而已,我根本就没放在心上。

李素素冷笑一声:"那今天你还登门拜访那位客户了?"

她眼睛里是两道犀利的寒光,就像两把匕首,直向我心窝刺来。

我继续抗拒从严。

我说:"我去了我一个哥们儿家。"

她说:"你这个哥们儿可是个女的!要不要看看录像带?"

我赶紧辩解:"那一准是我哥们儿的媳妇,我那哥们儿正好不在家,她非要送我下楼。她就是那么一个人,婆婆妈妈的。"

她说:"你是不是总挑你哥们儿不在家的时候才去?"

我一下急了,或者说此情此景,我必须得这样表现。我说:"你这是什么话?"

她也沉下脸说:"你以为你已经解释清楚了是不是?还差得远呢!我心里的疑虑怎么可能让你这么两句插科打诨的话就打消了呢?你自己琢磨琢磨吧,都不是小孩子了,自己的行为自己要负责。王宓,今天我给你提个醒儿:别以为聪明的就你一个,天底下自作聪明、聪明反被聪明误的人多了,我希望你别成为他们当中的一个。"

她这几句话让我脊梁上的热汗统统变成了冷汗,我的心灰冷下来。我在烦躁无奈的心情中下床做饭,内心充满了难言的苦楚——我深深地意识到我的爱情王国其实是建筑在沙土之上的,很可能在一个我意想不到的时刻倾覆。这个想法纠缠着我,挥之不去。一连几天,我情绪低落,心头不时涌过一阵郁闷和沮丧。

40

但是日子还要一天一天地过下去。我清楚我的情绪直接影响着围绕我的一圈人的生活质量,所以即使我强作欢颜,我也必须把每一幕演好,来不得半点马虎。

几年前我读过一个名叫布鲁诺·舒尔茨的外国作家写的小说,给我印象极深的是他写的父亲,那个爹在不同的小说里以不同的形象出现,有时是人,有时是蟑螂、蝎子、螃蟹一类,最让我感兴趣的是他总是悄悄地拥有着不为人知的隐秘的个人幸福。他经常会失踪几个星期,去过蟑螂、蝎子、螃蟹的生活,最终就干脆不再回家了。我觉得这个父亲的生活很有象征性,就像是我生活的写照,但是我可不敢像他老人家那样随心所欲地一失踪就是几个星期,更不敢从此一走了之。所以我比他更疲于奔命,也更难。我是那种想对得住每一个人的人,所以到头来累死累活的就是我自己。

  日复一日，这样过了三年。三年的时间，我已经在不知不觉间建立起了一个小小的爱情太阳系，而发光发热照亮她们每一个人的就是我自己。我说过了，我没有别的才能和专长，我只有爱情，我用我的情打动她们，吸引她们，感染她们，粘连她们，把她们跟我联结在一起。我用我的爱情满足她们，支付的最核心部分是性。说实在话，在我刚刚从犹如旧壳般的婚姻关系中挣脱出来，刚刚步入这个吸引我的生机盎然的新世界的时候，我的确是满怀热望而且是热情充沛的，那会儿我也真的是身心愉悦，乐在其中。我经常是一连几天甚至是一连几个星期穿梭于我那些可爱的女朋友之间，热情洋溢地满足她们的需求和欲望，假日无休，乐此不疲。我对那会儿记忆最深的是刚上了一辆公共汽车，紧接着又上了一辆公共汽车，从一站赶向另一站，从一张床赶赴另一张床，身上总是飘扬着不同人家沐浴液的不同香味。可是时间一长，兴趣转淡，我已经不再有当初那么高的欲望，主要是不再有当初那么高的兴趣。到这个时候，我才知道原来欲望真是个好东西，有了它，生活滋味满满，而且再苦再累也不怕，而一旦失去了它，许多事情便失去了光彩，变得兴味索然。从"兴味盎然"到"兴味索然"尽管不过是一字之差，但实际却是天壤之别，对此我是有着深切体会的。

  到后来，尤其是当我为了钱找了那些富裕的女人之后，爱情在我心里不纯了，我对性的胃口也越来越差——这两件事我不知是不是高度关联,或者是不是其实各走一筋并无多大关系?我就像是进入了一个衰退期,那条昂扬向上的曲线一下子就成了跌下悬崖的断头线。那一阵我只想和我喜欢的女朋友安安静静地待在一起,即便是和我喜欢的女朋友在一起,我也不想马上上床,而是更喜欢跟她或者另一个她喝喝清茶,聊聊闲天,散散步等等。这些惠而不贵的事情深得我心,也让我感觉自己不费什么力气就享受到了自己心目中的幸福,我觉得这才是幸福应有的样子。说得更确切一点儿,那一阵连性感迷人的唐心虹和犀利泼辣的李素素都不能引起我太多的热情,我只想跟性格文静对我最无压力的谢蓉在一起。事实上我大部分时间都待在她那里。我跟她说我已经快要结束挂职锻炼,很快就有望回到城里了。其实我就是为我真正的回归做铺垫。我想过,当有一天我厌倦了眼下的这种奔波无度和充满谎言的生活之后,如果让我选择一个落脚点,谢蓉这里无疑是我的理想之地。当然,现在说这话还为时太早,一时半会我还不会急流勇退。我说过我是一个负责任的男人,我不会说走就走。过我这样的生活,除热情之外,没有坚忍的精神也是不行的。

然而失去热情和兴趣真让我有力不从心之感,我也清楚这对我来说可不是一桩小事,而是直接关系到我这种生活方式是否还能维持下去。所以我只得一次一次从谢蓉家里走出来,去我并不想去的地方,见我并不想见的人,来保持我这个星系的运转。那一阵我感受到了什么叫"无可奈何"。在和某些女人相对的时候，我真的是度日如年。可能你想不到，我会主动要求去农贸市场买菜，回来之后一个人在厨房里摸索，还主动擦地、收拾屋子，就是为了把时间消磨在这些家务琐事上，以此来躲避那项见面的重头戏。我得说面对那些如狼似虎的女人，想躲避并不那么容易，基本是躲得过初一躲不过十五，而对我来说，就是躲一次算一次。也有某些时候我不需要刻意躲避，我迎刃而上，然而却是兵不血刃——我不像书里说的"兵不血刃，得了涪关"，而是我自己不战而败。这种时候非常打击我作为一个男人的自信心，但是出现这样的局面我也没有办法，真到了这种回天乏力的时候我也就只好装死了。面对这种状况我的女朋友们反应不一，有的是不死心，有的是很烦躁，也有的反而善解人意地安慰我。我呢，心里既有恐惧和沮丧，而更多的却是一种逃脱的轻松。只有和最心爱的女人在一起，我才会感到郁闷和悲哀——我付出得太多，我实在是太累了。

好在崩溃的时候只是偶然。面对我相爱程度不一的众多情人，我就像流行歌曲里唱的那样："你总是心太软，心太软，把所有问题都自己扛"，我"总是无怨无悔"，尽管我"根本没那么坚强"。

41

有件事非常刺激我。这件事就发生在不久前,大约一个月前吧,我不知道是我哪一个女朋友把我给告了,说我以恋爱为名骗钱。这是哪儿对哪儿吗?说明她根本就不了解我,更说不上理解了。

出事那天是个双休日,我回家看我父母,我忙得已经有好久没回过家了。经过楼下小烟铺子,我进去买了包烟。买完烟一出门,呼啦围过来三个男人,饿虎扑食一样拥上来把我扭送到了派出所。

在派出所里我百思不得其解,实在想不出那个告发我的人会是谁。我的思维像一只飞速转动的轮子,哗哗地旋转着,把她们逐个地想过去。李素素是我的爱人中唯一对我不能确定的不忠跟我发生过正面冲突的,但我已经向她做过好多次解释了,已经和她说得比较清楚了。况且自从发生了那次被她当街拍摄和随后的争吵之后我几乎把她家当了大本营，总是尽最大可能和她在一起，跟她出双入对，我们一起下馆子，一起泡酒吧，一起逛商场，一起看电影听音乐会，我跟她好得没边没沿，都快成连体婴儿了。最关键的一点儿，我跟她可没有金钱上的纠葛，我从来没有从她那儿拿过一分钱。跟她在一起，我向来非常绅士，替她埋单是我乐意的。当然她在金钱上也从不依赖我。我认为女人也是改造男人的，男人在不同的女人面前会呈现不同的风格，甚至会拥有不同的人格，在李素素面前我下意识地就会表现出自己最光鲜靓丽的一面，所以即使经济状况最水深火热的时候，我也不会在钱上动她的念头。因此，她不可能用"以恋爱为名骗钱"这样的罪名告我。

我自然想到那几个富有的女人。我首先排除了田淑妹，我尽管从她那儿拿过不少钱，但我们早已结束往来了，再说我们聚散都没有伤过和气，她现在又过上了复婚后的幸福生活，绝对不会为已经过去一两年的几万块钱再来跟我计较的；我也迅速排除了蔡菊花，尽管这一阵我们走动不多，我有点儿顾不上她，但她对我一直挺宽容，只要我每个月去跟她睡上一次两次，她从来好说话得很。我知道她心里很爱我，她自己就对我说过，她这一辈子遇到我这么英俊而又体贴的男人还是头一次，而且也只有我，从来不挑剔她的年纪、相貌和身段。她说也就是跟我在一起最开心，最放松。她曾经有一次满怀幸福感地对我说：

今晚吃烧烤　293

"只有和你在一起,我再没想过要减肥。"我听了其实还挺感动的。说真的,女人这样向你裸露内心,而且是一个看上去相当强悍的女人在你面前袒露出她的无奈和委屈,让我感觉自己很有男子气,也让我感觉自己是一个真正的男子汉。我当然是软语温存,趁机哄她高兴。蔡菊花就像一个大姐那样疼我,对我知冷知热呵护有加。住在她家的时候,她常常半夜里替我盖被子,这让我心里有一种很温暖的感觉。从小我妈对我也没这样过,蔡菊花母性的一面真是让我非常感动。当然,对她我也会尽己所能回报的。我知道她需要什么,尽管她缺乏女性魅力,对我丝毫没有那方面的吸引力,但我还是尽力去和她亲热,平心而论,我是当工作做的。想想吧,有多少工作是我们很不情愿做的,有多少工作是需要我们凭着吃苦耐劳的精神去做的,而且,我们也往往凭着这样的付出和因此取得的成就来实现自己的价值。我倒不是说我通过和蔡菊花睡觉来实现自己的人生价值,不,我的目标并不那么空泛高远,相反,我的目的具体实在,我就是想从她那里弄到点钱花。她对我的心思也十分清楚,这就是明白人对明白人,谁也不需要拐弯抹角——钱都是她主动拿给我花的,哪里需要我骗她?再说她那种大方爽气的性格,即使她真为我骗了她的钱生气,也不会做背后下刀子这样的事,顶多就是一怒之下轰我走,不至于找公安机关替她出面收拾我。她不可能不知道她么做的后果,跟公安机关一打上交道,那可是进退都由不得她了。她不是一个任性的人,如果就为出一口气，我想她绝不会忍心把我送进监狱吧？

那么告我的人究竟是谁呢？剩下的我看她们就都有可能了，比如丁丽瑶、孙某某、夏某某、杜某某什么的，个个都是小肚鸡肠账算得倍儿精的人，也就是我，才能从她们那儿弄出点儿银两。这几位每个人也都有一两万到三四万不等在我手里（我早花到别的女人身上了），不过跟她们我也不是白拿，都说是借。有的不要我写条，有的我还有借据在她们手里呢。说句那什么的话，能从她们手里把钱"借"出来，我也都是下过一番功夫的。而且我答应她们周转过来马上归还，保证还多不还少。估计是她们看我很少上她们的门，跟李素素一样疑心病上来，醋性发作，再发现些别的蛛丝马迹，心里窝火，啪把我告下了。女人就是爱冲动，而且不计后果。这个他妈的毒女人，真是丧心病狂，全忘了我们是怎样蜂狂蝶浪恩爱缠绵的，说翻脸不认人就能翻脸不认人，难怪古书上说"天下最毒妇人心"，也怪我看走了眼，没找准人。

我被关着的日子可不怎么好过，这就不细说了。他们把我跟小偷、抢劫犯、杀人犯、流氓强奸犯等社会渣滓关押在一起，使我做人的自信一落千丈。而且，说实话，每时每刻我都是提心吊胆、胆战心惊的。如果真论说起来，我的事恐怕也不算小。最要命的是我花了三年心血一点儿一点儿营造起来的幸福生活三秒钟之内就会化作废墟，甚至连一点儿挽回的余地都没有。我不是疯子，也不是狂人，相反我头脑清醒得很。我相信公安局的人要是知道了我的所作所为，必对我绳之以法。我坚信他们当中没有一个人能理解得了我的爱情观，也没有一个人会同情我。我意识到我已经濒于绝境，就像一架翱翔的飞机突然出现了故障，我能够感觉到灭顶之灾的狂风正一阵紧似一阵地向我吹来，我眼看着就要彻底完蛋了……

救我于危难的是蔡菊花。有一个人出去，我让他悄悄帮我传递了消息。我不想事情扩大，只把消息告诉了蔡菊花一个人，她马上揣了钱，走门子把我营救了出来。大恩人，蔡菊花，你救了我，我爱你，我深深地感谢你，我要报答你！当晚，我坐在蔡菊花的餐馆里，吃她亲手为我做的一碗热汤面。我俩面对面坐着，都没有说话。但两个人之间的那种气氛，那种信赖感，真是不经过生离死别是不会有的。那碗面条吃得我呀，真是永生难忘。

之后我们一起回了她家。那一夜我们一直折腾到天亮。蔡菊花像一个妈一样把我搂在她宽阔的怀抱里，语重心长地让我别再干傻事了，跟她结婚吧，吃的喝的花的都有我的。我感动得热泪长流。有她这片真情，我真不知道自己还想要什么？我当即点头答应。她那个高兴啊，赤身裸体跑到床下，翻箱倒柜，把一大把存折翻出来都拿来放在我面前，对我说："给，都是你的了！"感动得我又一次把她抱住，我们一起在存折上翻滚。

我在她家一连住了好几天，不计晨昏，全天候地抚慰她不知疲倦的身心。直到我自己腰膝酸软，人像是被抽空了一般。

有一天上午醒来之后我就离开了。对不起了,大恩人,蔡菊花,我爱你,但我是不会跟你结婚的。我并不是不需要钱,但钱对我并不意味着一切。对不起了,大恩人,蔡菊花,我爱你,可是我要永远永远地离开你。

前面我还没有讲完,那个名叫布鲁诺·舒尔茨的外国作家在他的一篇小说里写了父亲的最后一次逃走,父亲先是变成一只螃蟹重新回到家里,母亲干脆把它就当螃蟹煮熟了。这只金黄的螃蟹被端上了餐桌,但最终谁也没去碰它。几个星期后,父亲逃走了。家里的人看到盆子空了,一条螃蟹腿横在盆子边上。父亲在逃跑时那些被煮熟的腿不断地脱落在他经过的路上,他当然从此永远不会再回家了。

我也是这样艰难而又果决地离开了我的富有又慷慨的大恩人蔡菊花。

一年零三个月啊,大幕就这样落下。

42

有意思的是等我再回到原来的生活，我的生活还是一如既往。我很佩服那个深藏不露的告密者，即使我带着狐狸的敏感、猎鹰的眼睛、警犬的嗅觉，我也始终一无所获。但是有一点儿却几乎不容更改，就像水往低处流，我也日益感觉到我原先这份如意美妙的生活已经日趋不如意不美妙了。我比较沉痛地发现爱她们每个人是一件无比困难的事情，我已经越来越力不从心了。也许是因为心里比较烦，跟她或她在一起时我不再神定气闲，或者仅仅是我的谈话不像以往那样风趣机巧，她们竟然马上就能觉出异常。这真是神啊！好像她们看一看我的颜色、闻一闻我的气味就能判断出我这个人的成分发生了微妙的改变，变得不稳定了，就像我们对陆地和海洋会有不一样的感觉一样，她们也同样觉出了我的不可靠，指不定还对我产生了种种可怕的怀疑。但她们谁也不说破，只是都对我多留了心眼。这方面我同样是敏感的，加上本来心里就有鬼，她们瞒不过我。除了她们脸上的那双眼睛之外，我感觉她们总还有其他的眼睛在我身上，不管我走出多远，她们都在盯着我。这让我很不自在，我也没办法对她们解释一下，再说这也根本就没办法解释。

最近一段时间，我的一批情人渐渐都憋不住露出了债主的面容，已经有两个女人话里话外暗示我快点还钱——在别的事情上这两位可都是喜欢慢的，还总让我慢点慢点再慢点。有趣的是她们给出的理由竟然是一样的，她们都说要装修房子，可她们的房子明明是刚装修不久的，显然她们是故意这么说给我听的。这种细节上的微妙巧合也让我感觉到一种隐隐的胆战，我不知道是纯属偶然，还是冥冥之中有股神力在给我某种暗示。还有一个女人更直率，让我这个月之内就把钱凑齐了还她。我都爽快地答应了。我不这样又能怎样？我清楚那些钱我是绝对无法如期还上的，我早已经不知道它们都去了何处，它们就像一群蜜蜂飞进了树林，我怎么可能再去一只一只捉回来？只能随它们去了。如果当初我拿那些钱为自己买辆汽车，那还钱的希望还大一点儿；可是我把那些钱都买了女人的内衣、睡衣、套裙、耳环、项链、香水、口红，买了法式晚餐的美味食品和优雅气氛，买了意大利咖啡的独有情调，买了西班牙红酒带来的醉心感觉……所以眼下我即使想变卖它们都没有丝毫办法。有谁要那些穿过用过的女人的内衣、睡衣、套裙、耳环、项链、香水、口红？假如她们是名人、艳星或许还另当别论。法式餐馆晚宴的气氛、意大利咖啡带来的情调和西班牙红酒营造的氛围对于本本分分踏踏实实居家过日子的人又有何用？所以我真是自作自受啊！早知今日，何必当初？

而我的另一批情人因为得到过我无尽的宠爱胃口越来越大。我反省自己也许不该对她们太好，但错误一开始就犯下了，现在要改正也为时太晚。对她们恐怕我只有使出我最后一招：无情无义地从她们的生活中永远消失，就像一个气泡飞进空气之中。无奈之下，我确实一次次地试图化作气泡，但我还是感觉出自己变得越来越沉重。我发现即使逃跑也变得越来越不容易了。

当然我也说不上后悔，后悔是庸人自扰。我这个人说我是什么都行，但我绝对不是庸人。所以到这个地步我也不会去说一句后悔的话。毕竟我是过过好日子的，过过这种与众不同、妙不可言的日子的。我觉得我过去曾经是幸福的，我现在仍然是幸福的。我承认这是一种有毒的生活，因为它让我上瘾。就像布鲁诺·舒尔茨小说里的父亲，当他身上出现第一个蟑螂那种黑褐色斑点就忍不住要变成蟑螂一样。我一过上这种生活也就再放不下了，一心一意潜心其中，投身其中，即使心里明白是饮鸩止渴也顾不得了。到了这个份儿上，我想我也没什么可抱怨的了。可是话说回来，眼下我的处境还真有点儿困难，因为债务的原因那些女人把我缠得太紧了，在我不堪重负的时候，我只得忍痛割爱，从我某些甜蜜的情人怀抱里逃脱出来。我就像那只被煮熟的螃蟹，已经顾不得脱落的腿撒了一路，我只是一心要逃走。

43

即使我到了自顾不暇走投无路之际,你不知道我心里还是多么放不下她们。尤其是我深深爱着的那几位,我还是朝朝暮暮会想起她们,真是"此情无计可消除,才下眉头,却上心头"。但是她们那么多人当中,我敢说几乎找不出一个像我爱得这么投入、这么一往情深的。这真让我失望。

最近连着发生了两三件事让我倍感失落和难过。

我的绝代美人唐心虹——我亲爱的小仙女的母亲,另一位天仙,我们的感情有多好啊!我从来对她宠爱有加,她要什么能满足的我都尽量满足她,不能满足我也会想方设法创造条件满足她。她也曾说过非我不嫁、要与我恩爱白头一类的话,可是前不久,她对我态度不好起来,常常莫名其妙地冲我发火。有一天我们刚从外面回来(既吃了饭也买了东西,她应该称心如意了吧),她突然对我说:"你也没有跟我结婚的意思,我扎个款嫁了算了!"

尽管说实在话她并不是我唯一的爱人,可是当我听到从她嘴里说出这样的话,我的心还是像被坚硬的刺扎破了一样,一滴一滴地流出血来。我不是一个脆弱的人,但我是一个重感情的人,尤其看重爱情,她怎么可以这样对我说话呢?她知道不知道她这么说是很伤人的?这话说说也就罢了,我也不会太往心里去,跟她较劲有什么意思呢?因为我心里从来就是爱她和愿意原谅她的,可是她还真这么干了。时隔不久,她通过呼台给我留言(就像她过去无数次向我传递爱的信息一样),让我别去找她了。我以为我的美人儿生我的气呢,当然是赶紧给她打电话啦。可是我给她打电话她也不接,我立马跑去找她。她竟然板起面孔,对我冷若冰霜,就像三九寒天。做爱是说不上了,连手都不让我拉。我本来是想感化她的,但我发现她变得像石头一样坚硬,我拿她真是一点儿办法也没有。在我死活要求下她才答应跟我吃一顿晚饭。

那天晚上外面细雨霏霏,我坐在她对面,心里却充满了物是人非的悲凉。也许这又是我的一个错,这种时候也许就不该再见。我看着她奇怪地有一种陌生感,比我见她的第一面还要陌生。我的爱人唐心虹到哪里去了呢?过去和她的恩爱场面一幕一幕在我脑子里过电影,但我一点儿也不知道端坐着的她在想些什么。那么快我们就情断爱绝形同陌路,原来成为陌路并不难啊！我实在弄不明白怎么爱情在女人身上可以说消失就消失。她就坐在我对面，和我脸对着脸，几乎是伸手可及，就像以前我们无数次这样坐着时一样。但这一次我清楚已经跟以往任何一次都不一样了，这一次彻底变味了。我不仅失去了她，而且失去了一切的可能性。她神情麻木，就像一只不再保温的热水瓶，里外都是凉的。你什么也指望不上她了。

坐下还没说上几句话，她的手机就响了。哟嗬，真是士别三日当刮目相看，手机都配上了，还是最时兴的牌子和款式。再仔细看她，我发现她穿的差不多都是世都百货一层精品柜里买出来的名牌，要不也是这个档次的，比她过去更考究得多了。唐心虹向来对名牌情有独钟，我们手拉手不知看过多少名牌专卖店。现在她打扮得如此流光溢彩，这么说她是真扎到款啦？真的如愿以偿啦？——关键是，她跟我说要扎款的话言犹在耳，好像就是不久前的事情，我不相信她真的能手起刀落，因此只有一种可能，就是她早已经付诸实施，而且有了成果。那天她那么说，其实就是在给我吹风，或者说就是正式通知我，而我却并没有想到她会如此果决。这件事给我一个教训，就是你在迷惑和欺骗女人的同时一定要当心被她们迷惑和欺骗。

这顿晚饭果真就成了我和唐心虹最后的晚餐。她吃得极少，几乎没动几下筷子。话更少，几乎就不开口。到了这个时候，我的心就像被堵住了，岩浆一样的感情再也无法奔流而出，而是冻结成一块一块，梗在胸腔里。这种气氛之下，我也说不出什么能够打动她芳心的话了。我知道说也是白说。

  但是有一段心事我还是放不下来,我很想跟她谈谈小金莎莎,问问她的情况。上次听说孩子在学校里闹了一点儿不愉快,有同学向老师告密说莎莎和比她年级高的男生约会,还看见他们下晚自习的时候手拉手,结果弄得老师十分紧张,又是谈心又是请家长,请了爹不够还请妈。我不知道这件事后来是怎么解决的,对孩子有没有什么影响?我知道莎莎是一个喜欢逗乐和恶作剧的孩子,她那么做不过是闹着玩而已,她真实的感情肯定是不会随便外露的,这我清楚,而且我也完全了解和相信她,我只是担心那帮傻帽儿大人根本理解不了她,他们会误会我的小精灵,给她不必要的压力。想到这些我内心总是很不安,可是我却无法跟唐心虹谈谈这件事情。现在孩子也成了一个敏感话题,好像我在耍手腕千方百计抓住她不放似的。其实我真的只是关心孩子,想再听一听她的情况。女儿是父亲最后一个情人,我的小莎莎是我心里最后一片绿叶,我知道随着跟妈妈分手,我很可能再也见不到她了。一想到这,我就像被摘了心肝一般。但是妈妈不愿意说,她简单地把话岔了过去,我再次提到孩子,她流露出不耐烦。我没有办法。

  晚饭结束,已经有一辆在夜色中透出华贵之气的宝马车在餐馆外面等着她了。天哪,只可惜我不是那辆宝马车的主人!如果我事先知道有宝马车接她,我一定会挑一家高档些的餐馆的,唐心虹事先也不告诉我一声。我目送着她款款地走近宝马车,我形容不出她有多么妖娆袅娜，我从没看到过她的腰肢像今天这样柔软若风中杨柳。那一刻，我就像一座石像，在失落沉痛和孤立无助中迅速风化……

这件事就这样了。就像《心太软》里唱的："不是你的，就别再勉强"，"算了吧，就这样忘了吧"！一切就这样结束了，无可挽回。

最后，还剩一点儿可说的。大约在上个月吧，我在大街上邂逅了我的小仙女金莎莎。她穿着深蓝色的校服背带裙，应该是放学回家吧，骑在自行车上，和另外四个女中学生一字儿排开，她们擦得锃亮的自行车钢圈儿在洒满夕阳的大马路上闪闪发光。她也看见了我，十分之一秒的犹豫，她刹住车，一只脚从踏板上跳下来，蹬在马路边上。她冲我羞怯地一笑，头发一下都拂到了脸上。我看着她把挡住眼睛的头发向两侧拢去，动作里已经透出一点儿少女的成熟。这让我相当吃惊。这真是太不一般了，我的小精灵已经悄悄长大了。我不记得跟她说了些什么，应该是最最普通的一些话。而就在那一刻，我的心被遗憾、痛苦、怅惘、委屈等等击中。我只记得我们在短暂的交谈之后我目送她踩动脚踏飞快地追上同学，而我手心里还留着她自行车扶手的清凉。她加入到她们之间，和她们一样，成了普普通通的中学生，成了普普通通的小姑娘。我望着她跟她们一起在宽阔的马路上一字儿排开，迤逦而去，闪闪发亮。

我连她的手也没有拉一下。

44

当晚,我在日记里记下了和小莎莎的相遇,这应该就是最后一次了吧?难道还会有最后第二次、最后第三次?我不抱那样的希望。我的一颗心又冷又灰,胸膛里回荡着最后的咏叹。可惜我手边都没有一帧你的小照。曾经有过那么多次的机会,任意一次都是可以的,也许还会带出甜蜜的小片断在这个心碎的时候仍然可以回忆,可是我当时竟然没有想起。

女儿啊,你是我心中最后的一片绿叶!

终日的头痛搅得人不安,但我必须忍耐。我记的日子已经乱了。今天大约是1999年10月15日,之前的时光都像水一样流过去了,之后的时光也会像水一样流过去,我知道除了记忆没有什么可以留下我和我亲爱的女儿的那些心心相印的交往。娇小又美好,纯洁又美丽,即使你住在山的那一边,我也会飞过去看你;即使你不住在这个星球上,我的心也会飞过去看你……不要以为我还能继续写下去。心脏,大脑——一切。金莎莎,金莎莎,金莎莎,金莎莎,金莎莎,金莎莎,金莎莎,金莎莎,金莎莎……

45

另一件事也令我心生隐痛。

我曾经深深爱着的王菱也在几天前离我而去了,她远渡重洋,去了澳大利亚。听李素素说,王菱是嫁了一个房地产商人,毫无疑问,那人非常有钱。我和王菱虽然早已经不再上床,但我们关系一直不错,春日融融,或者秋高气爽,我们会相约一起消磨一个午后,或者消磨一个晚上,我们在一起吃吃喝喝,同时切磋武艺——我们聊得最多的无疑是爱情,虽然只是泛泛而谈,但还是能感受得到我们是多么地心意相通。有时聊得动情,真有惜日重来之感,我几乎要忍不住揽她入怀,看得出来她也心旌飘摇,只是我知道我不可以那样冲动,冲动是魔鬼,冲动有可能会毁坏眼前的一切。当然,也可能情随事迁,那只是我的一厢情愿,我更得克制自己。这样既为她好,更为自己好。

我要说和她在一起除了冲动，我领略到了更多的美好，那种过滤掉了肉欲的纯粹，或者说那种禁锢了情欲的安逸，真的是别有风味。尤其是当我在那些女人之间疲于奔命，我发现王菱才是我真正的避风港，是我心灵的港湾。

这样一个人，我是多么珍视她啊！可是她却走了，挥一挥衣袖，不带走一片云彩。

最让我心里不好过的是这么大的一个事情她居然不对我说一声，她跟我可从来都是推心置腹的啊！难道她怕我妒忌或者阻拦她不成？我当然不会嫉妒和阻拦她，我只会祝贺她，我会忍着心头的疼痛祝福她。我知道她一心想过悠闲富有的贵族化生活，现在她总算是如愿以偿了。而且她也顺利地摆脱了过去，更加可喜可贺。

当然，这不表明我就不因此而恨那些有钱人，如果没有金钱作为媒介和桥梁，我相信才貌双全的王菱一定不会扑进一个又老又丑的商人的怀抱。我从来没有见过王菱的老公，"又老又丑"只是我泄愤的说法。在我眼里一切有钱人都是又老又丑。

我除了恨有钱人，也恨自己不是一个有钱人，我也恨女人纷纷扑向了金钱，而让爱情自生自灭。这真是一个不讲爱情的时代，她们在我辛苦奔波的旁边找到了自己在世界上的位置，就弃我而去，弃我的爱情而去，如弃敝屣。她们是残忍的，她们是自私的，她们也是恶毒的。她们没有过去只有今天，没有别人只有自己，没有情感只有享乐。我这么一个内心炽热、无比钟情的人，我深知我不是她们的对手。我的心就这样碎裂了……尤其是深夜独自一人的时候，我能听得见那些碎片坠地发出的清脆的回响。

46

还有一件事也在不经意间给了我不小的刺激。

那天我正走在车水马龙的王府井大街上，忽然瞥见一个眼熟的身影，那个身影夹杂在一堆身影之间，正在快速地移动，而我仿佛闻到了一股记忆深处的熟悉的气味，马上就辨识出那个人正是我久未谋面的查好娟。

依然是那般风情万种，只是更加明艳动人，平心而论，她除了个子还那么矮，浑身上下什么都变了，不仅是穿着打扮，连气质都变了，我还从来没有见过哪个女人身上发生过如此巨大的变化。她怀抱着一个一岁多的孩子，紧紧跟随着一个男人，那个男人同样怀抱着一个孩子，很明显那是一对双胞胎。那个男人又高又大，把走在旁边的查好娟衬得更加矮小。然而她脸上的那种自信和明媚却令人会忽略她身材的不足而感受到她强大的气场,以及她作为主心骨的存在。她身上洋溢着的母性也让我深受震动——好像她天生就是一个母亲,之前所有的过程都是在为她成为母亲的这一天所准备的。

我下意识地停下了脚步,朝她微笑。

她也同样停下了脚步,朝我微笑。

真是相逢一笑泯恩仇。显然她比我沉着得多,她落落大方地给我和她身边的男人作了介绍——毫无疑问那是她的丈夫,她孩子的父亲。她对在这个热闹非凡的地段邂逅我表现出了得体的惊喜和礼貌的热情,她用简短的几句话向我勾勒了自己近几年的生活。她说她离开报社广告部之后去了一家律师事务所,后来又去了一家公关公司,做的都是与媒体打交道的事情。一年前她怀孕辞职,在家过着相夫教子的生活。她说话的时候她的老公在旁边点头微笑,呼应着她的情绪,看上去他们的关系良好,当然这不关我的事。从她的气色和笑容看得出她的生活状态也很好,当然这也不关我的事。我其实只想从她的身上看到我们曾经相爱的痕迹,哪怕只是言谈间淡淡的留恋,哪怕只是笑容后面一个疲惫的眼神,然而没有,什么也没有,她的脸上充满了满足的光彩,让我无比失落和痛苦。

在我们即将客客气气告别的时候,她忽然问我:"你还单着吗?"

我怎么会"单"着呢?我从来也没有"单"过呀。我不但没"单"过,这三年甚至都没有"双"过。然而她的问话让我不由得一怔,心里忽然掠过一阵凉风,那种世俗的标准和安逸打动了我,我好像突然之间对自己的生活失去了那种乐此不疲一往无前的底气。

我笑嘻嘻地说:"我还是老样子。"

她勉强一笑,说:"你比以前憔悴多了。"

她这句听上去略显怀旧的话让我心里又是一怔,她是在心疼我吗?不过我马上会过意来她是说我消耗太多吧。

她又说:"结了婚才知道有个家真是好。"

她说得很由衷,我想她应该说"再婚真好"吧?不过我听她这么说还真不能完全无动于衷,相反,心里好像被某种尖锐的东西划过,说没感觉那是假话。我忽然想起以前看过张爱玲的小说《红玫瑰与白玫瑰》里面振保与以前的情人王娇蕊在公共汽车上相遇的情景,娇蕊嫁了,成了朱太太,怀里好像也抱着一个小孩,她已经是人到中年,比以前胖了,仍然打扮着,涂着脂粉,戴着耳环,因为年纪大了,艳丽也变得俗气了,振保当时并不知道自己心头的感觉竟是难堪的妒忌。我扪心自问,我似乎并没有振保的那种"难堪的妒忌",我只是有点儿心情复杂而已。我觉得足以安慰自己的是,小说里振保竟然在晤面时流下了眼泪,当然为什么他自己也不知道。至少我不会流下眼泪,虽然看着她一家四口其乐融融的样子,我也没有眼馋到要全盘否定自己的生活。

我们站在夕阳的光影里一口气聊了有五六分钟,或许有十来分钟，查好娟的丈夫似乎有点儿不耐烦，其实讲良心话他什么也没有流露，甚至我们聊得越投机他越是为我们高兴似的，但我还是能觉察到查好娟就像精准的雷达一样在不时探测着她老公的情绪。她终于不得不结束和我的谈话了。当着她老公她没有给我留下电话号码，当然也没有相约下次再见。她嘴里说着"再见"，很平淡地向我挥了挥手，走出两步又回身握住了我的手。就那一握，我知道她心里还有我。真的不是我自作多情，那种感觉，我无法言说。如果你有过恋爱经验，如果你曾经和某个人深深相爱过，你就会知道我说的是什么。

她轻轻一握之后随即松开了我，挽起老公，一家四口迤逦而去。阳光把他们在地上的影子拉得好长，这是真正的夕阳啊，金灿灿的，在我心头留下挥之不去的感伤。

自从那个在我心中已然十分遥远的下午，我愤怒地将西红柿和鸡蛋砸在她家的门上之后，这是我们唯一的一次相见，而且，我相信这也是此生我与她最后一次相见，再不会有下一回了。

而她的轻轻一握，在我手指上留下了温度和柔情让我终生难忘。

这算是和解吗？

我应该为这份和解高兴还是难过呢？

我的心情为何如此郁闷？

47

以前我不肯承认自己是一个孤独的人，现在我觉得应该面对现实。尽管我生活在众多女人当中，但我不能在真正意义上对她们中任何一个人忠贞不二，所以，我不可能与我所爱的女人真正地心心相印。我也没有属于自己的完整的生活。想一想我倒确实是在为女人们活着，我知道我在女人的眼睛里又英俊又迷人，什么浪漫、温柔、体贴、大度、豪爽、风趣、幽默、善解人意、急人所急等等优良品质在我这儿统统具备，用一句女人形容我的话说，我"天生就是为女人而生的"。这也成了我心甘情愿、无怨无悔为她们做那么多的动力，而且无论得到还是付出，在我这儿都同样充满了乐趣。可是这显然是一种得不到回报的付出！如今我揣着一颗受伤的心，面对着一份爱情水土般流失而支离破碎的生活，暗自神伤。好在我也总是一边发现一边遗忘，就像一边嗑瓜子一边吐掉瓜子皮一样，所有一时之痛都能随着时间流逝而过去。经历了一次次的恋爱，我也从我所爱的女人身上学到了不少东西，其中很重要的一条就是拿得起放得下。所以我尽管心碎，仍能生活，而且还能比较好地生活。

与此同时，我尽可能让最最琐碎具体的生活细节充满我的生活，占满我的时间和内心，以此来治疗创痛，加速遗忘，让自己尽快忘掉离我而去的唐心虹、王菱和新近又重新回到我心里的查好娟——提起这些温暖性感的名字我是多么痛苦！其实我不想忘掉她们，也舍不得忘掉她们，我只想忘掉她们对我的负心而已。

而实际上遗忘也并没有那么轻松，有些想忘掉的事情恰恰是忘不掉的。人都是不超脱的，尤其是当事情落在自己头上的时候。因为经历了一次又一次的失落与失望，我对自己穿街过巷去赶一个又一个女人的约会不免产生了怀疑，我忍不住怀疑这究竟有何意义？意义何在？说实话，我心里对女人的欲望正日渐淡漠，已经有不止一次我突然之间丧失了"性"趣，我不清楚仅仅是我的身体失灵了，还是我从身体到内心统统报废了？用尴尬都不足以形容我的心情与处境。我曾经是那样欲壑难填，而今却像吃倒了胃口一般毫无动力。我当然清楚假如没有了性的支撑，我的生活马上就会全面坍塌，毁于一旦。危机感像枯树失火一般蔓延，令我犹如惊弓之鸟。

　　我在最最孤独的日子里，好几次一个人乘地铁去了西郊，独自登上香山，北京城尽收眼底。我身边经过的登山者也跟我一样站下来向城里眺望。我在心里猜测他们会看到什么，是树木、高楼、公路、河流、桥梁，还是城市上空那片幕布一般厚重的灰蒙蒙的天空？也许有的人看到的是北京城今非昔比的建设成就，花费巨资的由水泥、钢筋、玻璃堆砌起来的巨大建筑物，裤腰带一样的环形道路，灯红酒绿让人神经兴奋的XX中心、XX广场和XX饭店？有学问的也许会看到博物馆、高校、研究机构、高科技产品交易市场等等，我相信我看到的肯定跟他们不一样，肯定不同于他们所有的人。远处的北京城对于我是浪漫和激动人心的，是令人爱怜到内心有一阵一阵的震动感的，远比我生活在其间时更加浪漫，更加激动人心，更加令人喜爱。站在山顶上，站在这些陌生人当中，被迎面而来的凉风吹拂，我看到的是我的情人们所在的区域，所有那些街道、楼群、房屋和室内的一切，都像海市蜃楼那样逼真，在我的眼前栩栩如生，活灵活现。如果我的每一位恋人都用一盏点亮的灯来代表，那北京的各个区就全亮起来了，璀璨一片。但这种隐秘的欣喜稍纵即逝，我的思绪又落回到现实当中。现实的力量无比巨大，像冰冷的钢铁一样压向我，它们迅速变成了坚固的栅栏，把我围困其间，我无法脱身。即使面对如此空阔的自然，我也同样能够感觉到那种来自生活内部的紧逼和压迫，无助而无奈。

天色苍茫。

大山苍茫。

草树苍茫。

我心苍茫。

暮色开始像水一样淹上来了,我该下山了。坐中巴,倒地铁,回到那个被二氧化硫和悬浮颗粒物严重污染了的城市,回到已让我心存畏惧的生活当中。

48

有一个现象有点儿意思,在我没有开始这种生活方式以前,说句不害臊的话,我对那些丰乳肥臀、楚楚动人的女人总是垂涎三尺,我的梦里也经常充斥着女人美妙或者粗俗的肉体,即使睡着了也不放过和那些女人纠缠不清。而当真正接触过众多的女性之后,我的心反倒静了下来。现在我是真正可以做到心平气和地面对女人,和女人一起过过小日子,一起分享分享那些最普通最平凡的日常生活的快乐。我变得喜欢收拾屋子,喜欢整理衣柜,还喜欢买菜做饭,这在从前对我来说完全是不可思议的。

比如昨天,谢蓉提出想在家里吃一次烧烤,我赶紧骑上车去了农贸市场。在那里我流连忘返,从青菜看到萝卜,从乌鸡看到乌鱼,从猪肉看到牛肉,一摊一档精挑细拣。回到家吃过晚饭，我一直忙到十二点钟还没睡。我把乌鱼切段，黄鳝片好，用白兰地把大虾炝上，牛肉、排骨、鸡翅分别切好，每一块方方正正大小适中，又用精盐、料酒、葱、姜、蒜腌好，连蘑菇、西葫芦、青椒、土豆、洋葱都洗净备好，最后一样一样包上保鲜膜在冰箱不同的冷冻抽屉里收好。我知道今天一天都没空，如果到家再弄，免不了手忙脚乱。

做这些家里的事情我总是心情很好，就像在天气晴好、空气湿润的早晨走出门去那么愉快。我从来不会因为做多了家务而迁怒于人，更不会因为自己扎上围裙就要把一家老小支使得团团转。那些毛病我都没有。所以女人都说跟我在一起轻松、舒服。我在做这些的时候谢蓉就在厅里靠着沙发舒舒服服地看电视连续剧，看得有趣就一个人呵呵呵地傻乐，还跑过来讲给我听。这一点儿她跟我前妻冬梅真是如出一辙，好在我改变了，现在我一点儿也不烦女人看那种哭哭笑笑胡扯八道的玩意儿了，她看她的吧，总比她出去找第三者或者当第三者强吧？再说这也是丰富文化和精神生活，也是精神文明的一部分。其实主要还在于我对家庭的态度与以往不一样了，我的心态平和了，而且比任何时候都更加爱家宜家了。

等我忙完手头的活儿，谢蓉已经躺在沙发里睡着了，一副心满意足的样子。她真像一个睡美人，睡着的模样比她醒着时还美，脸儿白白的，睫毛卷卷的，身体修长而饱满。我忍不住蹲在她身边，静静地观赏她。那一刻，我的心里就像正午阳光下的草地那样温暖和柔软。

现在，除了李素素那儿，我最爱到的就是谢蓉这儿啦。尽管我仍然保持着五六个上下的女朋友，仍然常换常新，我还真像报上说的是一个喜新不厌旧的男人。在谢蓉这儿我能得到安慰，找到内心需要的宁静。比李素素更好的是谢蓉没有要求过我结识她任何一个朋友，每个月她也不会因为例假过期了一两天就神经质到歇斯底里，所以在谢蓉这里我最有安全感和安宁感。相反，见李素素还会触动我想到王菱，而想到王菱怎么说我都是痛苦的。上个月我就跟谢蓉说我结束挂职回来了，只是父母身体不好，需要我照顾，因此我可以经常到她这儿，也有借口不回来。实际上我是越来越频繁地来她这里，差不多快每天住她这儿了。

我已经住惯了谢蓉家的这套房子，即使夜里不开灯也能准确地知道什么在什么地方，就好像这儿从来就是我的家，我从来就只有谢蓉这么一个妻子，而四岁的脸蛋和屁股蛋儿一样肥的飞飞就是我们的亲生儿子。在谢蓉家里我奇怪地有一种宾至如归的感觉，而这种宾至如归的感觉是具有腐蚀性的，我甚至一时冲动想住下从此不走了，就在这里结束我这种漂泊游荡的生涯，也许也算得上是一个圆满的句号呢。我想象从此在这个家里呵妻爱子，忙里忙外，一切都交给这个家，心里是踏实和欣快的，绝对没有一星半点委屈和失落的感觉。事与愿违的是每次我都让别的情人呼走，就像一只驶向港湾的帆船，风又毫不体谅地把它吹向深海。

我发现自己越来越深地陷入了对谢蓉的爱,说句大实话,过我这样的生活,是不可以如此的。对一个女人的钟情和依恋会让我眼下的这种生活难以为继,因此我清楚必须与这种几乎是发自内心的专一去抗衡。

有一点儿令我颇感意外,我这个人生性不好嫉妒,一般我对我爱的女人从前的配偶是不在意的。我自己就是一个离过婚的人,知道藕断丝连的那种感觉在离婚的男女之间通常多多少少总会有一点儿,毕竟也是在一起共同生活过,吸烟喝酒还上瘾呢,有点儿惯性是正常的。但是根据我的经验,离了婚的男女比从来没走近过的男女接近起来往往要困难得多,像田淑妹和她前老公那样的事例还是不多,即便是复婚,有不少也是以再度离婚告终,所以我对我女朋友的前夫可以说从来不会有嫉妒之心。可是对谢蓉我却做不到这么潇洒,在她的家里我一直悄悄地进行着的一项工作,就是努力消除她前夫的影响。直到现在,我看她都没有真的忘掉他。她常常会对我说起家里什么什么是他买的,什么什么是他做的,包括哪根钉子是他钉的她都记得一清二楚。为了纪念这个从她生活里溜走了的男人,在我进驻以前,这个家的所有摆设甚至都保留了他在时的样子。这也有点儿太过分了吧?我花了很大的劲儿用我的审美去影响谢蓉,让她知道她这个家已经陈旧,迫切需要整体改造。在审美方面我自以为是段位较高的,我无师自通,知道怎么样一来就能使一个家变得更像一个家，因为我懂生活，也热爱生活。这一方面谢蓉是很服我的，当然别的情人也挺服我。但是，只有在谢蓉这里，我是真正费尽心机。通过不断地说服和精心地改造，现在总算弄得大概其了，不仅彻底消除了她前夫的影响，而且让这个家可心可意，温馨无比，简直可以做十三亿中国人民的家居范本。在这个家里，有许多个充满艺术情调的角落，每个角落都灯光柔和，格调不俗。假如再放上一张三十年代的咿咿呀呀的老唱片，窗外再下上一点儿雨，那简直就是完美之境。

这个家里是适合爱情之树慢慢生长的，是一日长于一百年的，肯定一点儿不比国外差。我想如果她前夫看到了，一定会后悔吧？听谢蓉说他是想好好奋斗得到更好的生活，可是最终他却和爱人失之交臂，我既替他感到痛心，也为自己感到高兴——我高兴自己有机会占据原本属于他的位子和原本属于他的家。说真心话，我爱谢蓉，我不会为了那些有的没的离开她。我是心满意足的，谢蓉也是深感幸福，飞飞就更不用说了，他还是小毛孩子呢。

我说过我是一个爱家的男人，现在我把对家的感情重点放在了一个家庭上，马上就体会到了什么叫作"重中之重"。这种感觉唤起的不光是责任感，更多的是源于心底的柔情。我明白了，我在这个城市里奔波或者奔逃的时候我是不完整的，但我回到这个家里我就是完整的——我不再是任何人的情人，我不再属于任何人，也不再拥有任何别的生活。在这个家里我是坦荡和纯净的,我和谢蓉、飞飞才是一家人,我们是一家三口,我们是三口之家:普通平淡,恩爱快乐。所以,当我自行车前筐里扔着新买的晚报、后座上夹着一把芹菜匆匆往家赶的时候,满心想的都是马上就要见到老婆和孩子,我是绝对精诚专一的,远比那些始终只有一个老婆、一个孩子的丈夫和父亲要精诚专一得多。尽管我看上去也是灰扑扑的,跟满大街灰扑扑的男人差不多,但实际上是不一样的。我的内心是充满色彩的,而且我也希望这个世界能跟我的内心一样充满色彩。

49

　　回想起来其实也是早有预兆,只是我过于自信,一次一次忽视了来自命运神秘而微妙的提醒,这注定了我在劫难逃。到了这一刻,我已经没有什么可抱怨的了。排泄通畅,没得性病。只是太遗憾了。一位诗人的话:

万事皆无头绪,
　命运自有定数。

50

  今天真是个挺不错的日子,有风,风不太大,天是蓝的,在北京已经很少能看到这么蓝的天了,还飘着一朵朵毛茸茸的云,也是少有的像雪那样的白。真是个很不错的日子!关键是我心情好。我骑车经过一条又一条大街,往谢蓉家赶。说好了,今晚我们要吃烧烤。

  回到家里的时候谢蓉已经先我而到。孩子还没有接,但吃烧烤的那些东西都已经摆好在桌子上了。就像过节一样桌上铺着雪白的桌布,一瓶匈牙利干红葡萄酒,冰得凉凉的,瓶子外面结了一层薄薄的水雾,两只圆圆的玻璃酒杯面对面摆着。谢蓉还真是越来越讲究了,我把艺术运用到生活方方面面的想法和做法看来是真的影响到她了。谢蓉迎着我走过来的时候头发湿漉漉的，好像是刚洗过澡。我轻轻地搂住她，果真闻到了沐浴液和洗发水的清香。刚洗过澡的谢蓉在感觉上更加清爽悦目。

我逗她说："赶紧弄吃的吧，吃完就上床！"

她扑哧笑了，斜我一眼，娇媚地说："想什么呢。"

她的眼睛里都是喜悦。

我趁机拍了拍她的屁股，我知道她喜欢这样的亲热。

我们一起下楼去幼儿园接回了飞飞，飞飞也是兴高采烈的，他也等着吃烧烤呢。昨天他就说："我出生到现在还没有吃过烧烤呢！"这话让我跟他妈妈乐得不行。一个四岁的孩子就会这样说话，也是个小人精儿呢。有趣的是所有沾点儿洋味儿的事情这个小孩儿都喜欢，天生就喜欢。这点估计是随了他那个变成螃蟹逃走了的爹。现在他的爹是我，所以我对他倍加爱护。

我跟飞飞在家里跑来跑去玩了一阵装大猩猩的游戏，小孩儿嘎嘎乐得喘不上气儿来，我们两个都大汗淋漓。我帮他脱去毛衣，换上薄绒小坎肩儿，为了方便，下身干脆就是一条开裆裤。飞飞已经不怎么肯穿开裆裤了，但只要是我让他穿，他总是一句话没有。他跟我从来非常友好，我们是有点儿特殊感情的，甚至比亲父子还要亲。想起这点让我挺得意的。穿上开裆裤的飞飞就像牛奶广告里娇憨可爱的小娃娃，可他说出的话却不一般。

他跪在垫着大厚垫子的实木椅子里，用叉子敲着烧烤板，不胜感慨地说："吃着烧烤，多好啊！"

他的一线哈喇子就顺着叉子流了下来。

一切准备就绪，我们的烧烤就要开始啦。飞飞已经激动得小脸红扑扑的，目不转睛地瞪着面前的盘盘碟碟，好像马上就会有奇迹发生一样。这个时候我发现有一个疏漏，我忘记买芥末了，而今天在回家的路上我还特意绕了一点儿道为谢蓉买了她特别爱吃的小泥肠。我披上外衣要下楼买芥末，谢蓉不让我去。那怎么行呢？烤小泥肠怎么能没有芥末？我知道她好这一口儿，我一定要为她去买。

她站起身，态度温柔地拦住我，说："那还是我去吧，你坐着歇会儿。"

我们从来就是这样你谦我让相互你舍不得我我舍不得你的。坐下之后我还真觉着有一点儿累了。我舒服地靠在椅子里，翻开晚报，人彻底放松了。我在享受她对我的这片柔情。

谢蓉飞快地下了楼。飞飞跑出去要跟，但不一会儿他又跑了回来。

我问他怎么啦？

他不好意思地说："我还穿着开裆裤呢！"

他笑起来的样子，我觉得就像看到了另一个谢蓉，我一把把他抱进怀里。

谢蓉回来的时候头发上有一些亮晶晶的水滴，我正想问她头发怎么又湿了，她把一管芥末放在桌上，却不小心把一个盘子碰到了地上，顿时摔得粉碎。飞飞和我都吓了一跳。我赶紧去厨房找簸箕来收拾。我听到谢蓉在厅里说："必盛，对不起，我太不应该了!"

必盛?这么耳熟的两个字,跟随了我四十一年的名字,她怎么会叫我必盛的呢?在这个家里我是王迅啊。我看到谢蓉的脸色非常苍白,我赶紧扶住她,问她是不是不舒服,劝她到床上去躺一会儿。就在这个时候,门上响起了敲门声。

我的故事就要随着开门而结束了。我打开门,进来的是三个穿着警服的警察。我马上就意识到是冲我而来的。我也马上明白了谢蓉刚才为什么神情慌张,脸色苍白。

尽管事情突如其来,我还是很镇定。我对进门的三个警察说:"有什么话都好说,我听你们的,这儿有孩子,别吓着他。"

他们马上就不一样了,放松了许多。其中一个警察问我:"知道为什么事吗?"

我说:"知道。"

他说:"知道就拿上身份证跟我们走吧!"

年轻一点儿的那个警察还探头看了一眼餐桌上摆着的吃烧烤的丰盛的材料,这个警察有点儿面熟,一时我想不起在哪儿见到过他。从他的眼神中我感觉到我们准备的东西实在是太多了点儿,三个人肯定吃不了,摆在桌上显得有一点儿夸张。两根小泥肠正在烧烤板上滋滋地冒着油,这会儿吃火候正好。我跟着三个警察往外走,心里涌上一阵酸楚。我回头看一眼谢蓉和飞飞,飞飞嘴里含着勺子,乌溜溜的眼睛一直在看着我,谢蓉的脸色更加苍白,她像一棵深秋的树一样瑟瑟发抖,好像随

今晚吃烧烤

时都会倒下去。

到了楼下我马上看到外面正在下雨。挺好的天，怎么说变就变了？雨下得还不算小，地上已经湿透了。我想到谢蓉头发上亮晶晶的水滴，那么她下来买芥末的时候雨就下了？我在家里可是一点儿也没有感觉到。

湿润的空气扑面而来，我看到雨里停着一辆警车。这个时候我听见飞飞亮开他奶味十足的小嗓子叫我："爸爸！爸爸——"他飞快地从楼道里冲出来，一点儿也顾不得穿着开裆裤了。飞飞后面紧跟着谢蓉，她手里拿着我的厚外套。我伸手想去接那件外套，但是一位中年警察挡住了我。他自己把外套接在手里，好像沉思了片刻，然后把外套给了我。我被三个警察推进了警车。

就像一段无声的电影，我们没有一个人说话，甚至没有一个人发出声音。警车开走了，我因为双手被铐，没法跟他们娘儿俩挥手告别。我扭过头望着他们，我的目光一直在他们身上，直到警车拐弯。他们留在我眼里、同时也是深深印在我脑海里的最后一个图像，是母子二人站在灰蒙蒙的雨幕里，无望地看着警车把我带走。他们都眼中含泪。我们透过泪光相互凝视，就像真正的骨肉分离。

附录

本报讯 据《日常生活报》报道，昨日北京宣武公安分局天桥派出所破获一起以欺骗离婚女子感情为手段诈骗钱财的特大诈骗案。犯罪嫌疑人真名王必盛，化名"王迅""王盾""王宓""王平实"等，对几十位女子从情感到钱财进行诈骗。

王必盛，男，41岁，北京市人。自称在《××××报》广告部任职。王必盛供认：1996年他与妻子离婚，同年他在北京宣武、西城、朝阳、海淀等几家婚姻介绍所登记，开始实施诈骗，共诈骗三十多名女子，诈骗金额达40万元以上。王必盛在行骗时谎称自己是100集电视连续剧《金色诱惑》总制片、总导演、《生活时尚报》总编辑、中国爱神社区服务发展中心董事长、美国圣路易丝国际贸易有限公司总经理等8个头衔，无一真实。他的行骗道具仅是一只印有中国××部项目合作纪念字样的密码箱，内装与他谎称的头衔相应的8种名片。名片上印有寻呼机号、三个手机号码及国外的联系号码、EMAIL地址等。除寻呼机号和其中一个手机号是真实的外，其他均为虚假号码和虚假地址。而且据他供认，为逃脱别人的寻找和追踪，他还经常更换手机和寻呼机号码。

据了解,王必盛所骗的大部分是四十岁以上、离异之后独自带着孩子生活的女人。她们之中大多数受过良好的教育,有稳定的工作和一定的积蓄。她们都对感情要求较高,而且经历坎坷。王必盛正是抓住了她们对爱情的渴求,利用自己看似英俊潇洒的外表,极尽讨好、关怀、体贴之能事,用从A女士手里骗来的钱少量巧妙地用于B女士身上,博得好感与欢心,让他"相中"的每一位女性都以为他是一个可以托付后半生的人。骗取了她们的信任之后,王必盛就称"账面资金周转不灵,暂时拆兑一些现金,随后马上归还,而且会多还",多位女子就在他这样的"诺言"下拿出了自己的全部积蓄。被王必盛欺骗的女性所受到的情感折磨和创痛,几乎无法用语言表述。一位受骗女士向公安部门反映:"王平实"在与她恋爱期间多次向她借钱,他并不是不还,但还完又借,而且一次比一次数额巨大,她有近10万元被他借走,至今没还;另一位受骗女士告诉记者,"王盾"每周都到她承包的宾馆去吃饭,有一段就住在她家中,她前后给过他8万多元,还为他花去约三万至五万元。他已经同意跟她结婚,她也已经向亲戚朋友宣布,准备春节举办婚礼。可是,他在拿到她给的钱之后,就不辞而别了,她再也找不到他了。这位女士说:"损失些钱财,咬牙也就忍了。咽不下的是这口气!再说了,亲戚朋友面子上也交代不过去,他们见着面就问'什么时候喝你们的喜酒'?弄得我真没脸做人。"

据警方调查，更多的女子在受骗之后却隐忍不说，致使犯罪嫌疑人得以长时间逍遥法外。据王必盛自己供认，他的这一诈骗行为已持续三年。

有两位被骗女士经历了几个月痛苦的折磨之后，终于鼓起勇气先后向公安部门报了案。此前，王必盛被抓获送到了某派出所，但是，几天以后，据说是一位同样是受骗的女士把他保了出来。而王必盛出来以后，随即就从这位女人身边消失了。

王必盛不思悔改，仍然继续他的诈骗活动。终于，又一被骗女子到天桥派出所报了案。昨天傍晚，天桥派出所民警冒雨将化名"王迅"的王必盛抓获。此案将于近期审理。警方希望被骗者尽快与宣武公安分局天桥派出所或预审处联系。

1999年11月　定稿
2016年8月　修订

后记

有些事不写下来就忘了

程青

三十岁出头的时候我就记不住人名和地名,与之对应的是我也记不住叫那些名字的人和叫那些名字的地方,当然只是那些我认为陌生的人和陌生的地方。记不住人总是很尴尬,尤其是人家记得住你。记不住地方倒还好,只是当我问我的家人和好友"我去过那个地方吗"显得很弱智。渐渐地,我发现自己也记不住年份,某件事发生在某年某月,我脑子里是一片模糊的。当然,不少时候连事情都忘记了,我真说不好我都记住了什么。

因此回过头来看,在这么多年里写了这么多的小说就太令我高兴了,现实生活中的遗忘,多少在小说中得到了一点儿补偿,有时甚至像得到了拆迁款一样大喜过望。不知不觉间我成了一个用小说标记年份的人,甚至说是用小说来保存个人记忆的人——我翻一翻自己写的书就能知道那一年我在做些什么。尽管小说不是日记,记载的也不是我自己的生活,甚至都不是我自己的心情和情绪,但这份工作却映射出某个特定的时间段我灵魂飞翔的轨迹——我不知道何以来形容,对我而言,写小说其实就是我最真切的人生。

《今晚吃烧烤》是我写于上个世纪的唯一一个长篇小说。某天，大约是在《北京晚报》上，我看到一个"骗婚"的报道，其实也不是"骗婚"，用报纸上的话说是"以恋爱为名骗取女人的钱财"，居然上当者众多。我在附录里大致保留了那篇报道的风貌。最初因为《青年文学》约稿，我匆匆写了一个中篇，意犹未尽，决定写一个长篇。

在此之前我已经写了并且发表了不少中短篇小说，就像完成了股票的平台整理，面临方向性突破。另一个促使我想写长篇的因素，是我在单位写文章因为篇幅受限，总写不痛快。1995年起我在《瞭望周刊》主持一个栏目叫"心态录"，采用口述实录，写各行各业人物的经历、故事和所思所感，是名副其实的"非虚构"，只是当时不那么叫而已。这个栏目两星期发一篇，每篇4000字。因为稿费低要求高，很难找到作者来写，作为编辑我只好自己顶上，我几乎把它写成了自己的专栏。为了采写这个栏目，我走了不少地方，见了不少人，可是因为字数所限，不能充分表达，渐渐在心里积聚起越来越多的能量，就像森林被一层层埋到地下成为煤炭，日复一日便成了煤矿。因此，写个长篇似乎水到渠成。

这个长篇果然写得非常顺手。那会儿年轻，真有花香果鲜的气象，凡事想做就做，说做就做，不需要思前想后，也不需要深谋远虑。我记得当时我们周刊社还在宣武门上班，我家已经搬到鲁谷八区，从家到单位大约16公里，这个距离不算远，但是加上两头走的时间,整个行程需要一个多小时。为了保证小说能够完稿,我给自己的定额是每天在电脑上写一百行,大约4000字。通常我是匆匆写完4000字然后打车去上班,可以节省将近半小时。也有的时候是悄悄从班上溜走,回家去写这4000字。我居然坚持了下来。前后写了三稿,大约花了四个月。

有人问我,《今晚吃烧烤》里的事情是不是真的?还有人问我,你是不是去采访过?我只能老老实实地回答,不是真的,我也从未采访过他们。我就是凭想象写的,以我的生活经验和感受来写——我写的是这个故事可能的样子,肯定不是它真实的样子。如果说有点儿野心的话,就是我想写一部不太一样的都市小说。这个"不太一样"究竟是什么样子、应当是什么样子,说真话,我也不知道,要写出来看,或者说,写成啥样是啥样。

所幸的是我自以为写出了我想要的那个样子。首先是我找到了一个调子:"有一个男人,他在同一个城市里有五六个妻子,五六个家,他可以随心所欲地在这些家里出入,享受浪漫与温馨,你羡慕不羡慕?你说他是不是一个特别幸福的男人?我要告诉你,那个男人就是我。当然我还得告诉你,那是一种背靠背的生活,我在这个家里的生活是不能让其他家里的人知道的,甚至不能表露出任何一点儿的蛛丝马迹。"写下这几句作为开场,我自以为找到了这个小说的调子,甚至是内在的逻辑——似是而非、充满反讽,以主人公的自说自话,在表面的欣快畅美中揭露情爱骗局的荒谬。

我的一位很有名的大学学弟,他本人也是一个小说家,他认为小说里的女人写得很有意思，他曾经这样问过我："那些女人你是怎么了解她们的？"记得当时我脱口而出："我就是女的呀。"他继续追问，我明白他要问的是一种入手方法或者说观察方式。我想了想告诉他："我在地铁里看女人。"我说的是实话，因为写小说享受不到单位班车的福利，打车之外，我也无数次一号线倒二号线，二号线倒一号线，乘坐地铁往来，有大把的时间观察车厢里形形色色的人，那个阶段，我确实是将注意力更多地集中在女人身上。我就像一个色情狂一样盯着地铁里上上下下来来往往的女人，看她们的面容、身姿、穿着打扮甚至有没有整过容、口红抹得匀不匀，来判断她们的生活状态和情感状态。我已经忘记了我都看到了什么，但是我心里清楚那些材料足够用了。我就像一个家庭主妇逛菜市场，凭感觉就知道买几样菜就足够做一顿丰盛的晚餐。

　　以我的阅读和写作经验回望这个小说，我觉得一不留神是很容易写成情节跌宕离奇所谓"可读性强"的通俗故事的，这显然不是我想要的东西，我也不会把写那么一个故事作为自己的叙述目标。我不反对情节，但我更注重的是去发现和表达生活和人性中那些幽微、有趣甚至是荒唐的东西，我不希望用情节去冲淡那些披荆斩棘、披沙拣金得来的就像天边的彩虹一样绚烂却是稍纵即逝的发现。我喜欢一切深藏在生活褶皱里的东西，我认为这是让小说具有深度的重要因素。虽然小说的讲究不仅仅在于深度，但没有深度的小说在我眼里就是无聊的小说，是没有价值的，至少不是真正意义上的好小说。

《今晚吃烧烤》是不是好小说不由我自己说，我自认为它多少还说得上有趣。时隔17年，我重新修订这本书，我还是挺惊讶自己在写作经验尚且单薄的时候居然完成了这样一个现在看我自己依然喜欢的小说，无疑在当时是超水平发挥了。修订小说在我还是大姑娘上轿头一回，我花了二十多天仔细地修改了一遍，原则是最大限度地保持原著风貌，顺着原著的天然纹理进行补缀和润色。这是一份细致活儿，我做得相当精细。我觉得这不光是考验一个作家的耐心，同时也是在检验一个作家有没有在时间里进步——有些事情的确是可以越做越熟练，越做越好，但写小说不是。一个作家并不一定越写越好，很有可能是越写越差，直至完全不能写。这跟作家名气的壮大、社会地位的提升、受欢迎程度的增加等等都没有太大关系，至少是不成正比。有的作家如日中天，却并无新作，甚至好久未出作品，即便有一些零星篇章，也是散了黄一般，令人不忍卒读。在我看来这就犹如竹子开花，什么原因没人知道。按照常理，即使没有灵感，生活的矿藏挖掘尽了，至少还有技术和技巧留下，可是真到创造力枯竭，竟连技术和技巧也如同过期作废一般。一般来说经验可以反复利用，对于小说而言，许多经验恰恰无法反复利用，或者说经验一经形成便已经失效。反复利用的经验那叫套路，所谓"不落俗套"和"不落窠臼"就是指不用旧的经验。在我的认识中，小说是真正用来表现"新"的艺术形式，它比即时发生的新闻还新，比一切新东西都新，因为它是深层次地反映人们生活和内心世界的最最新鲜欲滴的感受和经验。

一个骗子穿街走巷，寻找自己向往的爱情生活，寻找自己的感情寄托和精神慰藉，他找到了真心和温情，却被他相爱的女人出卖，这是多么荒唐，又是多么悲哀。他自己也是知道"我的幸福的理想王国就等于是建立在沙土之上，随时都有可能坍塌"，而他的心理支撑和自我安慰是"为了幸福我是豁得出去的，哪怕这幸福是短暂的"。看上去就像是飞蛾扑火般的爱情，最后的结局自然也是玩火自焚。

一个纯虚构的小说，配上一个"事出有因"的新闻稿，里面真正的勾连只是那天下雨，除此，几乎都是各说一头，互不交接。这当然不仅仅是我有感于新闻报道与事情真相的种种出入与不吻合，其实我心里更加感叹的是新闻和文学对事物看法的视角和侧重完全不同。我在上大学的时候就听过这样一种说法：司汤达写了厚厚的一本《红与黑》，用新闻通稿表述就是一句话："一个外省青年因奸情败露而杀人"。我并不是想要分辨和裁定不同表述方式孰高孰下，孰优孰劣，这不是我的业务范畴，我只是觉得这种差异折射出的反讽使小说本身具有了一种黑色幽默的气质。小说后面的这个新闻稿，在我看来就像一块石头一样，坠住了这个小说，给这个小说增加了分量，甚至也可以说使这个小说落地生根。

还有一笔值得一记。当初出版这个小说之前，作家出版社的责编张亚丽说特别希望请王朔老师写个序，那时王朔老师正处在大红大紫时期，连北京的媒体行文都情不自禁要流露出王朔老师的风格，我一向非常喜欢他的小说，但我和他并不认识。张亚丽给我规划了一条找谁找谁的路径，在我看来颇费周折，而且也一样很有难度。关键是王朔老师只要一拒绝那就彻底没戏。我决定自己去找他，即便他拒绝，我也愿意他直接拒绝我。我从刘震云老师那里得到他的呼机号，我呼了他，他很快回电过来。他一口答应给我写序，并说他读过我的小说，看见有我的名字他会买杂志。我真的是喜不自胜。我去长虹桥附近的一个写字楼见他，我们一见面就笑了，至今我记得王朔老师这样说："其实我们早就在杂志上看过照片了，也不算不认识了。"——当然我们不仅仅是在杂志上看过照片，我们还相互读过作品，远比一般的熟人朋友彼此了解得更多。那天王朔老师在一家日本料理店请客，还约了我们共同认识的一位朋友来作陪，就像真正的老朋友相见一般。不久我便得到了王朔老师为我这部长篇处女作写的序，当时这本书的名字叫《织网的蜘蛛》。我曾开玩笑地问王朔老师："有您作序，我这本书可以卖多少？"王朔老师淡淡一笑，谦虚地说："也就多卖一万吧。"当时听来他这么说显然是保守的。可是初版也就卖了一个起印数，恰好一万本。几年之后我遇到王朔老师，说起这本书，我说："您的一万本卖完了，我自己的一本也没卖。"

我是把这一段当好人好事写下来的。有些情谊历久弥新，有些回忆温暖而美好，对我个人来说甚至远远超过了文字本身。有些事不写下来就忘了，因此后记也就有了它独到的意义。

2016．9．7

再版后记

我的四部长篇小说《今晚吃烧烤》《恋爱课》《成人游戏》《发烧》再版，对我来说无疑是一件非常高兴的事，我内心颇为庆幸的是至少说明这些小说出版至今还没有在时间里朽坏。

这四部长篇是我从20世纪末到2009年十年间写的。《今晚吃烧烤》（初版时名为《织网的蜘蛛》）是我的第一部长篇小说，这部长篇写得并不艰难，完全没有因为第一次写长篇准备不足而遇到茫然、不知所措，相反，写来颇为顺手。这部长篇在手稿阶段就已经被一家影视公司购买了版权，在当时可以说是一个天价。《恋爱课》是我和北京作家协会签约之后完成的第一个作品，对我来说，算是由此真正走上了职业写作的道路。虽说签约期满后我又回到新华社《瞭望周刊》上班，但那种职业写作的心态和状态一直没有改变。《成人游戏》也是我作为签约作家时期的作品，大概因为离开单位日久，因此对办公室政治写来毫无拘束之感，现在看来依然犀利、深刻。此书与十年之后我的另一部写媒体人卷入政治漩涡的长篇小说《回声》可以看作是姊妹篇。《发烧》是我写得十分辛苦的一本书，差不多写了整整两年，真正地费时费力。

我个人的感受是，每本书都有它自己的命运，它的受欢迎程度与内在价值或许不成正比，但如果是真正的好书，肯定会得到慧眼赏识。对作者来说，每部作品都是自己写作链条上的一环,如果没有这一本书,就可能没有下一本书,或者说,假如没有这样的一本书,就可能不会有下一本那样的书。对于我这种即兴创作的人来说尤其如此,每一本书都犹如溪水中的石头,它们在水里构成一座若隐若现的桥,尽管我不知道这座桥通往哪里,但我相信它有坚定的走向,它通向的地方就是我尽力想抵达的目的地。

这次,我花了两个月时间修订了《今晚吃烧烤》,校订了另外三本书,从写作至今我还从来没有如此集中、如此认真地阅读自己的作品,这是站在"现在"对"过去"的作品进行审视,说句心里话,这种审视令我内心忐忑甚至是不无恐惧。好在这四部小说幸运地经受住了我自己的考验,这一关算是顺利通过了。

记得马尔克斯说过,对一个小说来说,后一版总是比前一版更好,对此我得说是。自从过了写作的青春期,我的小说都是历经反复修改,再版时候自然更加认真和审慎。我认为这不仅仅是一个态度的问题,也不仅仅是一个自我要求的问题,这其实是一种飙高和炫技,是放烟花的机会,尽管这个过程可能并不轻松愉快,甚至绞尽脑汁痛苦不堪。

现在对我来说可以轻松愉快地忘掉这四本书了,就像把礼物送了出去,我心里希图的只是收到礼物的人能感到快乐。而我自己就是从新的地方开始,去寻找写作那种最私密、最自我的愉悦,去探索世界和人心的秘密。

程青
2016 年 11 日 23 日于北京